아무것도

아닐때

우리는

무엇이

돼기도

한다

아무 것도

아닐 때

우리는

무엇이

숲 / 포 / 토 / 에 / 세 / 이

김인자 글·사진

되기도

한다

푸른영토

# 나무사원, 숲가에 달빛
## ―지은이의 말

'인간은 가장 행복할 때 가장 고독하다.' 행인지 아닌지 살면서 나는 이 난해한 명제를 잊은 적이 없다. 해 질 무렵 가문비나무 숲을 걷다가 한순간도 나를 사랑하지 않았던 적 없다는 고백을 들었다. 그 고백을 뒤로하고 숲을 빠져나오는데 잔잔한 음성이 용서를 구하듯 나를 타일러 애가 끓는다.

내 몸이 내 말을 알아듣듯이 숲도 내 말을 알아듣는다고 믿는 나는 늘 일정한 균형과 속도를 유지하는 숲과 나무와 그 안에 깃든 모든 것들을 애정 한다. 끌림은 물론이고 같은 숲을 오래 지켜봤지만 늘 다른 얼굴과 마주한다는 사실은 신비다.

숲은 거대한 밀실이다. 내가 있는 곳에 꽃이 피고 당신이 있는 곳에 꽃이 피면 세상 전부가 꽃밭이라는 말은 틀린 말이 아닐 거다. 누구에게나 아낌없이 주는 것이 나무라지만 나는 아픈 사람에게 가장 많은 그늘을 준다는 인디언느티나무가 되고 싶다. 세상에는 귀한 것이 많지만 혼자 숲에 머무는 시간이 점점 더 소중해 짐을 느끼는 것도 이즈음이다.

계절이 바뀔 때마다 시틋해지는 마음을 다잡으려고 안간힘을 쓴다. 팔을 길게 내밀어 닿을 듯 말 듯한 그리움을 놓치지 않고 대상에 대한 지나친 간섭을 배제하고 때론 바라보는 것으로 만족하려 한다. 산골에 머물며 사계절 다른 숲을 걷고 사색하고 쓰기에 몰입할 땐 무지개사탕이 입에서 녹을 때처럼 나는 매우 구체적으로 행복하다. 소소한 일상을 채록하고 풀잎 같은 말의 향기를 찾아 언어가 가진 엄격한 규율과 균형을 유지하는 글쓰기는 삶에 활력을 준다. 어떤 경험이든 그것을 글로 옮기는 일은 나무가 자라는 걸 보는 것처럼 뿌듯하고 대견한 일이나 좋은 글 좋은 책은 여전히 숙제다. 아직 내겐 밀린 숙제가 많다. 하여, 밤마다 초에 불을 붙이고 그 초를 다른 초에 옮기는 일이 내가 할 일이 아닌가 싶다.


고백하자면, 나는 여전히 내가 맘에 들지 않지만 이 같은 생각이 지속되지 않으니 그나마 다행이다. 신이 인간에게 부여한 특별선물은 망각이다. 망각을 능가하는 마법이 존재하는지 나는 알 수가 없다. 아마도 수십 년 써온 글을 하루도 빠짐없이 쓰는 이유 또한 망각이 저지른 일이라는 걸 나는 모른 척하기로 했다.

"시간이 가면 나를 버린 그 사랑도 미쁠 수 있다는 걸 나비로 날아와 꽃으로 살다 바닥에 사뿐히 내려앉은 마른 꽃잎에게서 배운다" 하지만 모순되게도 "지독한 고독에 몸을 담고 태초의 그 날처럼 아무도 없는 곳에 홀로 망연히 자신을 바라볼 때조차 자신을 속이는 것이 인간"이라는 걸 문득 깨닫기도 한다. 그러나 세상 모든 존재가 다 옳은 건 부정할 수 없는 사실이다.

소소한 것들을 사랑하다 가겠단 약속은 여전히 유효하다. 풀꽃 하나 나무 한 그루의 전생이 그러하듯 나도 언젠간 편안한 바닥에 몸을 펴고 붉은 단풍나무와 노란 민들레와 작은 벌레의 한 끼 밥이 되리라. 그리운 사람은 지구 반대편 어둠 속에 있고 나는 숲 속에 우두커니 그러나 평화로이 앉아 그를 그리워한다.

처음의 속도를 회복하고 싶다. 느린 호흡과 먹고 자며 억지 부리지 않고 절로 그리되기를 희망하는 것, 단문이 장문이 되기를 바라진 않지만 지나친 절제는 감성을 건조하게 하므로 경계대상이다. 오늘도 나와 함께 밤을 보냈지만 선택되지 못한 것들은 가차 없이 내려놓는다. 더 많이 쓰고 더 많이 버리다 보면 언젠간 그곳에 닿을 것이다. 어둠이 검은 막을 밀어내고 창이 밝아오는 지금 내게 가장 절실한 건 약간의 시간과 따뜻한 커피다.


일필휘지一筆揮之, 내겐 그런 거 없다. 글 한 꼭지를 쓰고 이만하면 됐지 싶어 발표하고 돌아서면 늘 아쉽다. 불명확한 주제, 불쑥 튀어나온 오탈자, 호흡을 쫓느라 엉켜버린 행간들, 때론 단어 하나를 살리자고 장문을 버리는 무모함, 부실한 자기검열에 대한 자책으로 발표 후에도 손을 대는 일이 다반사다. 몇 줄의 글도 이런데 삶이야 오죽하랴. 나이가 몇이든 배우거나 고치는 걸 두려워해선 안 되겠다. 고칠 것이 있다고 자각하는 한 발전하는 거니까.

이번 책은 숲이 전하는 말, 숲에서 만끽한 사유의 편린, 잠언 같은 글을 모았다. 이것은 지금의 내 마음이기도 하고 이쯤에서 내려놓고 싶은 당신의 고백이기도 할 것이다. 삶은 서로 다르지만 결국 하나가 아닌가. 불가능을 예측하되 가능을 꿈꾸며 자연과 사회가 제시하는 규범을 지키며 그러나 아무도 이길 필요가 없는 일상을 꿈꾼다.

시대가 요구하는 것만을 쓰는 기술자가 되기보다 자연(숲)이 일러주는 대로 진실을 굴절하지 않는 소신 있는 작가로 남고 싶다. 거기에 세련된 기획편집과 각색이 더해져 보다 좋은 책을 독자에게 선물하고 싶다. 어느 평자는 나의 글을 '치유의 언어, 성자의 문체'라 했고, 또 누구는 '활화산 같은 문장, 우주를 넘나드는 감성'이라 했지만 그것은 영원히 이상향으로 남을 것이다.

그렇다. 내가 이 산골로 들어온 것은 세상의 바람과 그물을 피하자는 게 아니라 하늘의 뜻 1%와 99% 내 의지가 선택한 일이다. 그리운 것들은 흘러가서 언젠간 만나게 된다는 말을 나는 믿는다. 만신의 축복이 아닐 수 없다. 나는 전 생애를 통틀어 이 모든 자연을 느끼고 향유할 수 있는 지금 이 순간이 가장 좋다.

2019. 2. 오대산 자락에서

# 차

# 례

## 1부 | 고양이가 나를 바라볼 때의 사랑스러움

## 2부 | 모든 존재는 고독하다

# 3부 | 스미듯이 스며들 듯이

## 4부 | 빈 곳을 오래 바라보는 마음

1부 |
고양이가 나를 바라볼 때의
사랑스러움

# 나무들의 사랑

저 숲의 나무들이 앉지도 눕지도 걸어가지도 못하고 부동으로 서 있는 건 욕망이나 집착과 무관하게 저마다 기다리는 이가 있기 때문이다. 고요한 산정에 안개가 나타나 초록의 목덜미를 부드럽게 애무하자 몸서리를 치며 전율하는 나무를 나는 훔쳐보고야 말았으니,

기다림을 헛것이나 허망이라 규정하는 건 옳지 않다. 나무는 지상에 존재하는 생명체 중 기다림에 최적화된 DNA를 가진 종種일 것이다. 두 발을 땅에 묻고 찾아오지 않으면 영원히 해후할 수 없는, 시공을 초월한 절대 사랑, 반드시 온다는 약속을 전제로 기다리는 것이 아니라 생이 끝나고 영혼이 무화無化되어도 오로지 하나를 향한 거룩한 기다림, 그것이 사랑 아니면 대체 무엇이 사랑이겠는가.

# 저 작고 여린 것이

어느 배고픈 짐승이 뭉텅 잘라 먹었으리라. 나는 숲 속 샘가에 쪼그리고 앉아 여리고 여려 절로 애달파지는 상처로 얼룩진 물봉선 이파리들을 조용히 어루만진다. 이 꽃은 어느 별에서 왔을까. 꽃의 9할은 이미 떨어져 쓸쓸히 바닥을 베고 누웠다. 더러는 저걸 가짜 슬픔 가짜 고통이라고도 한다지만 의심하지 마라. 한 철 잠시 웃고 서둘러 모가지를 꺾는 저 고통이 설마 가짜일까. 어쩌다 개울을 따라 홀로 떠내려가는 꽃잎은 비보호에 놀라 어리둥절할 법도 한데 바람과 물결이 꽃을 멀리 데려가는 동안에도 저 작고 여린 것은 자신을 버린 세상을 이미 용서한 듯 염화미소다.

# 단상들, 순간에 스미다

1.

영혼을 감싸는 맑은 공기와 햇살, 모든 사물이 본래의 색깔로 돌아가 빨강은 더욱 빨갛고 파랑도 더욱 파란, 그리움은 품에 있던 편지가 내 손을 떠나 우체통 바닥에 떨어지기 전 허공에 머문 그 짧은 시간의 애달픔 같았달까.

2.

조그만 무당벌레가 기어오르는 신갈나무 이파리 하나를 보기 위해 산으로 든 건 아니지만, 저 넓고 깊은 숲을 돌아본 후에야 무당벌레를 안아주는 그 이파리의 존재가 얼마나 소중한지 알았다. 숲은 침묵으로 영혼을 깊게 한다.

3.

살면서 우리는 자신에게 좋은 사람이 되기 위해 얼마나 노력했을까. 이제야 돌아보게 된다. 남에게 착하고 능력 있는 사람이 되기 위해 나는 나에게 늘 얼마만큼은 의무적 부채감으로 나쁜 사람이 되어야 했던 것은 아닐까 하고.

4.

까마중이 사는 숲, 견고하지는 않지만 아름다운 집을 짓고, 숨죽여 기다리는 건 사랑하는 그니가 아니다. 사랑도 그 어떤 희락도 목숨을 부지해야 가능하므로 거미가 바라는 것은 오직 먹잇감. 산다는 건, 고작 나무 뒤에 숨어 위장에 가득 찬 바람 소리를 볼모로 무한정 견디고 참아야 하는 기다림의 연속인지도 몰라.

5.

내가 꽃이 되려면 주변 모두가 꽃이어야 한다는 걸 잊지 말아야 한다. 그러니까 고통 속에 머무르지 않는 모든 순간은 다 꽃 같은 행복이다. 고통은 비수처럼 날카롭지만 행복은 뭉긋이 명치끝에 스미다 가는 거니까.

6.

사랑이 완장을 버리고 상대를 배려하는 거라면 나무도 그렇다. 빛이 필요한 나무는 하늘을 향해 온 힘으로 키를 늘리지만 갈증에 시달린 나무는 땅 깊이 뿌리를 뻗는다. 나는 여기서 굳이 누굴 이기기 위해 싸울 필요를 느끼지 않는다.

7.

누가 보든 말든 뚜벅뚜벅 혼자서 잘도 간다. 볼 수도 만질 수도 없는 저 얼굴 없는 것이 세상을 바꾼다. 지금껏 그를 이긴 자를 본 적도 소문을 들은 적도 없다. 역시 시간이란, 하는 독백으로 어떤 문장은 시작된다.

8.

미칠 만큼 절박한 고통을 경유한 후 하나의 기억에서 사라질 때 오는 것을 죽음이라고 하자. 죽음은 무엇으로든 끝나는 것이고 완성하는 것이지만 딱히 시작을 의미하지는 않는다. 얼마나 다행한 일인가.

9.

인간은 태어나는 순간 죽음을 향해 달려간다. 그런 우리가 할 수 있는 건 영육이 나달나달하도록 알뜰히 쓰고 가는 것이다. 사는 동안 자신에게 닥친 외로움이 신의 선물이라는 걸 알아차리는 이는 많지 않다. 고독이 주는 쾌락도 마찬가지.

10.

사랑이 세상을 건디게 하는 힘이라면, 우리를 살아내게 하는 건 '상상'이다. 지금 고통 중에 있다면 방해하지 마라. 고통은 그가 할 일을 하고 있을 뿐, 숲은 나만을 위한 태초의 세례의식처럼 경건하고 살아서 치르는 장례처럼 성스럽다. 나는 배가 고프지도 오줌이 마렵지도 않았고 심지어 아무도 그립지 않았다. 소설의 첫 문장 같은 숲의 아침이다.

# 스스로를 결박하는 삶

따듯한 신맛, 에티오피아 예가체프 고지대의 태양과 바람과 황토가 키운 커피나무의 기운이 그대로 전해지는 듯한 예가체프 커피가 혀끝을 감도는 미각의 여운, 굳이 의미를 부여한다면 부드러운 꽃향기, 코를 자극하고 목을 타고 흘러가는 달고 쌉싸름한 맛이 아침에 내리는 가을비의 느낌과 비슷하달까. 잠시 주어진 휴식시간에 호사롭게 드립커피를 마시는 중 들뢰즈와 가타리가 공저한 "천의 고원" 중 인상 깊은 한 문장이 들이닥친다.

"만 미터 심해를 들여다본 고래의 충혈된 눈."

나는 이 아름답고도 장엄하며 섬세하고도 해학적인 언어의 음악, 리드미컬하며 황홀한 사유의 무지개를 듣는다. 천 개의 고원을 방문하는 순례자를 떠올려 보기도 하고, 우주의 심연 코스모스를 탐구하는 천체 물리학자를 만나기도 하고, 자연과 인간의 본성을 깨우친 성현을 배알하기도 하고, 선악의 어디쯤에서 일상의 미로를 분주하게 살아가는 우리를 응시하기도 한다.

그러나 알맞은 온도로 빛이 내리는 가을 아침 잠시 무릎을 꿇고 엎드린 '숲'이라는 이름의 법당에서, 멀쩡한 눈으로 나는 단 1밀리 접싯물의 바닥조차 볼 수 없는, 사소한 일에도 일렁이고 출렁이며 번민하는 내면의 자아를 인식하고 말았으니, 새하얗게 녹슨 머리로 고요하고 편안한 고래의 유영, 심해를 꿈꾸는 무모와 무지, 허약한 언어의 한계에 봉착하고 만다. 나는 지금 멍청이처럼 노예의 삶에 너무 익숙한 것은 아닌가 돌아보고 있다.

매번 느끼는 거지만 커피란, 밀봉한 봉지를 열 때도 좋지만 콩을 볶고 드립하는 과정이 가장 맛있는 순간인 듯하다.

에티오피아 산중마을에서 여행자의 신분으로 붉게 익은 커피 열매를 따는 농부의 일손을 돕던 그 날의 한가로운 풍경을 떠올리며 마지막 한 모금을 오래 음미하게 하는 예가체프 커피를 호사라 여기는 이유다.

"노예가 노예로 사는 삶에 익숙해지면 놀랍게도 자신의 다리에 묶여있는 쇠사슬을 서로 자랑하기 시작한다. 어느 쪽의 쇠사슬이 빛나는가, 더 무거운가 등. 그리고 쇠사슬에 묶여있지 않은 자유인을 비웃기까지 한다. 그리고 무엇보다 놀랍게도, 현대의 노예는 스스로가 노예라는 자각이 없다. 뿐만 아니라 그들은 노예인 것을 스스로의 유일한 자랑거리로 삼기까지 한다." - 리로이 존스

# 고양이가 나를 바라볼 때의
# 사랑스러움

얕은 나의 안이 그대의 깊숙한 내면에게 드리는 인사처럼 감추지 않고 숨기는 것은 사랑스럽다. 별 밭에 누워 상상만으로도 기분 좋아지는 것들을 나열해본다. 우려낸 차를 오감으로 음미하는 것, 떠나기 전과 긴 여행에서 돌아온 날의 행복한 피로감, 농익은 복숭아가 가지에서 떨어지기 직전의 몸짓을 예감하는 것, 연두와 초록이 한 몸이라는 걸 알아차리는 것, 봄바람이 나를 어루만질 때, 슬픔과 불안을 이기는 온기, 찰나의 긴장감으로 태산을 넘고 강둑을 범람해서라도 기어이 닿고 마는 그리움, 빛이 먹물 같은 어둠으로 어둠이 솜사탕 같은 빛으로 스며들 때의 간지러움, 손편지의 떨림, 저무는 들판 사과꽃 향기에 취해 오래 앉아있어 보는 것, 꽃의 말을 듣는 아이의 눈빛을 바라보는 것, 세탁한 흰 이불 홑청 속으로 맨몸을 밀어 넣을 때의 풋풋한 청량감. 탱탱하게 부푼 수억만 개의 눈물주머니가 동시에 터지는 이변 같은 봄비. 아기고양이가 나를 바라볼 때의 야릇한 사랑스러움, 꽃무덤에 누워 라라라~

# 걸으면서 듣는
## 한여름 밤의 월광곡

걷는다. 자정 가까운 밤이다. 아기벌레들 잠투정도 멈추고 개구리도 매미도 입을 다물어 천지사방이 무덤처럼 고요하다. 딱히 어떤 수고나 노력 없이도 내겐 짧은 시간에 홀로 평화에 깃드는 특별한 능력 아니 축복이 있다는 걸 확인하는 순간이다. 만월은 정수리에서 빛난다. 이 산정에선 누워서 보는 달이 가장 아름답다. 조금 전까지 나는 누워서 달을 보았다. 해는 상처를 도드라지게 하지만 달은 상처를 어루만져준다. 구름에 가려진 달무리는 몽환적이어서 마취처럼 아스라하다. 멀수록 아름답게 빛난다는 별은 어디서 태어나 이 밤을 수놓는지, 철없는 질문을 던지며 지금은 오직 천천히 걸으면서 월광 소나타 2악장만을 나지막이 무한 반복으로 듣는다. 눈을 감으면 모래사막에 서 있는 것도 같고, 눈을 뜨면 깊은 원시림 속을 헤매는 듯도 하다. 태양을 사랑하지만 어쩌면 나는 태어나면서부터 달을 더 좋아했는지도 모른다. 그랬다면 월광곡을 좋아하는 건 숙명일 지도. 월광은 베토벤이 그가 사랑한 여인 줄리에타 귀치아르디에게 헌정한 곡이라지만, 이 밤의 서정으로 보면 구름이 살짝 달을 가릴 때 달맞이 언덕 사이로 쓰개치마를 둘러쓴 신윤복의 그림 월하정인月下情人의 주인공 같은 조선의 연인 한 쌍의 그림이 살갑게 다가온다. 하지만 연인에게 헌사 하는 곡이 아니면 또 어떤가. 베토벤은 사랑이라는 인간의 원초적 감성을 바탕으로 지금 내가 느끼는 이런 기분으로 이 곡을 만들었으리라. 그리고 완성된 곡을 연주하거나 들을 때 그는 사랑하는 사람을 생각하며 죽을 만큼 황홀해 하지 않았을까. 지금 이 순간, 달빛은 돈강처럼 흐르는데 유영하는 월광곡 선율에 은빛 실루엣이 움직일 때마다 미치도록 좋으면서도 문득 내 발소리에 놀라 쫄깃해지는 심장, 고원에서 불어오는 바람에 한낮 더위는 씻은 듯 사라지고, 내가 어디에 있는지 무얼 하는지 잊을 만하면 저 멀리 불빛이 구조신호를 보내듯 자동차가 지나가고, 나무에 가려진 가로등은 먼바다의 등대처럼 아련한 기호를 타전한다. 저항을 대신하는 침묵의 입자들을 뭉개며 빨라졌다가 다시 느려지는 월광곡에 온몸을 맡긴 채 지금 나는 어디론가 하염없이 흘러가고 있다.

# 침묵,
# 가장 완벽한 저항과 경멸

고독으로 몸서리쳐질 때 고독하다고 말하면 고독은 기중 사실화되면서 서서히 고독이라는 사슬에서 풀려난다. 그러니까 고독할 때 "나, 고독해"라고 소리 내어 말하라. 하면 고독은 좁은 문을 통과해 망각과 치유의 단계로 진입, 사라진다.

내가 지극히 나다워지면 죄책감은 고문으로 바뀐다. 그렇지 않은 죄책감이 있다면 내가 너를 꿈꿀 때뿐이다. 허술해서 아무거나 마구 보여주는 것 같단 편지를 받고 생각했다. 분명 나에게 던지는 질문인데 해독은 난해의 지속이다. 몇몇 가능한 경우의 수를 고려해 보다 알고리즘 즉, 특정한 계산이 아

니라 계산할 때 따르는 방법, 좋은 것을 보여주고 싶다면 상대의 감각과 의식과 마음을 점령할 수 있어야 할 텐데, 나를 물 들이며 깊어가는 화사한 가을도 그 어떤 매혹도 나의 감각과 의식을 점령하진 못하지. 기억을 저장하고 계획을 세우고 완전한 신생의 이미지와 개념을 자동으로 불러일으키는 시적詩的 진화론의 상상력을 뛰어넘지 못한다는 것. 묵상과 고요한 침전, 저편에서 부유하는 기억의 파편들, 오지 않는 날에 대한 상상들, 생각을 공유하는 시공간의 밀도, 혹은 발화, 신호, 작동하는 교감의 정도를 거대하고 유일무이한 담론의 소용돌이로 받아들이는 어떤 운명적 서사를 들려줄 수 없는, 놀랍고 즐겁게도, 그러나 생각하지 못한 것을 생각하게 하는 도발적 자유, 나는 그것을 마성이라 이해한다.

오지도 않는 미래를 걱정하느라 현재를 탕진할 만큼 우리는 어리석은 존재가 아닌가. 뭔가를 지향하기보단 자신을 만들어 가는 과정이 삶이어야 한다는 생각은 변함이 없다. 생각을 끊는 것, 가장 완벽한 저항과 경멸, 그리고 절대의 반전이 있다면 침묵일 것이다.

# 그건 네 잘못이 아니야

1.

모든 대화가 소통을 전제로 한다고 볼 때 우선 배려해야 하는 건 선입건 없이 상대를 보고 상대의 말을 경청하는 것. 다음은 생각을 정리해 자신의 뜻을 전달하고 절충안을 찾아야 하지 않을까. 언제부턴가 우리는 상대의 말을 듣지 않으려고만 한다. 세상에서 가장 아름다운 우리말이 있음에도 자신의 뜻이 관철되지 않으면 폭력적인 언어를 앞세우는 일이 다반사다. 싸울 때 패를 들키지 않으면 고수, 들키면 하수다. 새로운 것은 시험을 요구하지만 익숙한 것은 권태를 남기지. 너무 빨리 피는 것은 너무 빨리 시드는 안타까움과 불안을 주듯.

2.

두통이 사라지자 비로소 낯익은 풍경이 들어온다. 태양도 바람도 습음 속으로 숨어버리고 가문비나무도 구름에 몸을 숨겼다. 흰 눈밭에 오래 서 있으면 숨어있던 죄 하얗게 도드라져 벌거숭이 아이처럼 수치스럽다. 보이는 때보다 보이지 않는 더러움이 더하듯 어떤 옷을 껴입어도 얼룩은 남겠지. 내 발자국이 눈을 더럽히지 않았으면 좋겠다. 이 산정이라면 나는 있고도 없으니, 우주목이라 이름하는 텅 빈 자작나무 숲, 이제 곧 우울, 슬픔, 불행이라는 단어를 모르는, 세렝게티 초원이 고향인 얼룩말들이, 봄이 왔다고,

일제히 귀를 팔랑거리며, 연두를 노래하겠지. 기다려 준다면 언젠가 그대에게도 초대장을 보낼 것이다. 봄이 파릇하게 돌아날 때 이 숲 속 파티에 그대가 와 준다면 우리는 지금껏 누려보지 못한 시간을 누릴 거라 믿어.

3.

선연이든 악연이든 몇 억겁의 시간과 의식의 경계를 넘어 손을 잡았겠는가. 그러나 잠깐 재미있고 오래 지루했다면 그건 재난에 버금가는 참사가 아닐까. 그리고 보면 모든 인연을 귀히 여길 필요는 없을 듯하다. 우리가 사랑이라고 믿고 택한 건 가짜 미끼라도 순간에 낚이는 것이어서 입을 대는 순간 바늘에 걸린 물고기 신세와 다를 바 무어랴. 그러나 내가 할 수 있는 게 아주 없지는 않으니 두려움을 참으며 고통받는 이들 곁에 가만히 있어 주는 것. 그리고 모두가 나를 외면하더라도 나만은 너를 미워하지 않을 만큼은 사랑하고 싶지만 때론 그조차도 섭리로 규정, 모든 것은 정형화되고 만다. 태어나고 죽는 이 끝없는 답습은 우리의 생도 기성품과 다를 바 없다는 걸 시사하지만 그래도 불변하는 것이 있다면 오직 하나 진심일 것이다.

4.

나는 왜 세상에 왔을까. 나는 왜 노마드가 되었을까. 나는 왜 이 많은 짐을 자처했을까. 나는 왜 맨발을 좋아할까. 나는 왜 울보일까……. 나 홀로 여행이 길어지던 사하라 사막에서 위기가 닥쳤을 때 다시 일어나 걸을 수 있게 한 어느 할아버지여행자가 내 어깨에 손을 얹고 나지막이 속삭여 눈물짓게 한 그 한마디, "It's not your fault그건 네 잘못이 아니야."

# 걷기 예찬,
# 내면으로 가는 문

아까시꽃이 다투듯 핀다. 숲 입구에서 아찔한 현기증을 느꼈는데 그것이
폭탄에 버금가는 신호였던 걸까. 꽃이든 풀이든 복잡한 생각들을 줄 세우
고 그것이 조금씩 정리되고 그러다 그 생각이 사라질 때 그때부터 걷기는
시작된다. 오래전 안나푸르나 트롱라를 넘어 신성의 불국정토 묵디나트에
서 바라본 그 메마른 풍경을 잊지 못한다. 얼마 뒤 다비드 르 브르통의 『걷
기예찬』을 읽으면서 내면의 성찰과 걷기라는 인문학적 연관성을 숙고하는
시간을 가졌다.

"당신의 내면으로 가는 문을 다시 열어 보라. 걷는 것은 자신을 세계로 열어
놓는 것이다. 우리 발에는 뿌리가 없다. 보행은 가없는 넓은 도서관이다.
발로 다리로 몸으로 걸으면서 인간은 자신의 실존에 대한 행복한 감정을
되찾는다. 걷기는 침묵을 횡단하는 것이며 주위에서 울려오는 소리를 즐기
고 음미하는 것이다. 침묵은 어떤 저울의 균형 같은……."

브르통의 인상 깊은 제언은 몸과 내면과 실존과 언어라는 단어를 길항으로
퍽이나 오래 내 정신의 버팀목이 되었다. 그런 의미에서 내 삶의 정지는 숨
이 멎는 순간이 아니라, 두 발로 걷기를 멈추는 순간이 아닐까 싶다. 지금은
두 발이 오래 묶여 있었으므로 행여 내 발이 땅을 겁내는 건 아닐까 두렵다.
가야 할 길이 아직 좀 남았으니 서둘러야겠다.

# 네 숨결을 느껴

1.

지구 반대편에 있는 그에게 잠시라도 좋으니 다녀갔으면 했더니 가을엔 꼭 오겠단다. 그 말을 듣는 오늘 아침부터 거짓말처럼 나는 즐겁다. 내일도 모레도 즐거울 것이고 그를 만나는 날은 진저리치게 좋을 것이다. 이것이 한 사람을 생각하는 한 여자가 취해야 할 자세라고 조금 전 노트에 손 글씨로 적어두었다. 아무것도 아닐 때 우리는 무엇이 되기도 한다. 사랑이 그렇다.

나의 우울을 눈치챈 걸까. 딩동 카톡이 왔다. 남녀가 베개싸움을 하는 이모티콘에 웃음이 터졌다. 나도 이렇게 싸우고 싶댔더니 그러잔다. 그날 이후 내겐 기다림에 이유 하나가 더 늘었다. 그를 만나면 코피가 터지도록 베개싸움을 하리라는, 하면 우울은 거짓말처럼 사라지겠지. 솜이 무거우면 치명상을 입을지도 모르니 베개 속은 구름을 넣기로 했다. 행복은 살짝 간지럽거나 졸리운 거랬는데 내 사랑은 너무 화끈해 탈이다.

2.

늘 그렇듯 우중에도 나는 태양을 꿈꾸지. 하지만 그날의 일몰은 파도였구나. 피의 정신을 깨우는 화살 같던 비행운, 내가 행복한 포로였다면 너는 시詩의 불씨였을 거야. 오두막의 화로 같은 고독을 생각해 보렴. 어둠을 더듬어 어둠을 만지는 이 흥건한 슬픔의 알갱이들을, 눈이 멀 것만 같은 백야에도 이 질척하고 물컹한 빛의 분자들을,

수천수만 번의 격랑이 지나갔으나 수만 번 다음에 온 그 바람도 첫사랑이지, 눈에 보이지 않아 만질 순 없지만 나는 느껴, 달밤에 얼룩무늬 물푸레나무 잎사귀를 어루만지고 가는 너의 뒷모습을, 햇발 내려앉은 돌담을 서성대다 가는 손길을, 앉은뱅이 꽃들을 쓰담 하고 가는 낡은 셔츠 자락을, 까치발로 마른 풀을 애무하는 여린 입술을, 내 손등에 앉은 하루살이 날개를 바라보던 애잔한 눈빛을, 목련꽃 그늘이 사라질 때까지 물끄러미 나를 지켜보던 좁은 어깨를, 떠난 후에도 여전히 무릎 꿇고 내 곁을 맴도는 향기를,

# 천 개의 눈과
# 만 개의 마음을 가진 생각나무

짝사랑이다. 봄여름 가을 그리고 겨울, 틈나는 대로 찾아가 걷고 바라보고 말 걸고 생각하며 쉬다 오는 나만의 숲. 주변이 온통 야생화와 거목들이 포진하고 있지만 유독 크지도 작지도 않은 한 그루 단풍나무에게 마음을 빼앗긴 지도 여러 해다. 그 나무 아래 앉으면 키 큰 전나무 사이로 아스라한 길이 펼쳐져 매번 누군가를 생각하거나 기다리게 된다.

비가 오거나 안개 자욱한 날은 몽유도원도를 연상할 만큼 현실이 꿈같고 꿈이 현실 같다. 어둠이 내릴 무렵의 숲은 신령스럽고 은밀해서 완벽한 나만의 공간으로 손색이 없다. 어떤 날은 쉼터, 어떤 날은 도서관, 어떤 날은 사랑방, 어떤 날은 마음상담소, 또 어떤 날은 나를 어루만지고 쓰다듬는 사철 푸른 그분의 그늘 같은 나무,

그대에게 천 개의 눈이 있다면 오로지 나만 바라보는 눈이었으면, 그대에게 만 개의 손이 있다면 오로지 내 어깨와 머리카락을 쓰다듬는 손이었으면, 그대에게 천만 개의 발이 있다면 그 발은 오로지 나를 향해 뛰거나 걸어오는 발이었으면, 지금 내 바람은 그대와 나란히 생각나무에 등을 대고 앉아 말없이 초록 물결을 바라보는 것. 배고픔을 잊고 쏴쏴~ 숲이 들려주는 파도소리를 밤이 이슥토록 듣는 것, 캄캄한 숲에서 짐승처럼 길을 잃어보

는 것. 별을 헤며 노랠 흥얼거리다가 스르르 잠이 드는 것. 잠투정하던 아기 노루도 곁에 와서 눕고 아침이 와도 깨어나지 않는 것. 시간을 내 편으로 만드는 것.

# 자작 숲에서 전하는
# 겨울 안부

## 1.

어떤 날은 꽃 어떤 날은 나무, 뭉그러진 초록 속에서 한 번도 경험한 적 없는 명암明暗과 농담濃淡을 실감한다. 추상같은데 있어야 할 자리에 있고 없어야 할 자리에 없는 절대와 닮았다. 허술한데 완벽하다. 모든 존재는 빛이 있으매 그림자는 숙명이다. 걷고 앉고 뭉개고 뒹구는, 치유 이전의 원초, 시원이므로 종착이기도 한, 유有와 무無, 생生과 사死를 잇는, 주술적인 힘, 삶의 학습이 다음 생의 예습이 되는, 그렇게 웅숭깊은 도량이 숲이다.

## 2.

며칠 바람이 미친 듯 불었다. 플러그가 빠진 걸까. 체감 추위는 여전하나 그리 잘 돌아가던 바깥 냉동고가 며칠 심상치 않다. 얼음이 녹고 땅이 꺼진다. 숲은 여전히 휑하다. 얇은 해를 안고 삭풍에 가는 자작나무 가지들이 몸을 흔들며 저벅저벅 사선으로 걸어온다. 뼈만 남은 유령들의 행군 같다. 희디흰 겨울 자작 숲은 강자들만의 리그다. 저 지독한 차가움과 냉정함, 연민은 일체 사절이라 여린 것들은 감히 발을 들이지 못한다. 자작자작하면 누군가 귓속말로 속삭이는 듯 간지럽다. 그러나 어떤 손길도 거부한 채 시간이 쌓이면 스스로 가지를 버린다는 저 자작나무가 봄여름가을 내게 멜로영화 같은 살가움을 주던 그 숲 그 나무가 맞는지 의심스럽다.

더 이상 사랑 따윈 필요치 않다는 듯 자작나무 숲은 전나무 가지들이 눈을 잔뜩 안고 서 있는 풍경과는 사뭇 다르다. 누구라도 인내하며 바라봐야만 하는 겨울 숲은 내가 덜어 줄 수 있는 고통은 없어 보인다. 여름내 맨발로 걷던 숲은 얼음 갈라지는 소리로 비감하다. 꽃마음을 기대한 것은 아니지만 이토록 이타적이기까지 한 숲에 산 자들이 있기나 한 건지. 걸을 때마다 쩽쩽 얼음 갈라지는 소리가 귀를 자극한다. 그럴지라도 어떤 걸음은 가뿐하고 어떤 걸음은 여전히 냉정하다.

신들은 아직 기침을 하지 않았고 봄여름 여린 두릅 순을 따던 산비탈은 바람 소리만 가득하다. 나의 단골 쉼터에는 직박구리 가족이 산다. 가녀린 새 소리가 빈 숲을 뚫고 먼 계곡까지 메아리친다. 불필요한 모든 것을 덜어낸 숲의 청량감이 폐부를 파고든다. 야윈 나무가 저마다의 지혜로 살을 깎으며 혹한을 건디고 있으니 잠시 몸을 기대기도 조심스럽다.

얼마 전 눈밭에서 만난 노루가족이 생각나 녀석들이 다니는 길목에 묵은 콩과 고구마와 곡식 낱알을 풀어놓았다. 봄여름 내가 그들 양식에 손을 댔으니 이 궁기에 약소하지만 빚 청산에 의미를 두고자 한 것이다. 다음에 올 땐 어린 새끼들이 눈 위에 발자국을 남기고 이 먹이들이 감쪽같이 사라졌으면 좋겠단 생각이 채 끝나기 전, 건너편 전나무 숲 능선으로 그들로 보이는 서너 마리 노루가 나의 기척에 놀라 달아나는 걸 보았다. 이럴 수가, 반가움에 가슴이 요동쳤다. 숲과 사람, 분리될 수 없는 자연이라는 우리는 그렇게 서로의 안부를 숲 어딘가에 묻고 확인하고 새기며 혹독한 겨울을 건너게 될 것이다.

3.

'당신을 기다릴게요.' 자작나무 꽃말이란다. 나는 이 꽃말을 함부로 뱉을 수 없다. 그렇게 말하고 나면 나는 영원히 당신을 기다려야 할 것만 같아서다. 그러나 이젠 소리 내어 말한다. 봄, 여름, 가을, 그리고 지금 눈이 한길이나 쌓인 겨울 자작 숲에서 당신을 기다리겠노라고.

추위가 얼음강에 반사된 빛처럼 쨍하다. 전나무와 자작나무가 야트막한 능선을 가운데 두고 나란히 서 있는 자주 걷는 숲 나의 영지는 눈雪이 한길이다. 자작의 목피도 희고 눈도 희고 구름도 희다. 숲 전체가 유난히 빛나는 순간이기도 하다.

눈은 모든 것을 덮는다. 그리고 소리 없이 평정한다. 무덤을 동그랗게 덮고 나뭇가지와 모든 대지에 굴절 없이 수평으로 내려앉는다. 아무도 가지 않는 길을 가고자 한다면, 깨끗한 옷과 신발을 갈아 신고 눈 내린 새벽 숲으로 가면 거기 한없이 한가롭고 신성으로 가득한 첫 길이 있다. 그것은 태초의 길이기도 하고, 있다고 믿었고 믿고 싶었던 신의 존재를 확인하는 길이기도 하다.


4.

오래전, 화가 친구가 시베리아 여행에서 돌아온 후 봉투 하나를 내밀었다. 그 안에는 자작나무 껍질로 만든 입으로 후~ 하고 불면 노트의 낱장들이 나비처럼 날아갈 것만 같은 그런 노트가 들어있었다. 생전 처음 보는 건 물론이고 너무 귀하고 아까워서 함부로 쓸 수 없는 선물이었다. 나는 앞면에 백석과 미당의 시를 몇 줄 베껴 적었던 것 같고 그리고는 책상 서랍 깊숙이 넣어둔 채 세월이 흘렀다.

그 후 나는 바이칼을 여행하면서 거의 잊혀진 자작나무껍질로 만든 노트를 기념품 가게에서 발견했을 때 얼마나 반가웠는지. 만지면 바스라질 것만 같은 얇은 낱장을 가는 노끈으로 엮어 나무의 질감을 그대로 간직한 자작나무 노트를 사서 선물한 기억은 아직도 생생하다. 오는 봄, 나무에 물이 오를 때쯤 숲이 허락한다면 연서를 쓸 자작나무 껍질 몇 장 얻어오고 싶다. 자작나무 살에다 새기는 편지를 받은 당신의 마음을 상상하는 일만큼 신나는 일이 또 있을까.

5.

미안해, 나조차도 나를 사랑하지 못한 날은 실로 많았으나 어제는 숲이 너무 좋아서 아무도, 정말 아무것도, 생각나지 않았어. 미안해, 오늘 역시 나는 누구도 그리워하지 않았어. 다만 신神은 하나를 빚으시고 수천 아니 수만을 보게 하는 능력자라는 걸 눈 그친 맑은 아침에야 비로소 깨달았을 뿐, 이제 3월도 끝을 향해 가네, 내게 미워할 용기와 사랑할 용기를 더불어 준 이성부 시인이 노래했던가. "기다리지 않아도 오고 / 기다림마저 잃었을 때에도 너는 온다"고.

6.

원대리, 지독한 안개를 뚫고 자작나무 숲을 찾아갔으나 자작나무는 뒷전이고 자꾸만 나를 부르는 소나무에서 헤어 나오질 못한다. 생도 이러하리라. 소풍날 잡아 여름 자작 숲 보러 와서 이름 없는 잡목에 맘 빼앗기다 날 저물면 귀가를 서둘러야 하는,

# 섬, 북한강 금대리

집을 나선 지 두어 시간, 고개를 넘자 눈발이 앞을 가로막는다. 갈 길은 멀고 해는 짧으니 이 정도 눈발로 주춤거릴 수는 없는 일이다. 남한강을 거슬러 북한강을 따라 가는데 '금대리'라는 이정표가 오른쪽 옆구리에 찰싹 붙는다. 눈발은 금세 성난 짐승처럼 거세져 시야를 가리고 바람은 달리는 차를 사납게 흔들어댄다. 짜릿한 불안이 안개처럼 스멀거린다. 이를 어쩌나, 뭔가 익숙한 듯싶은데 잘못 든 길이다.

도도히 흐르는 강물 속 외로운 섬 하나, 나무의 뿌리가 일제히 바닥을 지향하고 있는 저 차디찬 강의 상류에 태아처럼 등을 구부리고 자리를 잡은 조그만 섬, 삭풍에 휘둘려 울다가 웃다가 다시 꼿꼿이 제 자리를 찾는 마른 갈대처럼, 살든 죽든 함께 가자며 강으로 몸을 던진 두 연인의 혼이 뿌리를 내려 섬이 되었다는 전설을 떠올리던 그때, 거역할 수 없는 풍경 한 컷이 내 멱살을 잡고 다리를 꺾는다. 하지만 다행히 눈발이 가늘어져 계속 갈 수 있겠구나 싶을 때 또 다시 거짓말처럼 길을 막는 폭설. 새소리였는지, 바람소리였는지 강 하류 쪽에서 어떤 기척이 느껴졌던 것 같기도 하다. 잠시 눈雪을 뿌려서라도 행자들의 눈眼을 가려 줄 테니 어서 강 쪽으로 몸을 던져 건너오라고. 아주 깊고 먼 저곳에서 오래 기다렸을 한 사람, 여긴 금대리이고 금대리에 왔으니 자기만 생각하라는 듯,

농번기에 부모님 일 도우러 시골집에 갔다가 경운기 사고로 하체를 잃은 한 남자가 살던 북한강과 인연을 맺던 때가 있었다. 그는 소설을 썼다. 모 잡지에 소속되어있던 나는 그의 라이프 스토리를 싣기 위해 취재차 초행길에 혼자 차를 몰아 그가 산다는 금대리를 찾아갔다. 그러니까 나는 인터뷰어였고 그는 인터뷰이였다. 오가는 동안 차 안에서 나는 시대의 가객 정태춘의 '북한강에서'를 멈추지 않고 들었다. "강물 속으론 강물이 흐르고 내 맘 속에 내가 서로 부딪히며 흘러가고 강가에는 안개가 안개가 가득 흘러가오." 강가에는 안개가 안개가 흘러간다는 노랫말처럼 그곳은 언제나 꿈결처럼 안개가 흘렀다.

몸에서 그 무엇보다 중요하달 수 있는 두 다리를 잃고 세상에 등 떠밀려 섬이 된 소설 같은 그의 삶을 위무해주는 일, 그가 꿈꾸는 문학이라면 그의 고독과 고립을 당당히 세상으로 끌어내 줄 것만 같은 기대감, 한 사람에 대한 헌신은 그때까지 내가 가져보지 못한 깊은 신뢰와 용기를 필요로 했다.

유배생활이나 다름없는 그를 만나러 가는 길은 복사꽃이 피는 봄이거나 단풍이 붉은 가을이었다. 그를 지향하는 맘 때문이었을까. 북한강이 얼마나 유혹적인지 그것은 그냥 강이 아니었다. 어쩌면 나는 그보다 강을 더 사랑했는지도 모른다. 겨울이 되면 바람이 매서워 휠체어 외출이 어렵다며 강이 풀리면 오라는 편지를 보내오면 나는 꼼짝없이 봄을 기다려야만 했다. 그 긴 기다림은 쓰고 아렸지만 달콤하기도 했다.

어느 날, 그의 신작 단편을 읽을 때였다. 절정일 때 뛰어내린다는 동백꽃을 생에 비유하며 불운한 예감을 주던 그가 세상을 버렸다는 기별을 받았을 때 나는 그 아름다운 북한강과 금대리를 함께 버렸다. 그리고 그것은 깊은 배신감과 더불어 전생처럼 아득히 잊혀졌다.

세월이 흘러 나 하필 폭설 퍼붓는 날. 잘못 든 길이 금대리라니, 운명이 존재한다면 이렇게 무의식중에 와 닿고야 마는 지금 이것이 아닐까. 강풍과 눈으로 옷과 카메라가 젖어 더 이상 섬을 바라볼 수 없어 내비게이션을 무시하고 달려 도착한 곳은 남이섬이다. 어디서 어떻게 달려도 그가 그랬듯이 나 또한 섬일 수밖에 없구나, 독백하고 있을 때 그대가 어두운 길에 나무사히 귀가하라고 그 지독한 폭설 멈추게 해주었다는 거 왜 모를까.

"기억할게요. 눈보라 속에서 카메라 셔터를 누를 때 내 눈앞에서 한참을 지저귀다 간 작은 새 한 마리, 미안해요. 그리고 고마워요. 사는 일이 힘들어 까맣게 잊고 있었는데 그대가 나의 고단한 어깨를 툭 치면서까지 그날을 떠올리게 하고 위로해 주어서."

# 누가 누구를 용서하나요?

아프리카 시골학교에 듣도 보도 못한 동양인 여자가 등장했다면 학교 전체가 술렁이고도 남을 일이다. 그걸 익히 아는 나는 학교를 방문할 땐 되도록 수업을 방해하지 않으려 신경을 쓰는데, 그날은 쉬는 시간이라 여느 때처럼 순식간에 아이들이 나를 에워쌌고 팔을 뻗으면 기다렸다는 듯 한꺼번에 매달리곤 했다.

수십 명의 아이들 속에 둘러싸여 있을 때 한 아이가 다른 아이를 가리키며 나더러 뭐라는데 모두지 알아들을 수 없다. 그런데 친구의 지목을 받은 아이 눈빛이 금세 울음을 터트릴 것 같아 '뭐지?' 하며 다가가자 한 손을 뒤로 감추며 어쩔 줄 몰라 하는 게 아닌가.

주변 아이들 시선이 일제히 그 아이를 향했고 나는 무슨 영문인지 모른 채 뒤로 감춘 아이의 손에 신경이 쓰였다. "어디 볼까?" 놀란 아이가 울음을 터트리며 손에 들고 있던 것을 내게 내밀었다. "이게 왜 네 손에 있는 거지?" 알고 보니 아이들에 둘러싸여 있을 때 내 조끼 주머니에 있던 잔돈 지갑을 슬쩍한 모양인데 아주 짧은 시간에 일어난 일이라 나는 지갑이 사라졌는지 자각조차 못 하고 있었다.

조금 후 선생님이 등장했을 때 일이 커질까 봐 노심초사했으나 그건 기우에 지나지 않았다. 아이들에게서 자초지종을 들은 선생님이 내 손에 든 천 지갑을 가리키며 하는 말,

"마담, 용서해 주세요. 이 아이는 돈을 훔치려 했던 것이 아니라 꽃무늬가 그려진 예쁜 주머니(지갑)가 너무 갖고 싶었다네요."

용서라니, 누가 누구를 용서한단 말인가, 훔친 자보다 잃은 자의 죄가 더 크다는 말은 맞다(그 아이는 훔친다는 개념조차 몰랐을지도 모른다). 일이 크게 벌어질까 걱정스러웠지만 지혜로운 선생님은 다행히 내 앞에서 아이를 크게 나무라지 않았다. 조금 후 분위기가 수습되자 아이들은 교실로 돌아가고 나는 운동장에서 수업이 끝나기를 기다렸다가 아이를 다시 만났다.

"아깐 놀랐지? 미안해, 놀라게 해서, 난 괜찮아, 그러니까 이거 받아."

원래 주인이었던 것처럼 현금을 빼고 꽃무늬 천 지갑에 사탕 세 알을 넣어 아이에게 돌려주자 주변 친구들이 한껏 부러운 눈초리로 아이를 쳐다봤다. 내 가방에 있던 사탕 봉지는 금세 동이나 버렸고 눈물을 쏟을 것 같았던 아이의 얼굴엔 햇살 같은 미소가 번졌다. 나는 어리둥절해 하는 아이를 토닥토닥 안아주고는 천천히 팔을 풀었다. 조금 자란 까칠한 머리카락이 내 가슴을 찔렀지만 나쁘지 않았다.

아이가 까만 비닐봉지(책가방을 대신한)를 품에 안고 반대방향으로 멀어져 가며 내게 조가비 같은 손을 흔드는데 오토바이가 한 대가 붉은 흙먼지를 피우며 신작로를 가로질러 갔다.

그날 밤 아이는 어떤 꿈을 꾸었을까.

# 몸이 아프다
# 찬란하게 아프다

시골에서 돌아와 며칠째 침대에 묶여 꼼짝 못 하고 있다. 지난밤은 기침 때문에 앉아서 밤을 보냈다. 감기다. 몸이 아프다. 찬란하게 아프다. 의사는 내게 애정이랍시고 매번 앵무새처럼 말한다. '감기를 조심하라고.' 그런데 이번 겨울에도 피해가지는 못했다. 한 일주일 앓고 거뜬해지면 좋으련만 한 번도 그리 가볍게 끝난 적이 없으니, 멈추지 않는 기침, 콧물, 눈물, 고열, 온몸이 신음조차 못 낼 만큼 미칠 듯 아프다. 누구는 삶의 무게에 뼈가 녹는다 했지만 나는 살이 녹는다. 알고 있다. 아프다는 건 몸이 내게 '사랑한다'고, '살아있어서 참 다행이야.'라고 속삭이는 거다. 긴 밤 나는 몸 경전에 손을 얹고 가만가만 늑골의 행간을 읽다가 어디선가 길을 잃고 말았는데 불을 켜고 책상 앞에 앉으니 그 끝을 찾을 수가 없다.

누구에겐 그냥 감기일 뿐인데 내겐 치명적인 것, 이 또한 얼마나 지극한 사랑인가. 기침이나 두통이 가라앉으면 몸은 고맙게도 순간순간들이 얼마나 찬란한 매혹으로 가득한지를 알게 되니 그 또한 감사하지 않을 수가, 고통을 느낄 수 있는 촉에 감사하고, 그 고통을 통해 내가 나를 처연히 볼 수 있는 시간도 감사하다. 크든 작든 고통은 내면을 성숙시킨다. 그것은 피하지도 엎혀가지도 말고 똑바로 자신을 대면하라는 신의 경고는 아닐까. 그렇지 않고서야 이런 지극한 애정으로 나를 찾아올 리가 없다. 며칠 말을 하지 않고 지냈다. 말은 얼마든지 버릴 수 있지만 글은 버릴 수가 없다. 그러니까 이토록 아플 땐 열심히 최선을 다해 아파주는 게 맞지 싶다.

긴 밤 보내고 따뜻한 물을 마시기 위해 식탁에 앉은 새벽 4시 근처, 현관 중문과 현관문을 거쳐 배달원이 신문을 던지고 가는 소리를 들었다. 내가 살아있듯이 그도 체감온도 영하 20도 혹한에도 퍼렇게 살아서 한 인간에게 구원의 소식을 주고 가는구나. 나는 승강기 문이 닫히는 소리를 듣고 나서야 살그머니 나가 조간을 집어 안으로 들어오는데 싸한 바깥공기가 안으로 들고 안 공기가 바깥으로 빠져나가는 것을 영민하게 느꼈다. 세상은 이렇게 안과 밖이 섞여서 살아내는 것이겠지. 얼마나 추울까. 배달원은 또 다음 독자를 향해 열심히 뛰고 있을 것이다. 감기쯤이야 하면서 물 한 컵을 마시고 나는 또 패잔병처럼 이불 속으로 들어간다. 밤은 터무니없이 길다.

몇 주 독감과 동거하는 동안 머리카락은 하얗게 솟아오르고 손톱은 마녀처럼 자랐다. 자정 지나 내린 눈을 멍하니 바라보다 다시 찾아온 아침을 단정하게 맞는다. 부스스한 얼굴에 스킨을 바르고 무릎을 꿇고 찻물 우려낸 찻잔을 두 손으로 감싸 쥔 채 집안까지 찾아온 햇살을 공손히 받든다. 나는 갓 구운 빵 냄새가 나는 햇살의 발그레한 뺨을 몸을 돌려 내게로 끌어당긴다. 평화가 파도처럼 밀려오는 아침이다.

# 우리들의 비빔밥

점심은 산채비빔밥을 준비해야지. 시간이 되면 안전모를 벗고 수건은 목에
건 채로 자전거를 타고 미루나무가 있는 논길을 달려오겠지. 늘 그랬던 것처
럼 담벼락 아래 조는 꽃들이 놀랄지 모르니 대문 앞에선 따르릉 자전거 벨을
눌러 줘. 내가 우물가에서 등목을 시켜주면 시원해 하며 야릇한 상상도 하
겠지. 신발 끈을 풀고 안으로 들면 짐승 같은 귀여운 미소도 날리겠지. 그사
이 나는 당신 몰래 낡은 안전화를 연민으로 바라볼 테고, 그도 잠시, 둥근 소
반에 이마를 맞대고 산으로 들로 헤매 꺾은 나물을 아낌없이 넣고 비비는 거
지. 양푼 가득 밥과 나물과 깨소금과 고추장이 기다리는 찰진 우리들의 점
심, 참기름이 뭐가 필요하겠어. 숟가락을 달그락대며 비빈 밥을 입이 터져라
욱여넣으면 까르르까르르 밥알이 서로의 얼굴에 마구 발사된다 해도 그냥
웃겠지. 시계를 보겠지. 그러다 바둑이와 나란히 마을 끝으로 사라지는 당신
의 오후를 배웅할 때, 가난이 무슨 대수냐며 겨울 아랫목처럼 따스했을 우리
들의 푸른 사랑, 앞산에 소쩍새가 소쩍소쩍 하고 울어도 청춘이라 즐겁기만
했을 한때, 나 먹자고 하는 밥은 슬픔이었으나 당신과 함께 먹는 밥은 언제
나 행복이었지. 아주 가끔이라도 괜찮으니 말해 줘. 당신 한 입 나 한 입 떠
넣어 주던 그 봄날의 비빔밥이 눈물처럼 그립다고. 이것이 꿈일지라도 다시
과거로 돌아간다면 말이야.

# 나무사원의 아침

1.

누가 등을 떠민 것도 아닌데 어느 날 안개가 꽃처럼 피는 이 골짜기로 나는 자발적 편입을 했다. 소소함도 귀히 여겨야 한다는 건 나무와 풀꽃이 일러 주었으나 사람에 대한 사랑만은 독학이다. 바람이 샤르비아 이마를 어루만지고 가는 마당 가에서 연필로 엽서 두 장을 쓰는 동안 기분이 말랑말랑해졌다. 별생각 없이 접시에 담긴 자두를 한 입 베어 물었는데, 붉고 단단한 것이 입안에서 사각거림을 반복하다가 찾아낸 의문의 그것, 사막을 유목하는 베두인으로부터 식사초대를 받아 처음으로 맛본 이름조차 기억나지 않는 깊숙이 내장된 그 날의 요리 맛을 불러낸다. 내가 얼마나 식감에 인색했는지를 깨닫는 계기가 되었던 그 음식, 남은 여행 동안 나는 그날의 요리 맛을 어떻게든 기록하려 했으나 번번이 실패하고 말았다. 오묘한 감정처럼 참으로 그윽했던, 내 영혼의 수프 같은,

2.

용서와 망각 사이에 길이 있다. 아주 오래전부터 있었고 앞으로도 있을, 초겨울의 양광陽光이 숲의 내장까지 스며드는 길이 지금 내 앞에 있다. 비스듬히 옆으로 기대거나 누워보는 것도 좋겠지만 우로 휘어진 길은 반대편에 서면 좌로 휘어진 길이 된다. 나는 순정한 빛의 은총을 온몸으로 받으며 게

으르게 걷는다. 이것은 경험을 기억하는 몸이 알아서 한 일이지 약삭빠른 생각이 한 일은 결코 아니다. 나무가 잎을 모두 내려놓은 후론 새소리도 한결 영롱해졌음을 내 얇은 귀는 일찍이 알아차렸다. 새들의 빈 둥지가 마음에 걸리는 건 알량한 행자의 연민일 뿐, 이곳은 내가 함부로 넘볼 수 없는 세상, 저들만의 리그다. 그렇지 않고서야 저리 고운 노래를 다투어 뽐낼 수는 없는 일이다. 숲이 나를 읽는다.

고통에 대처하는 법을 생각하다 자문한다. 고통 없는 삶이 가능할까. 만약 무통無痛의 세계가 존재한다면 그것이야말로 지옥일 테지. 내가 알고 있는 절망, 슬픔, 고통이라는 단어 뒤에 희망이 있다는 걸 귀띔해 준 것도 저 숲의 굽은 길이었다. 엄살 피우지 않고 담담해지고자 한다면, 여기 한 행자가 손을 내밀 때 못 이기는 척 따라와 보는 건 어떤가. 여름 오후, 늙은 개의 혓바닥처럼 늘어진 권태와 방금 시계를 산 사람은 불행하다고 했다. 시계를 던지고 한 걸음 두 걸음 걸어보자. 걷다가 저 숲의 모퉁이를 돌 때 한 번쯤 뒤를 돌아보는 것도 좋으리라. 아무 일 없다는 듯 콧노래를 흥얼거리며 혼자 걷는 당신을 발견하게 될 테니까. 자, 이제 TV를 끄고 문턱을 넘는 거야. 저녁이 오기 전에 저 고개 넘어 신령한 나무사원을 통과하려면,

구름은 처음부터 구름이었을까. 가문비나무는 원래 가문비나무였을까. 신神과 채송화와 하루살이는? 고래와 조가비와 방울꽃은? 하면 나는 처음부터 나였을까? 당신은 원래부터 당신이었나? 숲이 끝나기 전 답을 찾을 수 있기를,

3.

오늘처럼 날씨가 좋은 날은 바이칼의 샤먼처럼 자작나무 숲에서 하루를 마무리하는 것이 일상이 되었다. 누가 뭐래도 하루를 의미 있게 보낸 자만이 저 깊은 노을에 온전히 취할 수 있을 테니까. 사는 동안 사람이나 나무에 기댈 수 없다면 허공의 노을에라도 기대야만 한다. 기대지 않고는 살 수 없는 종種, 우린 인간이니까.

자세히 들여다보니 자작나무 가지에 공생하던 가시넝쿨들이 붉은 열매와 까만 씨앗을 품은 채 모가지를 길게 빼고 말라 있다. 말라 있으나 생이 끝난 건 아니라서 아름다운 추상화다. 퇴화했다는 건 필요가 줄었다는 섭리의 다른 말일 테니까. 하면 열매와 씨앗은 다음 생을 확약받기 위한 증명서 같은 건 아닐까.

용서 않기로 했다. 다른 존재의 도움 없이 내가 나로 사는 것이 불가능하다는 걸 알고 나서도 내가 나를 사랑하지 않는다면, 잘못 탄 기차가 꿈꾸던 곳으로 데려다준다는 건 얼마나 매혹적인가. 그러므로 사람아, 외롭더라도 지레 절망하거나 속단하지는 말자. 없으면 죽을 것 같은 사람이 떠난 자리에도 사람은 온다. 사람이 아니면 더 소중한 무엇이 올 것이다.

# 아침 첫 커피

1.

태풍에 꺾인 구절초 꽃대 하나 제 몸 간신이 지탱하면서도 지켜주지 못해 미안한 듯 휘청거리는 다른 꽃을 안아주고 있다. 꽃은 "내가 너를 좋아하는데 네가 나를 좋아하지 않는다는 이유만으로 이 사랑을 포기할 수 없다"는 고백 중인 듯하다. 수치감이 밀려온다. 진정 나는 할 수 없는 일을 계절이 다해 세상 끝에선 허리가 반쯤 꺾인 구절초가 하고 있으니. 심고 거두지 않았으나 문만 나서면 온통 꽃이고 풀이다. 원하지 않는 자리에 있다고 잡초라 한다지만 잡초가 없다면 드넓은 대지의 초록은 누가 무슨 페인트로 감당할 수 있겠는가.

2.

비, 늦장마가 두고 간 선물이겠지. 앞산 골짜기는 막바지 초록을 대 방류 중이다. 다행이다. 처처에 내 고단과 욕심 내려놓을 자리가 보이니, 빗속으로 들면 내 소소한 우울도 땅속으로 스며들겠지. 커피 한 모금을 머금고 은빛 물결 일렁이는 자작나무 사이를 걷는 신성한 이 아침의식, 빛이 안겨주는 시간의 다른 맛, 하여 언제 입안의 커피를 삼킬지는 알 수가 없다. 나는, 커피가 '중독'이라는 몹쓸 권력을 가지고 있다고 믿는데 그것은 무상한 집착에 버금가는 달콤한 사이비종교와도 닮았다. 만성 불면이라는 강적에도 중독의 포로가 되는 것을 두려워 않는 걸 보면 말이다. 마음이야 늘 가변적이지만 혹여 그분께서 지금 한 가지 소원을 말하라면 나는 하루 한 잔이 아닌 무제한 커피 기프트권을 받고 싶다. 물론 그 커피를 감당할 튼실한 위장까지도.

높은 하늘과 빛나는 초록 바다에서 불안을 떠올리는 건 반칙이겠지. 매일 만나는 지상의 첫 아침과 마지막 저녁, 그러나 이른 새벽 낯선 여행지에서 마시는 첫 커피는 아편처럼 매혹적이었지. 아니면 오래 기다리게 한 사람에게 사흘 후 떠날 비행기 표를 예약하고 걸어서 집으로 돌아올 때의 마음 같기도.

3.
늦잠에서 깨어 약속시간이 지난 걸 알았다는 듯 세수도 생략하고 늘어진 고무줄 바지에 낡은 패딩을 걸치고 서둘러 집을 나섰다. 누가 내 몰골을 봤다면 정신 이상자 딱 그 모양이었으리. 내가 좋아하는, 타인의 시선을 의식하지 않아도 되는 시골살이, 겨우 8시가 조금 넘은 시간, 싱그럽기로 치자면 4월 아침 숲만 한 것이 있을까. 자주 가는 벤치에 가방을 놓고 준비해 간 간단한 아침(샌드위치 한 조각)을 손수건 위에 풀고 보온병 뚜껑을 열었다. 싸한 공기 때문인지 모락모락 퍼져나가는 김과 숲을 맴도는 그윽한 커피 향, 좋았다. 그냥 좋았다. 그랬으므로 한참을 꼼짝없이 앉아있었다. 더도 덜도 아닌 그대로가 알맞게 좋았다. 연록의 움이 돋아나는 나무 사이로 빛이 가득 내려앉고, 새들은 저마다의 목청으로 노래하고, 전나무 사이를 뛰어다니는 바람은 목덜미를 간지럽히고, 몇 발자국 계곡 쪽으로 내려서자 양지

넠에는 꽃다지 얼레지 제비꽃 바람꽃이 다투어 머리를 들고 있다. 살다 보면 누구에게나 가끔 여기 이 상태로 시간이 멈추었으면 싶은 선물 같은 순간이 있을 텐데 오늘 아침이 그랬다. 맨발로 조금 걷다가 자리로 돌아와 천천히 커피를 곁들여 샌드위치로 식사를 마쳤다. 부러울 것 없는 성찬이었다. 추위가 풀렸으니 이제 시골에 머무는 동안 아침 식사는 오늘처럼 숲에서 해야겠다. 어쩌다 찾아오는 벗이 있다면, 내가 마련한 숲 속의 식탁을 함께 나누리라. 우람한 전나무의 사열을 받으며 함께 하는 밥 한 끼, 차 한 잔, 나는 가난하지만 부자를 부러워하지 않으리라. 이 가난을 부끄러워하지는 더욱 않으리라.

4.

저마다 애끓은 속사정 하나쯤은 있겠지. 1년에 한 번 출근, 근무일지에 사인하고 가는 저 산벚꽃도 정규직인데 수십 년 정신노동에 종사한 나는 휴가도 연봉도 형편없는 비정규직, 아쉬움은 있어도 불평은 없다. 생각해 보니 실낱같은 행복도 비정규직이어서 가능했던 일이었으니, 그러나 이 계절엔 산벚꽃 관리하는 아르바이트 자리 하나 얻고 싶다.

# 모멘트, 은빛 순간들

의자 깊이 몸을 묻고 낮과 밤이 옷을 갈아입는 잉크색 하늘과 블루의 바다를 품으로 끌어들인다. 이번 여정에서 선물처럼 주어진 다섯 번의 저녁이 그랬고 아침도 그랬다. 밤 동안 파도소리를 들으며 바다가 잠잠해지기를 기다렸다. 태양빛이라면 눈이 짓무르는 것쯤이야 그럴 수 있는 일이라 자신했다. 겨울 해운대의 아침은 고요하고 찬란했다. 저 바다, 수억 만 마리의 은빛 멸치 떼가 수면을 난타하고, 시공을 초월, 수만 대의 피아노 건반을 일제히 누르는, 세상 모든 나비 떼가 바다를 가로지르는, 바람은 차가웠지만 막무가내로 쏟아지는 햇살과 바다, 은빛이라 발음하는 것만으로도 원시성이 꿈틀거렸고 몽글몽글 아지랑이가 피어났다. 이 바보 같은 평안, 내게 고통 따위가 있기나 했을까, 간밤의 미친 불면은 또 어떻고, 샤워를 마치고 이보다 더는 밝을 수 없는 신기루 앞에서 커피를 마신다. 탁 트인 시야에 어떤 방해도 없는 20층 높이에서 고요히 바라보는 윤슬은 왜 이리 찬란한지. 꿈이라면 깨고 싶지 않았고, 이제 더 무엇도 바라지 않는, 나는 '만약'이라는 불확실한 단어에 내일을 걸고 싶지 않았다. 내일은 확약받은 티켓이었다. 그 내일이 바로 오늘이고 완벽하게 홀로인 이 순간이라는 기적은 대체 어떻게 설명할 것인가.

# 고독한 원시림,
## 풍경이 전하는 말

내게 이십 대는 깊이를 알 수 없는 늪이었고 고독한 원시림이었다. 만일 내게 칠십 혹은 팔십이라는 시간이 온대도 20대처럼 절망적으로 우울할 것 같진 않다. 아무리 긴 장마라도 틈틈이 빛이 존재한다는 걸 알았으니까.

어제 도착한 시집을 들고 출근하듯 숲으로 갔다. 침엽수림 사이로 비 갠 하늘은 여전히 푸른빛을 내뿜는다. 아침나절 이 신령한 평화의 발원지는 어딜까. 나는 모자를 벗고 물기가 남아있는 벤치에 앉아 몇 편의 시를 음미했다. 그러다가 곁에 있는 평상으로 옮겨가 가방을 베개 삼아 누운 채 촉촉한 나무 냄새를 맡았고, 몇 번인가 눈을 길게 떴다 감았다 하며 바람의 결을 느꼈다.

깊지 않은 숲이지만 사람은 그림자도 보이지 않았다. 그렇다고 고독 같은 것이 옹기종기 모여 있는 것도 아니었다. 자연에 기댄다는 것, 전나무 사이를 스치며 걸어 다니는 바람은 허무처럼 적막했다. 바지런한 다람쥐와 청설모가 잣을 까먹고 톡톡 껍질을 아래로 떨어뜨리는 소리가 빗소리 같다. 잠자리가 주변을 맴돌다 어깨에 앉았다 가는 그늘 깊은 숲의 기온은 20도, 나는 아무것도 배척하거나 비판하지 않는 자연이라는 신성에 매료되어 '좋다, 좋구나.'를 연발했다. 그것은 내가 입술로 하는 가벼운 말이 아니라 영혼의 교감에서 솟구치는 탄성 같은 것이었다. 경험하지 않으면 누가 이 평안을 짐작이나 하겠는가. 그렇게 숲의 기운이 한껏 고조될 때쯤, 열 발자국도 채 안 되는 왼편에서 기척이 들려왔다. 나는 살짝 긴장되었고 읽던 시집을 조용히 내려놓고 소리나는 쪽으로 머리를 돌렸을 때, 거기 눈앞에서 나를 뚫어져라 보고 있던 새끼 짐승 한 마리, 우린 놀란 눈으로 5초쯤 서로를 바라보았던 것 같다. 그리고 녀석은 바람처럼 사라져 버렸다. 뿔은 없었고 X자 가는 다리 양 옆구리에 흰 점이 길게 있는 것으로 보아 고라니가 분명했다. 나는 누운 자세 그대로 넋이 나가 녀석이 사라진 숲 쪽을 한동안 바라보았다. 그러고 보니 지난봄 눈앞에서 고라니 가족을 만난 곳과 인접한 곳이다. 나는 반가움에 심장이 벌렁거렸다. 녀석이 얼마 동안 나를 염탐했는지는 알 수 없지만 분명 내 행동을 보고 있다가 돌아눕는 기척에 어이쿠! 하며 달아난 거겠지. 고라니나 노루는 자주 보는 편이지만 이리 가까이에서 내 행동을 들킨 건 처음이다. 하여 나는 아주 지척에서 야생의 고라니와 눈을 맞추는 빛나는 이력 하나를 더하는 행운을 갖게 되었달까.

하지만 이건 우연의 일치겠지, 다음 날 생각해 보니 내가 고라니를 만난 것과 아주 유사한 장면 하나가 오버랩 되는 게 아닌가. 맞다. 『코스모스』의 저자 칼 세이건의 아내 앤 드루안이 골수성 백혈병으로 세상을 떠난 남편의 사후 10년을 추억하며 《행성보고서》에 기고한 글 바로 거기서다. "날씨가 좋은 날이면 칼은 자연에 묻혀서 사색하며 글쓰기를 즐겼다. 뉴욕주, 이타카 시 소재의 우리 집을 둘러싼 바로 그 자연의 아름다움 속에서 말이다." "컴퓨터에서 눈을 떼어 시선을 창밖으로 잠시 돌렸더니, 덩치가 무척 큰 사슴 한 마리가 칼의 어깨너머로 원고를 내려다보고 있었다. 칼은 등 뒤에 사

슴이 있다는 것도 모른 채 자기 앞에 놓인 원고에만 몰두하고 있었다. 집중
하기는 사슴도 마찬가지였다. 칼이 원고에 뭐라 쓰는지 알고 싶다는 표정
으로."

# 사랑, 끌림 혹은 자발적 갈망

우리는 늘 속을 준비를 하며 사는 것 같다. 그것은 내가 누군가를 속였다는 말과 다르지 않을 것이다. 상처는 사랑하는 사람으로부터 받는 우울한 선물이다.

끌림 혹은 자발적 갈망에 의해 성립되는 사랑은 모든 것을 아우르고 이긴다. 추상적인 것 같지만 사랑만큼 분명한 실체는 없다. 딱히 외모나 성적매력이 아니어도 행이든 불행이든 자신과 상대를 그럴듯하게 과장함으로써 본질에 가까이 다가갈 수 있다고 착각하는 존재가 사람 아닌가. 가끔은 즉흥적 충동과 강렬한 집착을 열정으로 오인하기도 하지만 한껏 부풀린 사랑은 오래가지 못하고 어느 순간 급격한 자괴감과 외로움에 직면하고 만다. 사랑에 빠진 사람들은 숙명적으로 갈애에 시달리고 영속성을 말하지만 사는 동안 확실한 것이 있다면 고독을 경유한 죽음뿐이다.

처음엔 능동적이고 좀 더 적극적인 자발적 참여가 사랑인 줄 알다가 급소를 찌르는 통쾌함이나 격정이 식으면 분리 불안 합의 도취 미지근한 오르가슴 같은 것이 혼재하는 시기가 찾아온다. 사랑은 상대의 사상 지식 유머 물질 빈부 심지어는 슬픔이나 고통까지도 공유하는 유일무이한 축복이고 독약 같은 저주다. 그것은 정신과 몸을 통해 보다 적극적이고 구체적인 관심과 행동 그만의 장점을 찾아내는 기술이 일치할 때 빛을 발하는 신기루와 같다. 허기질 때 솟구치는 식욕의 속성과 같은 사랑을 쟁취하려면 타이밍을 놓치지 않고 그가 오가는 길목에 나를 열 수 있는 열쇠 하나 슬쩍 흘릴 수 있어야 하지 않을까.

# 와일드 가든에서의 한나절

구호나 깃발을 좋아하지 않지만 홀로 산속을 걸을 때 어쩌다 만나는 깃발
(리본)은 여간 반가운 게 아니다. 깃발은 해가 지고 길을 잃어 두려움에 떨고
있을 때 등불을 들고 내 앞에 나타난 당신처럼 고맙다.

깃들어 산다고 하지만 발이 게으르고 눈이 어두우면 볼 수 없는 것이 자연
이다. 5월의 숲은 무삭제 다큐영화를 보는 듯한 착각에 빠지게 한다. 어제
에 이어 오늘도 그랬다. 잠이 깨면 전날 본 숲이 머리를 가득 채운다. 이달
엔 유난히 자주 숲의 초대를 받는다. 나비가 날고 벌이 찾아드는 이곳은 순
백의 처녀가 흰 드레스 자락을 끌며 사뿐히 걸어 나오는 듯 흰 꽃 전호가 천
지사방을 덮는다. 이곳이라면 길을 잃어주는 게 맞다. 그게 예의다. 숲은
어느새 여린 이파리들을 무럭무럭 키워 나무 냄새 꽃향기로 채우고 있다.
나는 때를 놓칠세라 친구에게 서둘러 꽃소식을 전한다.

숲의 거주자들은 이름을 몰라도 좋다. 짐승도 풀도 우리도 애초엔 이름이 없었으니까. 가장 먼저 햇살과 조곤조곤 노래하는 새들과 슬픔 없는 꽃들의 합창은 이곳이 천상임을 전언한다. 언덕 아래로 빛무리에 둘러싸인 꽃밭의 농담들, 아직은 지치거나 시들 기색이 전혀 없는 만개滿開한 생. 나는 꽃의 심지에 입술을 대고 사랑을 고백한다. 인간이므로 우리는 어떻게 살아도 지상에 머무는 한 죄를 지을 것이고 그러므로 더러울 거니까, 하여 가까이하기엔 감히 두렵기만 한 순백의 꽃무리들, 나의 정신을 씻어주는 건 이 순정한 자연, 나지막한 꽃들의 흔들림, 세상의 모든 풍경 속에 그대가 있을 때 비로소 '우리'라는 단어를 쓸 때겠지.

꽃이 시들기 전 네가 와주면 좋겠다. 그래서일까. 오후가 되면 땀에 젖은 셔츠를 빨아 널고 마음은 설레는 불안을 건너 너를 마중 나간다. 혼자 걸으면 빨리 도착할 수 있을지 모르지만 오래 걸을 순 없다는 걸 아는 내가 어제와 같은 실수를 반복한다. 이 막바지 봄의 성찬에 나는 무엇을 보았을까. 늘 위태롭지만 어떤 일이든 저 만개한 꽃처럼 미친 기쁨이 있어야 한다는 것만은 전적으로 동의한다. 어쩔 것인가, 벗은 멀리 있고 혼자 보기 과분한 5월 숲이 상영하는 이 아름다운 영화를,

# 이를테면 발견의 아름다움 같은

1.

오직 한 사람만 아는 후박나무 그늘이다. 해 질 무렵 나를 찾아온 발견의 아름다움에 깊이 매료된 곳은, 창밖으론 초록 물결이 범람한다. 밭엔 냉이와 달래가 부풀고 앞산의 저 장엄한 초록은 대체 어디서 온 걸까. 아무리 흐드러지더라도 잎이 나고 꽃이 피고 지는 걸 상식으로 정의해선 안 된다. 이치나 순리라는 단어로 부족한 그것은 신의 주제 하에 모든 걸 뛰어넘는 경이이고 영원의 예고편일 지도 모른다.

한갓 허망에 그칠지라도 곳곳에 우리의 영혼도 함께 했으면 싶다. 잦은 비로 가슴까지 흥건하다. 누구도 울지 않을 때 언제 울어야 하는지를 안다는 듯 비를 머금고 있는 산벚꽃을 본다. 늦은 밤 도착된 메시지는 명료하다. "비를 품었는데 어찌 이 꽃들이 견딜 수 있겠는가,"


2.

하고 싶은 일, 구체적인 대상이 생기더라도 노력으로 되는 것이 있고 때가 되어야 되는 것도 있다. 지금의 육체적 고통은 변화의 느낌을 놓쳐서 초래한 일일지 모르지만 결국 애정은 관심에서 비롯되는 것, 신神, 지상의 모든, 살아 숨 쉬는 자연, 아니 숨이 멎은 대상에게까지 깃들어 있는 정령들, 나무를 봐, 풀잎에 맺힌 물방울을 봐, 사소해 보이는 잎 하나도 떨어지는 잎의 생각과 놓으려는 가지의 생각이 일치해야 분리되듯, 결국은 어떤 생각에 직면하더라도 근원에 대한 질문은 끝이 없을 것이므로 지금 당장 생각을 멈추는 용기가 필요해.

사철 푸른 소나무가 지아비의 위엄 같다면 저 연록의 활엽수들은 왠지 아양 많은 애첩 같지 않니. 하지만 초록만큼 푸근한 침대도 없을 거야. 과잉 긍정은 부정보다 더한 독을 품고 있다지. 이쯤에서 감쪽같이 상흔이 치유된다 해도 저 초록을 따라 천리만리를 가겠다는 건 아니지만, 마음 상태를 묻는다면, 변함없이 곁에 있을 때만이라도 서로의 향기를 놓치지 않기를 바랄 뿐, 겨드랑이마다 간지럽게 잎을 피우는 숲을 걷노라니 마음은 비 갠 아침 노란 오렌지가 상큼한 과즙을 분사할 때처럼 향긋하달까. 싱그럽달까.

# 노안으로 사물을 흐리게 하는
# 신의 배려

금 밖을 지향, 유폐를 자처하며 모범과 규범을 의심하고 비트는 존재가 나라면, 내 입술을 떠난 말은 내 것이되 타인의 것이다. 세상에는 설명할 수 없는 것들이 얼마나 많은지, 경험을 통한 기록은 의식을 통과해 말이나 글로 드러내는 과정에서 실상을 그대로 전달하는 일은 불가능에 가깝지 싶다. 그렇지만 책임을 회피할 수는 없는 것이 말의 속성이 아니던가.

하고 싶은 일과 해야 할 일이 별개일 순 없다. 그러나 크게 보면 하고 싶은 일이 먼저인 게 맞다. 좋은 말은 내가 아니라 상대를 이롭게 하는 말이다. 어떤 말은 달콤하지만 상대에게 닿는 순간 치명적인 독이 되기도 하고, 어떤 말은 칼날처럼 날카롭지만 환부를 도려내어 새살을 돋게 한다. 좋은 말이 모이면 꽃밭이 되지만 나쁜 말이 모이면 쓰레기장이 된다. 말에 격이 있다는 것은 진리다.

어떤 말은 서랍 깊숙이 보관되었다가 본인이 세상을 떠난 후 소문과 시간을 경유하면서 재편집되어 본질이 왜곡된다. 그러므로 우리는 어쩔 수 없이 왜곡된 시나리오를 읽게 되는데, 본인 부재 후 타인의 입술로 쓰여지는 시나리오는 그래서 더욱 위험한 무기가 되기도 한다. 좋은 말은 선한 공기의 파장과 같지만 입술을 벗어나는 순간 휘발성이 강해 변장의 귀재가 되기도 한다. 말이 신중하면 인격이 격상되지만 말이 천박하면 하치를 면할 수 없다. 어떤 말은 녹슨 못처럼 깊이 박혀 몸이 허물어질 때까지 빼지 못한다. 여기엔 인간이기에 벗어버릴 수 없는 원죄나 정체성도 포함된다. 일상의 대화에서 멋진 축사를 떠올릴 필요는 없지만 더러는 내가 사라진 후에도 누군가의 마음속에 남아 세상의 한 자락을 추억하게 된다면 그것은 몇 쪽 책이 될 가능성이 높다. 책은, 평생 그림자처럼 따라다닌 수많은 경험을 바탕으로 생각을 응집한 나만의 경전이기 때문이다.

나무의 일생을 온몸으로 불어주는 것이 악기라면 나무의 전생을 바쳐 영혼의 양식을 주는 것은 책이다. 어느새 노안老眼과 난독증으로 독서를 방해받고 있지만 생각과 행동과 글과 말이 잘 갖춰 입은 정장이 되려면 좋은 책을 골라 읽는 건 능력이고 혜안이며 필수다. 글자를 익히고 지금껏 읽은 수많은 활자(책)는 결국 지금 손에 든 이 한 권의 책을 이해하기 위한 밑거름이었다고 해도 과언은 아닐 것이다.

그러나 세상 물정과 삶의 본질을 조금은 파악했다 싶을 즈음 노안으로 사물을 흐리게 하는 신의 배려는 참으로 뜻깊다 할밖에.

# 온갖 꽃잎이 머리에 앉았다가는

연분홍 살구꽃이 죄다 땅으로 뛰어내린 건 불과 일주일 전이다. 별리<sup>別離</sup>, 헤어진 것이 아니라 더 나은 무엇으로 함께 하기 위해 잠시 떨어져 있을 뿐이라는 듯 꽃 진 자리에 열매가 몸을 부풀린다. 꽃이 남긴 이 귀한 선물을 우리는 살구라 부른다. 시고 달고 상큼한 맛을 주는 생의 봄날 같은 노란 살구. 모든 존재가 사랑을 이루기 위해 세상에 오는 게 맞다면, 살구꽃이 미련 없이 지는 건 살구라는 열매로 사랑을 완성했기 때문이겠지.

내겐, 아직도 꽃을 안기기 위해 중앙차선을 아무렇지 않게 넘나드는 애인이 있다. 그가 넘는 건 황색차선뿐 아니라 수시로 비밀번호를 누르고 내 마음에 머물다 간다는 것이다. "내가 필요할 때 세상의 모든 꽃집은 꼭 건너편에만 있더라." 황색차선을 넘나드는 이유로 충분하지 않냐며 꽃을 고르는 그의 미소가 말했다. 봄은 이렇게 오고 있다. 그가 고른 꽃은 '보르니아 피나타.' 꽃말은 '잊을 수 없는 당신의 향기.'

새끼 고양이가 개나리꽃밭에서 졸고 있다. 민들레와 벚꽃잎을 밟지 않고는 걸을 수 없는 계절이다. 사방천지 흩날리는 벚꽃은 기분 좋은 혼란이다. 지금쯤 바람이 낮게 흐를 시골집 논둑엔 내가 좋아하는 냉이꽃과 조팝꽃이 무장무장 필 것이다. 도심 속에서도 날마다 걸음마다 온갖 꽃잎이 머리에 앉았다가는 날, 꽃 앞에서 좀 누추해지면 어떠랴. 아프지 않는 일상이 얼마나 행복한 삶인지 잊고 살았다. 수선화가 웃고 있는 베란다에 빨래를 널어놓고 햇살을 받으며 의자에 머리를 대고 잠시 꾸는 꿈, 사람몸살, 꽃몸살, 바람몸살을 피해갈 수 없는 이 찰나의 봄. 내일은 또 어떤 기적이 나를 기다릴까.

내 얘기 잘 들어주는 친구처럼, 이제 그만 미안해도 괜찮다며 토닥토닥 내리는 비, 대책 없이 따뜻해지는 수국 같은 기쁨, 따뜻하다 못해 뭉클해지는 축복 같은 거, 연두와 초록이 손을 잡는 사이 노란 꽃을 마구마구 피워내는 애기똥풀꽃, 얼레지 현호색 노루귀 바람꽃 할미꽃이 다투어 피고, '아내'라는 말과 '집사람'이라는 말이 좋아지고, 욕망하는 모든 것들에게 경배하는 봄, 불과 몇 개의 풀과 꽃과 열매가 다녀가는 순서를 아직도 다 외지 못해 나머지 숙제를 하고 있는 나는, 은근하게 피는 것이면 다 좋다는 말로 얼버무린다. 오늘도 족집게 무당처럼 내가 원하는 것만 순서를 정해 보여주시는 봄, 그분.

노을을 따라 하루가 저문다. 이 정도 간절이면 국경쯤은 가뿐히 넘겠다. 군불 피워 놋주발 가득 퍼주시던 어머니 밥이 그립다. 그날의 쌀밥 같은 조팝 꽃들이 몽글몽글 피어오르는 이 산정의 아침과 저녁을 나는 몸이 낡을 때까지 기억하겠지. 걷는 속도만이 새길 수 있을 구름이 나를 필사하고 지나간다. 봄은 산 중턱에 잠시 배를 댔다가 복사꽃 같은 환부를 드러내며 당신과 나 사이를 빠져나간다. 어둠이라는 방, 알의 고향이 동굴이고 어둠이듯 모든 알은 어둠에서 깨어나 빛에 당도했으리라. 달빛이라는 빛과 햇빛이라

는 빛과 당신이라는 빛.

아무것도 내 것이 아닌데 모두가 내 것인 것들, 모두가 내 것이지만 아무것도 내 것이 아닌 이 모든 것들, 다음 생엔 저 무수한 꽃의 씨앗들을 당신 가슴에 심을 수 있을까.

# 필립 아일랜드

인간은 변화를 꿈꾸는 동물이다. 여행은 변화의 꿈을 실행하는 첫 번째 단계다. 여행의 최대 희열은 난관에 부딪혔을 때 스스로 해결하는 것에 있으며 그것의 특성은 매우 깊은 중독성을 가진다.

호주 빅토리아주 멜버른에서 3시간 거리에 있는 필립 아일랜드는 페어리 펭귄 서식지로 유명하지만 그 외 수많은 캥거루와 그의 사촌격인 왈라비가 뛰노는, 말 그대로 낙원이다. 나의 자동차가 천 킬로미터쯤 달려 그 섬에 도착한 시간은 해 질 무렵, 엄청난 개체 수를 증명이라도 하듯 사람들을 경계하지 않는 캥거루들이 여기저기서 경중경중 뛰며 풀을 뜯었다. 자동차를 들썩거리게 하던 바람은 그곳이 섬이라는 걸 일깨워주었고 그래서인지 사람들도 하나둘 시동을 걸고 어디론가 사라졌다. 손바닥 크기의 페어리 펭귄들도 종종걸음으로 집으로 돌아갔지만 너무나 귀여운 캥거루와 왈라비들을 두고 자리를 뜨는 게 나는 못내 아쉬웠다. 어떤 연인들은 강풍을 온몸으로 견디며 바위틈에 석고처럼 앉아 캥거루가 조금 더 그들 가까이 오기를 기다렸고 그들은 끝까지 일정한 거리를 유지했다.

나 또한 두 번이나 시동을 켰다가 다시 껐다. 바람소리, 파도소리를 제외하면 어느 먼 별처럼 사위는 신비로웠다. 시야에 들어오는 캥거루와 왈라비만 해도 수십 마리, 낮과 밤이 교차하는 필립 아일랜드의 하늘은 너무나 매혹적이어서 몸서리를 치게 했다. 카메라를 거두고 바람을 피해 차 안에서 숨을 고르고 있을 때 예기치 않던 일이 생겼다. 캥거루 한 마리가 자동차 앞 범퍼에 두 다리를 걸치고 서서 운전석의 나를 빤히 쳐다보는 게 아닌가. 하면, 혹 그는 전생에 나와 특별한 인연이 있었던 걸까. 그렇지 않고서야 떨림과 황홀이 그토록 격렬할 수는 없는 일이었다. 그래, 지상이든 천상이든 낙원이 있다면 이런 곳이겠지 혼잣말로 중얼거리는 사이 섬은 금세 어둠에 휩싸였고 우리는 헤어졌다. 시간이 흘렀지만 지금도 그와 눈이 맞았을 때를 생각하면 작은 전율이 인다.

# 시(詩), 텅 비었으나
# 가득 차있는 태허(太虛)

책상엔 뭔가를 쓰고 싶게 만드는 프랑스에서 온 물결무늬를 가진 검은 색 연필 두 자루가 있다. 그 곁에 나란히 쌓아둔 신간 시집을 무작위로 펼쳐 든다. 어떤 추상화 과정을 거쳐 관념이 되었든 태초의 담백했던 어의는 우리 의식의 지하 호수니 표면의 얇은 막에라도 남아 있으리라는 생각이다. 그러므로 좋은 시詩가 건네는 함의는 독자를 마법처럼 전혀 다른 세계로 데려다주기도 한다. 정주자에겐 탐험가의 희망을, 전인미답의 행성으로 날아간 어떤 순간은 전혀 다른 차원의 생명체로, 그도 아닌 불모의 물질로 표기된 유기질로 이어진 신호 전달 체계 같은, 자연과 인간을 연결하는 시는 그런 것이겠지.

시를 두고, 공자는 "시를 읽으면 품성이 맑아지고 언어가 세련되며 물정에 통달하니 수양과 사교에 도움이 된다" 했고, 랭보는 "시인들은 모든 감각을 한없이 오랫동안 신중하게 교란시킴으로써 자신을 환상가로 만든다" 했으며, M. W. 셸리는 '가장 선하고 가장 행복한 순간의 기록이다.'라 했고, 도교에선 "시는 신성으로 우리를 인도하고, 비유는 형이상학을 가능케 한다" 했다. 시의 분자 주의를 억압하는 의미를 제거하면 아무것도 하지 않고 아무것도 없는 허무가 남지 않을까. 텅 비었으나 가득 차 있는 태허太虛, 아무것도 하지 않으나 하지 않는 게 없다는 노자의 '상덕' 같은 태허, 꼬투리도 꺼내지 않은 영혼, 혹은 행복은 외물의 경계 너머에 있지 않을까 하는 생각까

지도. 시가 갖는 힘은 강이 바다로 흘러가는 일만큼이나 크고 자연스러운 일일지도 모른다. 흐르고 흐르다보면 서로에게 닿기 위해 거기까지 왔다는 걸 알게 되듯.

# 우리는 작은 사탕 하나로도
# 얼마든지 달콤할 수 있다

눈에 보이는 것을 전부라고 생각했다면 나는 당신을 사랑하지 않았을 거다. 눈에 보이는 것만을 좋아했다면 당신이 곧 나라는 사실도 알지 못했을 거다. 시련을 두려워하지 않았듯 말랑말랑한 것을 경계했고 당신을 사랑하지 않아서가 아니라 너무나 사랑해서 내가 내 가슴에 박은 못 자국으로 나는 단단해졌다고 믿어왔다. 그런데 아니었다. 걸어둔 외투가 바닥으로 떨어진 후에야 지금껏 나는 허공이나 다를 바 없는 스티로폼 벽에 못을 박았다는 걸 알았다. 그 후론 정말 알 것 같았다. 망치로 벽을 쾅쾅 두드려보지 않아도 못이 견딜 자리와 그렇지 못할 자리를,

나는 길을 좋아했고 바람과 그 바람에 흔들리는 풀잎을 사랑했다. 나를 철들게 해 준 길에서 만난 무수한 당신의 그림자와 봄날의 수선화와 짧은 가을 햇살을 운명처럼 사랑했다. 내가 사랑하는 모든 걸 연민하는 당신을 치명적으로 사랑했다.

나를 웃게 해 준 아이들과 캄캄한 밤 별자리로 길을 가르쳐 준 노인과 지친 여정에 끝까지 힘을 보태주려 애쓰던 목발 청년의 미소와 나를 철들게 해 준 시간에게 때를 놓치지 않고 질타를 아끼지 않던 당신의 지극한 배려에 감사한다. 멀수록 가까워지는 사람들, 멈출 줄 모르던 방랑에도 절대라 믿고 자신의 길을 묵묵히 걸어가 준 식구들의 신뢰와 지지는 하늘을 뚫고도

남을 것이어서 다음 생까지도 가져가야 할 듯하니 가벼운 말은 아끼겠다.

지친 풀 색깔이 가을이 턱밑에 와 있음을 알린다. 느리게 걷는 동안 들숨과 날숨에서 생소한 악기 소리를 들었다. 산책하면서 사탕 하나를 입에 넣었더니 양질의 햇살이 온몸으로 스미듯 이 조그만 것이 천천히 녹으며 영혼까지 달달하게 한다. 우리는 작은 사탕 하나로도 얼마든지 달콤해질 수 있다.

# 딱 1년만 살았으면 좋겠다

상상이 현실이 되는 건 축복이다. 피덕령 가는 길, 무작정 유혹의 손을 내
미는 촌가가 눈에 들어왔다. 무슨 설명이 필요할까. 저 집 마당 가에 살구
꽃 배꽃을 봐. 범람하는 뒷산의 산벚꽃 좀 보라구. 꽃에 취하면 약도 없다는
데 앞산의 연분홍 꽃은 또 어떻고. 낡을 대로 낡아 붉게 녹슨 나지막한 양철
지붕, 장마철, 이 집에서 듣는 빗소리 한 번 생각해 보라구. 앞산과 뒷산 정
원이 좀 커서 우리의 애정으로 월세를 감당할 수 있을지 모르지만, 꿈을 꿀
수 없는 집은 집이 아니란 걸 너도 알잖아. 난 이 집이 맘에 들어. 여기서 우
리가 함께 보낼 1년의 시간을 생각해. 잘 살고 싶단 말은 않을 게. 가장 낮
게 말하고 가장 크게 웃으며 따지지도 묻지도 말고 딱 1년만 살고 싶어. 봄
여름 가을 그리고 겨울, 고독 따위는 잊고 하루 한순간도 허투루 쓰지 말고,
꽃 보고 바람소리 새소리 들으며 딱 1년만 살았으면.

내년 이날도 오늘처럼 오가피순과 첫 두릅을 딸 수 있으려나. 맨발로 텃밭
에 상추와 배추를 심을 수 있을까. 담 밑엔 모란과 채송화 봉숭아가 자랐으
면 좋겠어. 모두 가질 수는 없을 테니 이제 배고픔을 참을 수 있는 나이가
되어 불편을 견디고, 겨우내 둥근 소반에 감자 수제비가 단골로 등장하더
라도 우린 웃으며 그릇을 비울 수 있을 거야. 달 밝은 여름밤의 고요를 상상
해 봐. 전기와 전화를 버리고 1년 만이라도 순한 양처럼 풀꽃처럼 살아봤으

면, 남으로 난 작은 창을 열면 봄꽃들이 다투어 손짓하고 나무는 잔기침으로 연록의 싹을 피우고 여름내 맘껏 부풀었다가 지쳐서 단풍이 타는 가을이 오고 겨울이 오면 방문이 열리지 않을 만큼 눈이 쌓일 지붕 낮은 집.

이미 수십 번의 봄을 주신 그분께서 내년 이맘때도 우리에게 오늘과 같은 어여쁜 봄을 허락하실까. 내년에도 이런 선물이 있긴 할까. 발칙한 상상이라구? 허무맹랑한 꿈이라구? 하지만 미리 걱정은 않을 테야. 다음은 다음에 생각하려고. 그러니까 우리 저 집에서 살아보지 않을래. 더도 덜도 말고 딱 1년만.

# 숲이라는 성전

"첫날 밤, 새색시가 새신랑에게 안기듯, 옷을 벗고 살며시 곁에 눕고 싶은," 숲은 그런 곳이다. 깊은 산으로 들어간다는 건 수많은 신神 중에서 오직 나만을 위한 유일신과의 영적 교감을 의미한다. 나는 빛 아래 스미듯 홀로 앉아있기를 좋아한다. 침묵하는 나무를 보고 갓 피어난 꽃을 본다. 장난꾸러기 바람을 본다. 스러져 가는 풀잎을 본다. 그리고 걷기에 집중한다. 신성으로 가득한 숲은 나 자신으로부터 멀어지지 않도록 도우며 나를 나로 보게 돕는다. 말은 버린다. 숲은 아무도 경쟁을 부추기지 않아 내가 먼저거나 최고라고 자랑하지 않으니 편타. 갇혀있는데 풀려있다. 시공을 초월한다. 모든 순간이 고백이고 독백이다. 과거나 미래를 생각하면 쓸쓸하거나 고독하지만 숲은 어떤 슬픔도 동반하지 않는다. 맞다. 모든 것은 스스로 그러하다. 서늘하고 따스한 생명 가진 것들의 집합소, 가련한 소유가 아닌 정당한 약육강식, 모든 빛은 숲으로 투과하고 말은 영혼을 떠나 휘발한다.

숲은 성전이고 경전 집합소다. 소나무경전, 벌레경전, 풀잎경전, 평생을 읽어도 몇 평도 채 못 읽을 거룩한 말씀들, 속도와 생각을 끊고 멈추는 것, 나를 잊어서 나에게 도달하는 것, 소원하고 바라는 것도 기도지만 걷는 것이야말로 온몸으로 하는 최고 최선의 기도가 아니던가. 숲에는 수많은 길이 있고 역이 있고 찻집이 있고 방이 있다. 나는 그 모두를 온당히 누리기를 희망한다. 고맙다 말하면 오직 그만큼만 고마울 것 같아 그것을 마음 안에 쟁여두는 것처럼 숲에선 누군가의 이름을 가만히 호명하는 것도 기도가 된다.

헤밍웨이는 고독을 "전류의 흐름이 그치고 필라멘트가 끊어진 텅 빈 전구"에 비유했지만 내겐 숲이야말로 절대 고독의 성소다. 내 고독의 지향점은 구원을 갈구하지 않고 타인에게 기대지 않으며 오로지 홀로 완벽한 자유에 이르는 것. 나는 꽃을 예찬하고 한 줌 나물을 뜯는 동안에도 숲으로부터 배운다. 기꺼이 이 소소한 소유로부터 감사하고 자유로워야 한다는 것을.

# 어쩌자고 꽃은 피어서

동백이,
피처럼 흐느끼는 봄이다.
바람이 폭군처럼 뺨을 때리고
4월 눈발이
신흥리 동백가로수 길을 휩쓰는 오후다.

후두둑, 떨어진 꽃잎 위로
순백의 드레스를 입은 신부의 어깨가
가늘게 떨리는 것을 보았다.

나는 그것이
한 여자가 겪을 불운한 생의 전조는
결코 아닐거라 믿고 싶다.

금세 질 꽃이 어쩌자고 저리 피어서 애간장을 끓게 하는지. 지나가는 바람
에 후두둑 떨어진 꽃잎이 머리와 어깨에 내려앉는다. 죄가 있다면 지는 꽃
나무 아래 앉은 것이 죄다. 아무리 붉어도 지는데 서럽지 않을 꽃이 있을까.
오랜 것은 바래지고 새것은 힘차게 피어나고 솟구친다. 좋은 산책은 몸에

힘을 빼고 호흡에 집중하는 것, 길 가운데서 내가 걸음을 멈추면 새들도 구름도 가던 길을 멈춘다는 걸 알았다. 꽃과 녹음이 찬란해서 슬프다는 투정을 고스란히 받아주는 자연, 적절히 흐르게 하고 제어하고 무겁다가 가볍다가 결국엔 따사로움에 기대게 하는 거, 그럼에도 일상이 터무니없이 시시하게 느껴질 땐 지금껏 큰 탈 없이 살아온 시간을 상기하자. 그보다 분명한 기적은 없으니까.

반듯하고 옳은 길에 집착하느니 장애물이 있더라도 원하는 길을 가는 게 맞겠지. 조금만 더 가면 옹달샘과 그늘이 나타날 테지 하면서 예까지 오지 않았던가. 지금 나는 모차르트를 듣고 있지만, 누군가, 생의 마지막 날에 무슨 음악이 듣고 싶은지 묻는다면 나는 어떤 음악도 사양하겠노라. 그러다 드디어 진짜 내게 마지막 날이 온다면 일찍이 인사를 마친 가족들을 뒤로 하고 나만을 위한 시간을 조용히 기다리리라. 그때 비로소 나는 신과 일대일의 대화를 할 수 있게 될 테니까.

생의 마지막 날에 듣고 싶은 음악 하니까 백남준의 말이 생각난다. "나는 한 번밖에 죽을 수 없는데, 듣고 싶은 음악은 너무도 많다!"는, 그래, 이 봄도 이 하루도 이 가슴앓이도 오로지 한 번뿐인데 하고픈 일이 태산이니 이를 어쩌랴.

사랑은 서로를 물들이며 깊어가는 거라 했다. 생각해 보면 어떤 성공도 사랑에 몰입할 그 순간처럼 뜨겁진 않았다. 그것은 지금 어느 곳에 있든 가까이 있는 사람을 사랑해야 할 이유다. 물도 다정한 말에는 반응한다고 했다.

하면 지금 그리운 사람에게 아직도 고백을 망설이고 있다면, 내가 여행지에서 만난 사내로부터 들었던 그 짜릿한 고백은 어떤가. 터키에선 "시지 세비요름" 독일은 "이히 리베 디히" 이태린 "티아모" 프랑스는 "쥬 떼므" 네팔은 "모 티밀라이 마야걸츄" 영국은 "아일 러브 유" 아, 그리고 내 나라말 "사랑해".

오늘은 수요일, 내일은 목요일, 다음은 금요일이지. 그러나 기다리면 무엇이 달라지나, 토요일이나 일요일이 오기 전에 엔딩 자막이 내려질지도 모르는데. "내일 다시 올게" 하다가 언젠간 "내일은 못 와, 아니 올 수 없을 거야" 그렇게 말해야 할 순간도 연습해두란 말, 그러니까 시간을 아껴야 해. 그러는 게 맞을 거야.

"사랑이 떠나간 후에 나는 기억하네, 이 살을 메스로 가르면 영문도 모른 채 뜨거운 피를 사방으로 뿜어댈 심장의 어리둥절한 표정을 볼 수 있을 것 같다던 어느 날의 고백"

# 무엇이 변하는가
# 변하지 않는가

두통이 감쪽같이 사라졌다. 정좌하고 창밖을 본다. 텅 빈 하루를 보내고 새 밤을 맞는다. 세상의 모든 소란을 흡입하는 어둠, 있고 없음의 경계가 무화된다. 소란은 짧고 고요는 길다. 고요는 묵직하고 소란은 가볍다. 어디에도 머물지 않고 모든 곳에 머무는, 시공의 경계를 벗어나면 전체가 부분이요 부분이 곧 전체겠다. 그러니 굳이 나누어 의미를 부여하거나 해석하는 건 옳지 않다. 노자는 작위를 벗어난 무위란 행함이 없는 것이 아니라 자연을 거스르지 않는 거라 했다. 흘러야만 닿을 수 있고 녹아야만 스밀 수 있는 사람의 마음도 그렇다. 곁에 있을 때도 좋지만 떨어져 있을 때 느끼는 미묘한 긴장과 떨림들, 사랑의 감정이야말로 역시 눈을 부릅뜬 현실임과 동시에 시공을 초월한다는 의미겠다. 하늘을 보고 산을 보고 숲의 나무를 본다. 무엇이 변하는가, 무엇이 변하지 않는가. 눈이 보는 것을 읽고 생각이 흘러가는 대로 쓴다. 깊은 산에 둘러싸인 그곳이 피안이었던 것 같다. 그 집엔 누가 살까. 봄이 오면 마당에 아기 기저귀가 펄럭일까. 첩첩산중 용산리 눈 속에 갇힌 한 채의 붉은 기와집이 마음을 떠나지 않는다. 오후에 우체부가 보름 후쯤 도착한다는 꽃 기별 두고 갔다. 자연에 깃들어 어제도 오늘도 여여히 흘러가고 있다. 족하다. 이거면 됐다.

# 혼자 깨닫고
# 즐거워한다는 독락

1.

인간이라면 누구나 사는 동안 베르테르가

자기 자신에게 편지를 썼던 것과

같은 순간을 한 번쯤은 가져야 한다." -괴테


직관이 빠른 결정을 하는 기관이라면 체계적 분석은 신중하되 느린 결정을
한다고 볼 수 있다. 어느 것을 택해도 수정보완이 필요하겠지만 대개의 천재
들은 전자를 택한다. 아무리 타고난 능력자라도 실패가 두렵지 않은 건 아니
지만 그들에게 실패는 피해야 할 장애물이 아니었던 것. 어느 연구결과도 그
랬다. 결정이 빠를수록 목적지에 도착하는 시간도 빠르다고. 그리고 보면 운
명을 결정짓는 것은 시간, 습관뿐 아니라 직관이 우선 아닐까 싶기도 하다.
물론 직관도 노력과 습관이 가져온 결과일 테지만.


2.

함덕 해수욕장 서우봉 둘레길 아침 산책 중이었다. 바다와 보리밭을 뛰어
다니는 바람과 유채꽃과 왕벚꽃이 알맞은 햇살 아래 봄을 펼치고 있더군.
'조응' 혹은 '응시'란 말을 비로소 깨달았어. 독락, 즉 혼자 깨닫고 즐거워한
다는 말은 아마도 베르테르의 절규였던 것. '태양 아래 가장 사랑스러운 존

재를 품에 안을 수 있으리란 생각을 하면 빌헬름, 내 온몸에 전율을 느끼네.' 불과 2주 전 나는 그랬지. 조응 응시 독락 모두가 태양처럼 뜨겁게 혼재하던 아침, 서우봉에 올라 전율했고 절규했네. 베르테르처럼. 그러니 내가 제주에 간 건 바람 때문이 아니라 괴테 때문이라 해두겠다. 한데 그 섬은 눈이 멀 만큼 꽃들이 화사해서 길을 잃고 밤이 이슥토록 울다가 잠이 들었는데 눈을 떠보니 내 침대여서 대체 무슨 일이 있었던가 싶어.

# 애월(涯月),
## 물가의 달빛이라니

제주로 가는 여정은 아스라했다. 섬의 모든 것들이 그리웠지만 마침 그날은 만월을 볼 수 있는 음력 보름이라 일출봉에서, 용머리 해안에서, 중산간도로 오름에서 마주했던 달 생각이 간절했다. 그리고 어딜 가도 피할 수 없는 바람, 그 바람의 주소지, 그러고 보니 나는 절대의 바람을 목말라했나 보다.

내가 온몸으로 감각하는 모든 것, 두 발로 걷고 두 눈으로 보고 두 손으로 어루만지는 것, 내가 그분께 드릴 수 있는 가장 아름다운 경배가 아니던가. 노란 유채꽃이 다녀간 자리마다 갯무꽃이 절정이다. 바다는 언제나 새파랗고 풀들은 일제히 초록 물결을 이루며 바람과 동거하는 곳, 사랑한다면 그래야 하지 않을까. 몸이 망가지더라도 두려워 말고 서로에게 물들고 물들이며 으스러지도록 안고 보듬어 합일하는 것. 분별이 비판을 목적하지 않고, 칭송이 맹목적인 편 가름에 있지 않다면 사실 그대로를 바라본다는 건 얼마나 소중한가. 분명한 건 자유가 보장되지 않는 탈출은 의미가 없듯 사랑이야말로 세상에 몇 안 되는 제도가 통제할 수 없는 본능이라는 것.

제주의 서쪽, 바다 가운데서 그 위용을 뽐내는 풍력발전기를 따라 애월 해안도로를 달린다. 갯바위에 가려 사람은 보이지 않고 길가에 서 있는 여러

대의 오토바이가 눈에 들어왔다. 왜 나는 매번 그런 것들이 궁금한지. 오토
바이는 홀로 부동으로 서 있는데 대체 오토바이 주인들은 어디로 사라졌을
까. 차를 세우고 숨비소리를 따라 해안으로 내려서자 비로소 파도를 헤치
고 물질하는 해녀들이 보인다, 오토바이는 그들이 육지를 이동할 때 쓰는
교통수단이라는 걸 그때서야 알았다. 휴우~ 물 밖으로 나와 참았던 호흡을
길게 뱉을 때마다 그 소리가 얼마나 절박한 아우성으로 들리는지. 뭍에서
도 강하고 바다에서도 강한 그들은 본시 어머니와 가장이라는 이름으로 그
섬에 살도록 최적화된 존재는 아닐까. 여자였으면 불가능했을지도 모르지
만 어머니라서 가능했을 제주의 해녀들. 여전히 바람은 불고 해까지 기울
어 문득 내 인생도 뭔가에 떠밀려 지금 이곳에 서 있는지도 모른단 생각. 이
런저런 상념에 잠겨있을 때 바다를 등진 해녀들은 오토바이에 시동을 걸고
총총히 사라지고 등대에 불이 깜빡거리자 기다렸다는 듯 두둥실 달이 떠오
르는 애월.


그러니 가보자 하고 달려간 곳이 애월이었다.
저 푸른 바다 굽잇길 돌면 무엇이 기다리는지
조금, 조금만 더 가보자 손을 끌었던 건 바람이었다.


전생에 어느 양반 가문의 첩실 이름 같은 애월
정신줄 살짝 놓은 늙은 작부의 이름 같은 애월
물질이 싫다며 타관을 떠도는 해녀 딸 같은 그 이름 애월


뭇 사내들이 바다에 몸을 던진 곳

그들을 따라 바다로 간 지어미는 또 얼마나 될까.

때 늦은 유채꽃 향기가 어둠의 행간을 서성거린다.

그리움 따윈 까맣게 잊고 싶었으나

파도가 애월아 애월아 하고 목을 놓으니

밤이 이슥토록 자리를 뜰 수가 없다.


뭍으로 가는 막배를 고의적으로 놓치고

갈 곳 없는 나는 방파제에 주저앉아

저 물가를 찰방거리며 노니는 달빛 끌어안고

애원하고픈 마음에 속이 탄다.

대체 누가 이토록 애끓는 이름을 지어

열일곱 춘정처럼 내 맘 흔들어 설레게 하는지


애닯고 서러워라.

애월涯月이 물가의 달빛이라니

# 나는 고독사한 나무를
# 본 적이 있다

촉이 바늘이다. 가지에 달려 있던 홍시가 떨어지자 비로소 빈자리가 보인다. 눌러두었던 슬픔이 분수처럼 솟구친다. 지난밤 달빛이 거들어 주던 슬픔과 위로는 그윽했다. 낮이 짧아진 건 아쉽지만 밤이 길어졌으니 이만한 위로도 없다. 오미자 열매를 물고 달아나는 화살촉 같은 새의 옆모습을 보았다. 구름 바람 새, 저들도 도원결의桃園結義를 하나보다.

여름 동안 꽃들의 속삭임을 외면하고자 했던 건 노란 감국이 참을 수 없는 고독의 힘으로 핀다는 걸 알고부터였다. 향기든 색깔이든 표절 불가인 것들의 힘은 놀랍다. 첫 꽃을 지켜보지 못했는데 마지막 꽃도 놓쳐버렸다. 어떤 손은 빛과 소금이 되고 어떤 손은 주먹이 되고 피가 된다. 나무의 상처가 곧 내 상처라는 걸 알겠다. 숲이란 무한대의 책이 소장된 서고書庫다. 폐가廢家에 쌓인 낙엽은 수취인 부재로 반송된 편지다.

어젠 숲 입구에 들어서자 딱! 소리와 함께 내 앞에서 키다리 낙엽송 한 그루가 맥없이 쓰러졌다. 고독사로 추정되었다. 나무들은 서로를 격려하며 평화롭게 저무는 줄 알았는데 그도 아닌 모양이다. 누가 등을 떠밀었는지 아니면 스스로 삶을 버렸는지 알 수 없지만 쓰러지면서 다른 나무에 몸을 기대는 바람에 땅에 눕지도 못하고 썩은 밑동을 드러내며 엉거주춤 선 채로 열반에 들었다. 마지막이라는 말은 한 생명의 전 생애를 통틀어 가장 비장하고 우울한 단어다. 쓰러진 나무를 보고 있자니 모든 존재는 살아서도 죽어서도 신의 기호가 필요하구겠나 싶다. 저 나무는 숨을 끊는 데는 성공했을지 모르나 몸뚱이를 내려놓지 못해 죽어도 죽는 게 아닐지도 모른다. 지금 나는 한 그루 나무가 지상에 남기고 간 고독을 읽고 있다.

미움은 자신을 괴롭히는 중대범죄다. 세상에는 착한 사람을 두고 법 없이도 사는 사람이라 말하는 부류와 바보라 규정하는 부류가 있다면 나는 기꺼이 후자로 살고 싶다. 사는 일이 바람 앞의 촛불이거나 칼날 위를 걷는 일일지라도 나는 그리 살고 싶다.

함께 살지만 결국 혼자일 수밖에 없는 종種이 인간이다. 사는 동안 필수적으로 통과해야만 하는 고독은 선할 경우 생산성의 원동력이 되지만 도피하고 싶은 부정적 고독은 삶을 피폐하게 한다. 고독에 함몰되어 타인과 나, 나와 나 사이의 소통이 끊어지면 삶의 의미도 희미해질 수밖에 없다. 그것은 인간이 사회적 동물임과 동시에 가장 위험하고 불완전한 존재라는 걸 보여주는 좋은 예다.

"고독은 '혼자 있는 즐거움'이고, 외로움은 '혼자 있는 고통'이다. 외로움을 사회적인 계약으로 해소하려는 방법 중의 하나가 바로 '결혼'이다. 결혼하면 외로움이 해소될 듯싶다. 그러나 결혼이 주는 안정감은 그리 오래가지 않는다. 결혼했다고 해서 외로움이 자동적으로 면제되지 않는다. 결혼한 모든 사람은 최소한 한 번은 이혼을 한다. 한 사람이 먼저 죽기 마련이다.

어차피 혼자 남는다. 인간은 혼자 태어나서 혼자 죽는 고독한 존재다. 외로움은 '타인과 내'가 분리된 상태가 아니다. '내 속의 나'와 '현실 속의 나' 사이의 소통이 끊어진 상태다. 이 끊어진 끈을 다시 이으려면 고독을 통해서 접근해야 한다. 고독은 격리된 삶을 말하는 것이 아니다. 자신의 내면을 들여다보는 여유, 능력, 재미를 말한다.

고독 상태에 들어가 내 안의 나와 정면으로 만나서 대화하라. 나의 삶이 어디에 와 있는지, 내가 사는 이유와 의미는 무엇인지, 삶의 기쁨은 무엇이고, 무엇을 두려워하는지, 두려워할 가치가 있는지. 가끔은 마음의 책상 서랍 정리도 필요하다. 고독은 인생의 속도를 약간 늦추는 일이다. 우리는 고독을 통해서 성장한다. 여자와 남자의 관계에서도 진정으로 고독한 사람들이 만나야 오래 지속되는 진실한 관계를 맺을 수 있다."

-〈프로이드의 의자〉 중에서, 정도언

2부 |

모든 존재는
고독하다

# 그들에겐 통속
# 내겐 자유

먼 여행에서 돌아온 저녁 으스름, 눈을 감고 헝클어진 머리칼을 쓸어주며 백 허그로 등가죽과 배를 맞대고 뺨을 비비고 다리를 얹고 혀가 녹는 딥 키스보다 천만 배는 더한 강도로 뼈가 거품처럼 녹아내리는 깊은 교감, 어디에 머물든 나는 그 어떤 원시성과 야만성 모두 용납되는 당신과 함께 흘러가는 시간이 가장 좋더라.

# 삶은 지금
# 여기 같아야 해

1.

"삶은 지금 여기 같아야 해. 우람한 숲과 만물을 바삭하게 하는 햇살과 좋은 공기와 더 바랄 것 없는 한가함과 사랑스러운 오솔길," 어젠 위와 같은 생각을 했다면, 오늘은 아래와 같은 생각을 했다. "맞아, 삶은 지금 여기 같아야 해. 매일 아침 안개가 가만히 걸어와 나를 숲으로 데려다주고는 슬며시 사라지는, 평안 속에서 무엇이든 새로 시작할 수 있고 들꽃처럼 홀로 완전할 수 있는,"

2.

꽃에 물든 마음만 남았어라
전부 버렸다고 생각한 이 몸속에 -사이교

한적한 오후다
불타는 오후다
더 잃을 것이 없는 오후다
나는 나무속에서 자본다 -오규원

3.

무리 지어 핀 노란 사데풀꽃을 본다. 보다 멀리 날아가기 위해 찬란한 아픔들이 옹기종기 모여 서로의 상처를 어루만지는 가을 오후.

4.

개미취꽃, 키는 멀대처럼 큰데 꽃은 어쩌자고 이리 고운가, 들여다보노라면 절로 미소가 번지는 꽃. 오늘 같은 날은 보라보라한 프릴이 달린 개미취꽃무늬 원피스를 입고 피크닉바구니를 옆에 끼고 개미취꽃 가득한 저 언덕으로 당신과 소풍 가고 싶다. 당신은 내 원피스가 예쁘다고 말해 주겠지. 그럴 수 없다면, 진부 오일장 가서 이와 비스무리한 5천 원짜리 꽃무늬 치마라도 찾아봐야겠다.

5.

세 번의 사업실패와 두 번의 이혼과 다섯 번의 자살시도조차 미완에 그치고 노년을 행려자로 살아가는 한 사람을 알고 있다. 불운을 생각하면 그는 미치는 게 마땅한데 그러지도 못하고, 지금껏 신봉해 온 모든 것이 허망을 닮은, 그러므로 나의 우울과 절망은 얼마나 시시하고 또 사소한가.

6.

도심으로 돌아온 후 가장 심각한 문제는 책상의자에서 엉덩이를 분리하는 것이다. 이것은 자연으로 되돌아가라는 강력한 메시지다. 하지만 해야 할 일은 왜 이리 많은지. 이 작은 결단조차 내 의지로 되는 일이 아니라 신의 가호가 필요하다는 걸 비로소 깨닫는다.

# 슬픔과 눈물을 노트에 적다

1.

선선한 공기가 선물 같다. 이를테면 통전, 잠자고 있던 무채색 그리움에도 사르르 피가 돌고 조금만 움직여도 스파크를 일으키며 발화하는 미세 혈관들, 폭염을 견디는 동안 나는 허망의 늑골인 시간 너머의 것들만 욕망했던 걸까. 절박한 것들은 살을 뚫을 만큼의 통증을 견뎌내야 비로소 닿을 수 있다. 사람도 꽃도 무리 속에 머물러 보면 알게 된다. 홀로 행한 시간이 얼마나 이상적이었는지를, 밤새 창을 열고 거실 바닥에 자리를 깔고 누워 기타 반주를 곁들인 그 끈적대는 플라멩코 음악을 빗소리와 섞어 듣는데 가수의 목소리는 왜 이리도 애절한가. 성질 급하고 절실하지 않은 것들은 화르르 지고 절실한 것들만 남아 나와 밤을 보내고, 새벽이 되어서야 침묵이 얼마나 큰 행위였는지 알아차리니 비로소 귀가 순해진다. 역시 말의 진성성은 침묵을 통해 익히는 게 맞다.


2.

불안이 살얼음 위를 걷는다. 나를 아껴주시던 숙모가 치매로 아무도 못 알아보신다. 나 또한 내일이나 모레는 너를 안고 있는 팔을 풀고 기억을 잃은 노인이 되어있을 것이다. 울 수 있는 서글픔과 울 수 없는 눈물을 노트에 적는다. 몸이 아프다. 이 고통마저 없다면 나는 무엇으로 이 시간을 건너겠

나. 아프지 않았으면 하는 건 바람일 뿐 우리는 살아있기에 마음이든 몸이든 늘 아프다. 이 지당한 과정을 언제부턴가 나는 고맙게 여기게 되었다. 사소해 보이지만 가지에 매달린 이파리 하나를 읽을 수 있는 지혜가 우주를 이해하는 통찰이 될 때 생명 가진 모든 것들을 애정할 수 있으리라. 능력자는 변명하지 않는다는 한 줄을 노트에 다시 첨언한다.

3.

꿈에서 보았던 길이 이 길일까. 풍경은 낙관이 되어 심장에 찍힌다. 그러니까 허망과 허방은 한 끗 차이, 그래서 우리들은 이리 무용한 것에 자주 홀릭하는가. 어르고 싶은 것들 눈빛만으로도 따스해지는 것들, 매일 만나고 매 순간 헤어지는 모든 것들, 우리가 그토록 바라던 것도 어쩌면 습하고 눅눅한 죽음도 불심검문처럼 느닷없이 닥치겠지. 빛바랜 사진을 보며 큰 조카랑 깔깔대던 봄날이 떠오른다. 웃다가 누가 먼저랄 것도 없이 먹장구름에 눈시울이 젖었고 뭔가 이상한 파장의 징후를 느꼈다. 우린 각자 생각을 제지할 틈도 없이 '맞아. 얜 죽었잖아'라고 이중창으로 발음하는 순간, 암전과 동시에 아스라한 절벽 아래 허방으로 빠지던 발,

# 도착하지 않는 버스는 없다

인도였다. 지도만 믿고 여행자들이 잘 가지 않는 곳을 가기 위해 혼자 버스를 탔다. 어린 차장에게 "꿀루세웅?" 하고 물었을 때 소년은 분명 "예스"라 했다. "꿀루세웅에 안 가?"라고 물었을 때도 답은 "예스"였다. 나는 버스 안에서 출발을 기다리는 사람들을 향해 한 번 더 물었다. "이 버스 꿀루세웅 가나요?" 모두가 끄덕끄덕, 나는 알았고 확신했다. 가고자 하는 곳이 꿀루세웅이었으므로 일정한 시간이 지나면 어떤 경로든 나는 분명 꿀루세웅에 가 있을 것이라는 걸, 내가 꿀루세웅으로 가는 방법은 그것이었다. 마음속에 꿀루세웅이라는 지명을 만들고 가는 방법을 찾고 기다리는 것. 그곳에 가기까지의 복잡한 과정은 그때그때 몸이 알아서 해결할 것이므로. 문제는 가겠다는 의지다. 그렇게 해서 가고자 한 곳을 실패한 적은 없었다.

불신과 조급은 아무런 도움이 되지 못한다. 경험이 자산이다. 생의 간이역도 종착역도 그렇게 도착할 것이다. 내가 꿀루세웅 모 게스트 하우스에서 가장 아름다운 히말라야 뷰를 즐기며 부족함 없는 시간을 만끽했듯이 나의 이 크고 작은 시련들도 시간이 가면 풍경을 달리할 것이다. 다만 기다리는 동안 무엇을 마음 안에 두는가의 문제일 뿐. 지금 나는 마음보다 일찍 도착하는 첫차와 마음보다 일찍 떠나는 막차 사이에 있다.

# 꽃 한 송이가 모여 꽃밭이 되고

꽃 한 송이 한 송이가 모여 꽃밭이 되고 나무 한 그루 한 그루가 모여 숲이 되고 산이 되듯, 한 알 한 알의 모래가 쌓여 사막이 되고, 한 방울 한 방울의 물이 모여 강이 되고 바다가 되듯, 우리네 생도 하루하루가 모여 일생이 되는 거겠지. 결국 하루도 한 송이도 한 그루도 한 알갱이도 한 방울도 모여서 그 무엇이 되나니, 그러므로 중요한 건 나로부터 시작되는 '첫'이라는 이 순간.

아가의 보드라운 살갗처럼 '첫'이란 말 참 좋지 않니? 오래되어서 낡을 대로 낡은 것에게도 생명을 불어넣어 주는 '첫', 새해 첫 아침, 산정 설국을 시야 가득 품고 인디언들이 행하던 무언의 의식처럼 이마에 수건을 두른 채 올해 첫 커피 세 방울 손가락으로 찍어 대지에 신께 드리고 나도 마신다. 싸한 공기 속에서 실낱같은 온기가 혈류를 타고 몸으로 전해진다. 추위는 참기 힘들지만 이것도 일종의 중독 같아 이 쨍한 공기와 살을 에이는 비수 같은 촉감을 나는 애인처럼 사랑하는 게 틀림없다. 과학자들의 예언처럼 지구온난화로 남극도 킬리만자로의 빙벽도 머잖아 사라진다고 치자 그때 인류가 불가마 같은 열대를 살게 된다면 지금 이 동토의 땅 설국의 쨍한 추위는 얼마나 그립겠는가.

무술년 첫날, 눈雪의 도서관에서 하루를 열었다. 말의 저편에서 여기까지

오는 길은 숱한 장애와 곡절이 많았으므로, 바람의 등피에서 언어의 먼지들은 기화했는지 모른다. 중립이 없는 마음을 어디다 세워야 할지 알 수 없을 때 돌아가야 할 곳은 '첫'이다. 방금 태어난 아가도 오늘 백 번째 생일을 맞는 노인에게도 오늘 이 순간은 모두가 '첫'인 것이다.

# 눈을 감아도 돌아누워도
# 너는 내 안에 있지

1.

천지가 이미 백⊟인데 더 많은 눈이 내릴 거란 예보다. 잠시 걸음을 멈추고
주변을 살핀다. 걸으면서 보는 것과 멈춰서 보는 풍경이 같은 수 없다는 걸
모를 리 없다. 발아래 밟히는 낙엽은 얼마 전까지만 해도 따뜻한 누군가의
향기였거나 이름이었을 터, 너는 폭설 다음 날, 물푸레나무에 조용히 깃든
햇살처럼 왔지. 안락과 타협하지 않겠다는 너를 나무랄 생각은 없다. 청춘
도 계절도 지나가니까 애틋하듯 머물러있다면 행복도 그늘이었을 거야.

너는 내 안에 있어도 나를 방해하지 않고 멀리 있어도 나를 벗어나지 않으
니 당연히 하나다. 몸이 묶이고 생각이 자유한 것과 생각이 묶이고 몸이 자
유한 것, 어느 것이 옳다고 말하는 건 모순이겠지. 그러므로 다른 사람을 만
나도 너와 있다고 느끼며 각자 다른 장소에 있어도 동일한 것을 본다고 믿
는다.

폭군처럼 싸워도 함께 무지개 뜬 강물 바라볼 때처럼 언젠가는 미치게 그
리움으로 추억하리란 것도 알고 있다. 시간과 침묵이 영혼 없는 말을 걸러
내고 모든 불일치가 일치를 위한 것이었음을 온몸으로 이해하는 지금 살아
보겠다고 허무의 구름다리를 서성거릴 때 내게 힘을 주는 이가 너였음을

비로소 알겠다. 눈을 감아도 돌아누워도 너는 내 안에 있다.


2.

어떤 날은 석양에 혼이 나가 달리던 차를 멈추고 벌판에서 길을 잃을 뻔했지. 지는 해가 유난히 붉어 상투적 감탄사는 잊었어. 뭐랄까. 살면서 받은 서러움 모두 보상받는 기분? 지금껏 한 번이라도 나는 저리 붉게 타오른 적이 있었던가, 라고 자문하는 일만큼 어리석은 일은 없다는 걸 그때 알았어. 길 위에 아무도 없었으므로 노을은 나만을 위한 신의 선물이 분명했어. 입을 틀어막으며 몸서리를 쳤지. 안전하게 살지 않겠다는 다짐에 감사했달까. 나는 그 모든 안락과 서둘러 가야 할 길과 현재의 불편을 순간에 잊고 말았어. 뭔가 불평하거나 핑계를 대기에 노을은 터무니없이 붉었거든.

# 새별 오름을 걷다

시간에서 자유로워지니 비로소 시간의 힘을 느낀다. 뾰족하고 울퉁불퉁했을 산이 저리 뭉긋해지도록 얼마나 긴 시간이, 얼마나 많은 눈과 비와 바람이 다녀갔을까. 해와 달은 몇 번이나 바뀌고 새들은 또 얼마나 많은 발자국을 찍었으며 얼마나 많은 연인들이 손을 잡고 저 능선에 머물다 갔을까. 얼마나 많은 구름이 보이지 않는 시간을 쓰다듬고 위무했을까. 그러나 낡는다고 모두 둥글어지거나 단순한 초월의 형태를 띠는 건 아닐 것이다.

오름 정상에서 구슬피 우는 억새소리를 들을 때나 해 질 무렵 날벌레 한 마리 어깨 위를 기어오르더라도 호들갑 떨지 않고 잠시 자리를 허락해주는 것도 좋을 거야.

오름이 크고 작은 무덤을 품어주는 건 매우 자연스럽다. 반우주 만삭 임부의 배, 아니 어머니가 아기를 품은 것처럼, 연인이 연인을 안고 있는 것처럼. 우린 해독할 수 없는, 저 견고한 시간의 문장들을, 행간과 층층의 경전들을, 수수만년을 산다 해도 결코 우리는 알 수 없을, 저 허공에 새긴 빛바랜 시간의 단층들을, 하지만 어느 날 문득 알 것도 같았다. 그 문을 여는 열쇠는 바람이었다는 거. 오름을 내려올 때 밀려오던 먹장구름, 홀연히 그 구름을 안고 사라지던 바람, 그리고 나.

# 유혹의 다른 이름,
# 미친 바다

폭풍의 눈 속에서 날뛰는 바다는 흉포하다. 바람을 거부하지 않고 파도의 포말을 체감하는 일이 환희라는 걸 알았다. 고요히 바라보고 싶은데 심박수가 최고에 달해 그럴 수도 없다. 미친 바닷속으로 몸을 던지고픈 유혹은 참으로 강하다. 뜨지 않았으면 하는 비행기는 머리 위에서 연신 태풍의 눈을 향해 가뭇없이 사라진다. 지상에 머무는 동안 아무래도 좋은 날이란 없다. 창 안을 기웃대는 하오의 빛이 그렇고 잠시 봄동산에 앉았다 가는 우리들의 마음도 찰나일 테니까.

태풍이 바다를 휘젓는 틈을 놓치지 않고 수정을 위한 정액(정자)을 방사하는 물고기들, 보다 멀리 날고자 바람이 상승기류일 때까지 절묘한 타이밍을 기다리는 씨앗들, 선택이기 전에 신의 명령에 순응해야만 하는 의무이기도 한 사랑, 누군가의 힘을 빌려서라도 보다 먼 곳을 꿈꾸고 최상의 낙원에 안착해야 할 책무는 잊지 않기로 한다.

느슨한 마음을 다잡고 태풍의 눈 속을 포효하는 바닷가를 서성거렸다. 나 떠나고 나면 저 바다도 잠잠해지겠지. 그렇다고 지레 허무를 상상하지는 않는다. 날마다 매 순간이 꽃일 순 없지만, 저 미친 바다, 솟구치는 활화산처럼 격렬로 찰나를 통과할 수밖에 없는 눈부신 물의 꽃. 파도. 결국 여행은 나를 떠나 나에게로 가는 지난한 과정임을 다시 한 번 깨닫는다.

# 이 소나기를 다 맞을
# 필요가 있을까

숲은 풀이 자라 발 디딜 틈조차 없는 밀림이다. 4월의 봄이 다루기 좋은 아
가처럼 얼마나 순하고 착했는지를 알게 되는 것이 6월이다. 연한 순들이 마
디를 늘리고 강해지는 동안 숲은 결을 가꾸고 다듬어 온 게 분명하다. 뿌리
는 또 얼마나 깊어졌을까. 자연적인 능력이란 겉으로 드러나는 포장이 아
니라 내면의 힘이란 걸 말하는 것이리라.

어리석게도 우리는 지나고 나면 기억도 나지 않을 소소한 것과 씨름하느라
많은 시간을 쓰지만 저들은 보다 올곧은 고집으로 제 삶에 충실한다는 걸
온몸으로 보여준다. '견뎌서 얻은 게 무얼까' 생각하다가 '견디지 않아서 달

라진 건 또 무얼까'도 생각하게 된다. 이것은 모든 질문과 답은 하나로 연결되어있다는 의미이기도 하다. 무작위로 수많은 대상에게 분노하느니 가치 있는 하나에 집중하는 것이 낫다는 결론에 이른다.

금세 시들 수 있으므로 좋은 사람일수록 너무 가까이하거나 너무 잘하지 않아야 한다. 권태를 이기는 방법이란다. 죽이고 싶도록 미웠다면 그건 지독히 사랑했다는 증거다. 외로움을 부정하는 사람이 있다면 분명 그는 외로움 속에 풍덩 빠져있는 사람일 테니, 애증이라는 거, 뜨거우면 뜨거울수록 얼마나 부질없는 속도로 식는지. 그러므로 목적이 될 수가 없고 되어서도 안 되는 것이 사랑이다. 사랑은 준비 없이 나선 길 위에서 만난 가랑비처럼 잠시 옷을 적시다 말 빗방울 같은 것. 가멸찬 열정이란 지난날 얼마나 쓸쓸하게 살아야 했는지를 확인하는 일 말고 무엇일까. 가끔은 자문한다. 굳이 지금 이 소나기를 다 맞을 필요가 있을까 하고.

# 다시 읽는 춘원의 '무정'과
# 장자의 '소요유'

"어둡던 세상이 평생 어두울 것이 아니요, 무정할 것이 아니다. 우리는 우리 힘으로 밝게 하고, 유정하게 하고, 즐겁게 하고, 가멸케 하고, 굳세게 할 것이로다. 기쁜 웃음과 만세의 부르짖음으로 지나간 세상을 조상하는 '무정'을 마치자."

무정, 근대 소설 100년사에 한 획을 그었다는 춘원의 '무정'을 다시 읽는 밤 동안 조금 과한 빗줄기가 구원의 목소리처럼 들렸다. 평자들이나 문학연구가들이 예비된 논설적인 결말이라는 마지막 문장이 눈에 밟히는 까닭을 알고 싶어 몇 번을 필사하다가, 글이란 혹은 문장은 시공의 경계를 스스로 지우고 생성하는 다중의 입자가 아닐까, 하는 생각을 한다. 시공에서 굴절하지 않는 마음을 지조라 하고, 그 마음작용 넘는 걸 불가에선 득도라 한다지만, 한편으론 달려가는 그 마음이 길 위에서 서성이는 것이야말로 사랑인가 한다. 사랑이 유기체라는 걸 아는 만큼 지금의 바람은 그리움의 파도다.

수준기, 들어봤니, 울퉁불퉁한 나무를 평평하게 고르려면 먼저 목수는 먹줄을 튕기지. 더하지도 모자라지도 않게 자르고 다듬는 작업, 대목수의 위엄과 능력과 경험은 예민한 두뇌와 한 치의 오차도 용납 않는 눈맵시로 호령한다. 그런데 수직과 수평을 맞추는 일은 늘 조금씩 어긋나게 마련이니,

수준기는 비로소 수평과 수직을 직각으로 교차하게 해주는 요긴한 도구로 작동한다.

어떤 책 한 권을 놓고 장자의 소요유와 제물론을 떠올린다. 사상의 대목수가 경계 없는 자유인, 혹은 깨달음을 목적과 방법으로 설파했다는 '장자', 생각을 공유하는 유일한 목적과 방법으로 책이 내 앞에 있으니, 함께 고맙고 즐겁고 행복한 일, 덧붙여 말하는 건 사족이겠지. 초록에 묻히면 줄이려 하지 않아도 말은 절로 줄어든다. 초록이 녹음으로 점점 채도를 높이면, 몸도 마음도 깊고 넓은 하늘 연못에서 유영할 터, 오늘도 기다렸다는 말을 수첩에 적어 넣는다.

# 극락의 세계, 만다라(曼陀羅)

꽃이 숨 가쁘게 피었다 지는 5월, 부처님 오신 날이 사흘 뒤다. 마당을 서성대다 뜻하지 않는 곳에서 만다라를 발견했다. 누울 자리를 가리지 않는 꽃이 하수구 뚜껑에 내려앉아 완성된 만다라. 만다라는 우주 법계의 온갖 덕을 갖춘 즉, 결함이 없다는 뜻에서 부처가 증험한 것을 나타낸 그림을 일컫는데, 이 만다라를 통해 "하수구 뚜껑에도 극락이 있다"로 보는 건 지나친 해석일까. 내가 불국에서 본 만다라는 사찰이나 가정집 대문 바닥에 축일에 맞춰 보통 형형색색의 곡식이나 모래로 수일에 걸쳐 매우 정교한 그림(문양)을 완성하고 행사가 끝나면 순간에 지우는 의식인데 보통 정성으로는 안 되는 그림이다. 부처님의 가르침을 생각하며 그림을 그리는 동안 번뇌도 망상도 잊었을 게 분명한 만다라, 하수구가 부처고 꽃이 부처면 당신도 부처겠지.

# 밤은 어디서 오는지

1.

눈을 감고 풀밭에 누웠다 몸을 일으키자 느닷없다는 듯 빛이 사라진 자리에 어둠이 살금살금 걸어온다. 나는 생사의 경계가 무의미해지는, 계절이 반대로 가고 낮도 아니고 밤도 아닌 이런 시간 이런 풍경 앞에 있을 때 시간이 멈추었으면 하는데 그대도 그런지. 아주 오래전부터 있어 온 그림이었을 텐데 왜 지금에야 이것과 마주한 걸까. 아찔한 현기증과 입덧 같은 그리움이 밀려오고 가야 할 방향도 잊은 채 맞은편에 남은 한 대의 자동차마저 시동을 걸고 라이트를 켜는 순간 가슴이 더욱 요동치기 시작한다. 그 두렵고 막막한 시공을 홀로 누릴 수 있으리라는 기대감 때문에. 잠시 후 자동차가 사라지고 저 멀리서 파란 빛의 등대가 깜박이는 것 말고는 태초의 그 날처럼 나는 혼자가 되었다.

도무지 현실 같지 않은 현실, 눈 앞에 펼쳐진 바다와 하늘과 땅으로 퍼지는 어둠이 한지에 먹물 번지듯 번져가는 걸 두근대는 가슴을 누르고 바라볼 뿐, 아무것도 할 수 없었던 그 날 그 순간, 노을의 농담이 절정을 넘어설 무렵 홀로 길 위에서 서성거려 본 자만이 아는 그 막막함과 두려움, 오늘도 나는 세상을 원망하거나 누구도 미워하지 않았고 이기려고도 하지 않았으며 밥을 허겁지겁 먹지도 않았다.

2.

무진에도 이런 안개는 없으리라. 지독한 안개 때문에 자동차로 숲 입구까지는 비상등을 켜고 가야만 했다. 숲으로 드는 길은 오르막인데 사람은 그림자도 없고 마침 안개가 살짝 걷혀서 안도했다. 한 손엔 우산, 한 손엔 휴대폰, 안개가 오락가락해 살짝 긴장하고 걷는데 내 앞에서 뭔가 툭! 굴러떨어지는 게 아닌가. 깜짝 놀라 떨어진 것을 보니 잣송이다. 그 잣송이를 쫓아 나무에서 쏜살같이 내려온 청설모, 나는 올라가는 길이고 녀석은 굴러떨어지는 잣송이를 따라 내려오는 길, 중간에서 분명 나를 봤는데 잣송이에 눈이 멀어 달려온 녀석과 나의 거리는 채 1m도 안 되게 좁혀져 나는 그만 어이가 없어 웃음이 터지고 말았다. 이 발칙한 녀석은 내가 폰카를 누르는 소리에도 아랑곳하지 않고 보란 듯 제 몸 크기의 잣송이를 물고 깜찍한 포즈까지 잡아주고는 바람처럼 숲으로 사라지는 게 아닌가. 역시 밥은 힘이 세다. 나도 밥 앞에선 무수히 저랬을 것이다.

# 무덤이라는 그리움

"모든 사물은 점과 선과 각으로 다양한 이미지를 구축한다. 하지만 시간은 모든 것을 둥글게 조각한다. 그것은 자연뿐 아니라 사람의 마음까지도 동그라미로 통일시킨다. 그러나 결국 우리는 평면으로 무화된다."

무덤을 보면 그리움이 몽글몽글 피어오른다. 산길을 걷다가 있는 듯 없는 듯 무덤이 달랑 하나면 외롭겠구나 싶다가도 나란히 있을 땐 가족이 밥상을 놓고 둘러앉은 것 같아 흐뭇하다. 무덤이란 세상 뜬 후에도 모나지 않는 생을 살라고 반은 지상에 반은 지하에 산 자들이 세운 동그라미 집일 거다.

천 년이 지나도 그대로일 것 같은데 돌보지 않는 봉분 하나가 평면으로 돌아가는 데 걸리는 시간은 약 100년이라는 글을 어디서 읽었다. 대지의 일부가 되는 데 걸리는 시간이 100번의 봄이 오고 가을을 보내야 한다는 말은 여전히 추상적이다. 그렇다면 내게 젖을 물리고 밥을 떠넣어 주며 씻겨주고 얼러주신 어머니 아버지가 저기 계신데, 그 집이 평지가 되면 그리움도 무화될까 봐 우리는 또 흙을 돋우고 잔디를 심어 어제 일처럼 추억을 잡아두고자 하는 건지.

시간은 데일 것처럼 뜨거웠던 순간도 담담하게 한다. 한때는 서러움에 겨워 울기도 자주 했지만 가지에 찢긴 바람과 양광 때문인지 무덤은 더 이상 눈물을 부르지 않는다.

어머니의 자궁에서 동그랗게 몸을 말고 태어나 다시 대지의 동그란 자궁으로 돌아가는 우리들, 그 요람 같은 무덤가에 어머니의 자장가 같은 오후가 느리게 흐르고 있다.

4대 독자 선비에게 시집와 아들이 없어 무덤조차 사치였던 내 어머니의 서럽고 애달픈 삶, 청춘에 떠난 고운 내 어머니 한 번도 입어보지 못하셨을 저 노랗고 붉은 명주 치마저고리 같은 단풍, 타인의 무덤을 빌려 그리움을 전하는 막내딸의 마음을 어머닌 아실까. 슬픔이 종료된 자에게도 타오를 수 있는 게 사랑이란 걸 전언하는 걸까. 곧 해가 서산을 넘을 것이다. 얼마 남지 않는 무덤을 에두르는 막바지 단풍이 가을 햇살에 우련 붉다.

# 침묵, 생각을 놓는 것

내가 가장 아름다운 순간에 너는 없었다.
내가 가장 고독한 순간에도 너는 곁에 없었다.

바닥으로 내려앉은 마른 잎새 하나, 가지를 떠나 허공에 머무는 순간을 좇는다. 그 여린 몸짓, 파도를 가르는 서퍼 같기도 플라멩코를 추는 무희 같기도 하다. 진 자리에 다시 피는 잎과 꽃, 꽃을 버리면 열매가 오겠지만 열매가 떠나면 무엇이 올까. 분명한 건 모든 열매가 다음 생을 확약받는 건 아니라는 사실이다.

연일 비가 내렸다. 치사량이 아니어도 가을비는 살을 깎고 뼈를 시리게 하는 독성이 강한 액체다. 그렇지 않고서야 온몸이 이토록 시릴 수는 없을 게다. 침묵은 말과 동시에 생각을 놓아버리는 것이라는데 대체 어느 산 자가 그걸 할 수 있단 말인가.

격렬한 외로움은 사랑이 밀물처럼 밀려드는 증표랬는데 그도 아닌 모양이다. 가을과 함께 보낸 책이 반송되었다. 이제 더는 네가 내게로 오지 않겠다는 선언이겠지. 그렇게 해서라도 제발 만정이 떨어졌으면 좋겠다는 의미겠지. 하지만 누군가 죽도록 좋아서 헤어진 후에도 기다릴 대상이 있다는 건 얼마나 큰 위로인지.

바람이 양철지붕을 두드리며 달린다. 가파른 산등성이에 홀로 서 있는 나무 한 그루, 저 쓸쓸과 갸륵은 또 어쩌나. 그럼에도 골짜기엔 단풍이 피처럼 붉고 비가 내린다고 나는 또 차부를 서성거린다. 우리는 고작 신이 만든 작은 퍼즐게임 하나에 몰두하다 미완인 채 떠나는 존재들인가.

누구는 벼랑 끝에서 뒤돌아보니 사랑도 성공도 부도 철저히 '비껴가기 게임'이었다는데, 그러니 가지지 못한 것 부족한 것 미완인 채 내려놓는 것이 마땅하리라. 바람이 제 살을 찢어 소리를 낸다고 허무한 시간들이 무장무장 쌓인다고 애간장 끓이진 말자. 그래도 함께 밥 먹자 숲에 가자는 그만큼의 달콤한 말 말고 우리 함께 뛰어내리자, 죽자, 그렇게 매혹적이고 협박적인 고백, 아니 폭탄 같은 선언은 안 되겠냐고 저 미친 단풍이 따지듯 내게 묻는 시월이다.

# 자연으로부터 무위를 배우다

무작정 약자를 돕는 것은 생각해 봐야 한다. 약자가 힘없음을 무기로 사용하는 걸 용납해서는 안 된다는 말이다. 가지지 못한 자의 책임을 가진 자에게 돌리는 것은 합당치 못하다.

싸한 공기를 놓치지 않으려고 패딩을 입고 밖으로 나갔다. 숲 입구엔 살얼음이 보였다. 조그만 바람에도 뺨이 금세 얼어 돌아갈까 망설이다 숲으로 드니 햇살 아래 따사로운 풍경이 나를 반긴다. 나는 허공으로 손을 휘저으며 갓 태어난 새끼 고양이를 보듬듯 연둣빛 풀잎 위로 내려앉는 빛을 어루만지는 동안 잔잔한 행복감으로 몸서리를 쳤다. 아침에 게으름을 이겼더니 그분께서 이렇게 사랑스러운 빛을 주시는구나.

# 누군가는 해야 할 일

"중국 인민일보에 여자 동물안락사가 비난과 죄책감에 시달리다 자살을 했다는 기사가 전해지고 있다. 그녀는 주인으로부터 버려지거나 학대당해 보호소로 온 반려견을 2년 동안 700마리를 안락사했으며 그로 인한 괴로움과 죄책감을 견디지 못하고 개에게 투여해왔던 주사액을 자신의 몸에 밀어 넣으며 세상을 떠났다고 한다."

기사를 읽는 순간 그녀가 겪었을 정신적 고통이 내게 전이되는 걸 느꼈다. 요즘 사회문제로 대두되고 있는 반려동물, 끝까지 책임질 수 없다면 입양하지 않으면 좋으련만, '캣맘'이라는 신생어가 생길 만큼 버려진 길고양이에게 밥을 챙겨주는 이들의 소식을 매스컴을 통해 심심치 않게 본다.

지인에게서 들은 이야기는 충격적이었다. 기르던 강아지를 유기할 때 집으로 돌아오지 못하도록 다리를 똑똑 분질러 상자에 담아 버린단다. 간혹 인간인 것이 부끄러울 때가 있다. 눈 시퍼렇게 뜨고 살아있는 생명을 상대로 달면 삼키고 쓰면 뱉는 잔혹성이 현실이라니.

반면 서울에서 프랑크푸르트로 이주한 친구는 기르던 고양이를 복잡한 절차와 사람보다 비싼 운임을 지불하면서까지 독일로 데려갔다는 소식은 감동을 넘어 휴먼스토리가 아닐 수 없다. 주인이 위험에 처했을 때 주변에 알리거나 함께 살아온 독거노인의 임종을 끝까지 홀로 지켰다는 어느 반려견도 같이 살면 가족이라는 걸 알리는 뭉클한 사연이다.

TV를 통해 티베트 천장사의 적나라한 삶(일터)의 현장을 시청한 적 있다. 그들의 척박한 환경과 문화에 따라 사람이 죽으면 매장을 하지 않고 정해진 장소로 운반해 시신을 독수리가 깨끗이 먹을 수 있도록 잘게 토막을 치는 일을 하는 사람을 천장사라 하는데 왜 그런 직업을 갖게 되었냐는 질문에 그건 신의 뜻이자 자신의 카르마(업)라서 피할 수 없었단다. 처음엔 두려워 밤에 잠을 잘 수 없었으나 나중엔 그걸 현실로 받아들이게 됐다고.

연기자들도 예외는 아닌 듯, 한동안 자신의 역(악역)에 몰입하다 보면 드라마가 끝난 후에도 일정 기간 그 역할에서 벗어나지 못해 괴로움을 호소하다 정신과 치료를 받는 경우가 드물지 않다고. 연기자도 그런 현상을 겪는데 하물며 눈이 말똥말똥한 개나 고양이를 수없이 안락사시켜야만 하는 안락사나 가족이 보는 앞에서 하루에도 수 명의 시신을 토막 내 가르고 찢어 짐승에게 던져야 하는 천장사는 얼마나 큰 정신적 부담을 안고 살아갈 것인가.

이들을 보면 직업에 귀천이 없다는 말은 아닌 듯하다. 다만 살아가는데 누군가는 반드시 해야 할 일이고 어쩌다 보니 그들에게 그런 업보가 주어진 게 맞다면 사회적 시선이라도 따뜻해야 하는 게 아닐까. 중국 동물안락사의 자살 소식은 많은 것을 숙제로 남겼다. 인간은 왜 이토록 불완전한 것일까.

## 자신과 멀어진다는 것

평생을 공직에 몸담았던 선배의 남편이 어느 날 거짓말처럼 치매 증상을 보이기 시작했단다. 그의 기억력은 하루가 다르게 쇠퇴했지만 자식과 일가 친척을 알아보는 데는 별문제가 없었다고. 하지만 단 한 사람, 사랑과 희생 으로 함께해 온 아내만 알아보지 못한다고. 평소 부부 금실이 유난했다는 데 언제부턴가 아내를 낯선 여자라며 완강하게 거부해 잠조차 한방에서 잘 수 없게 되었다니.

그들의 사랑은 어느 영화의 스토리를 닮았다. 어떤 치매는 가장 가까운 기 억과 가장 가까운 사람부터 잊게 된다던, 왜 사랑은 온전할 때나 아닐 때나 애증의 상처를 주는(받는) 걸까. 주변 사람들이 그녀를 안타까워할 때마다

그만큼 사랑받고 있다는 증거니까 괜찮다 괜찮다 그런단다. 관절염을 앓고 있는 그녀가 치매 남편의 방에서 쫓겨나 거실 소파에서 쪽잠을 자야 하는 남은 생은 또 얼마나 허무와 쓸쓸을 견뎌야 할까.

이것은 며칠 전 케이크를 사 들고 가는 그녀를 길에서 만나 그간의 안부를 묻는 과정에서 들은 이야기다. 마음에서 자신을 지우고 타인이 되어버린 남편이 밉기도 하지만 그래도 단둘이 보내는 크리스마스이브니 케이크라도 자르려 한다고 말할 때 깊은 한숨과 눈꺼풀이 파르르 떨리는 걸 보았다. 사랑하는 사람 앞에서 내 입술이 나도 모르게 다른 말을 할까 봐 불안에 흔들렸던 순간은 얼마나 많았을까. 나도 그럴 것이다. 원망스러울 때도 있었지만 아내 혹은 남편이라는 이름으로 부모 자식 형제 친구라는 이름으로 지금 곁에 있는 이의 얼굴을 단 한 번만이라도 지극한 마음으로 들여다보면 좋겠다. 그리고 생각해 본다. 그에게 나는 가장 먼저 잊혀질 사람인지 제일 나중에 잊혀질 사람인지.

# 단순한 삶 단순한 죽음

"아무것도 아니지만 전부인 양, 전부라 해도 아무것도 아닌 양 살다 가는 게 맞지 싶다. 밤새 조용히 와 잠시 세상을 평정하고 아침이면 사라지는 눈雪을 보면 그렇다."

한때 우리는 가족이라는 이름으로 작은 소반에 둘러앉아 이 빠진 '복福'자 사기대접에 감자 몇 알 놓고도 불안이나 불행 따위에 흔들리지 않았다. 어려운 걸 쉽게 답하는 것이나 쉬운 걸 어렵게 답하는 건 폭력이다. 본다는 건 판단을 담보하는 것이어서 내 존재가 크다고 생각하면 번민이나 고통도 클 것이나 내 존재가 작거나 아무것도 아니라는 걸 인식하면 고통도 그만큼 작아진다. 중요한 것은 지금 이 순간을 알아차리는 일이다. 알아차렸다면 문명과 물질, 집착과 소유와 욕망과 두려움과 일체의 불안으로부터 자발적 격리를 하는 게 옳다.

강한 부정은 강한 긍정이며 삶은 죽음을 결정하고 죽음은 삶이 결정한다고 했다. 집을 비웠다가 일주일 만에 돌아왔는데 문을 여는 순간 익숙한 나의 냄새에 울컥한다. 내가 밥을 먹고 몸을 씻고 잠을 잔 곳에는 나의 모든 것이 남아있다. 내가 머물렀던 모든 집에는 잘 발효된 나의 냄새가 산다.

# 신(神)의 특사(特使)로 오신
# 어머니

모로코 마라케시 메디나에선 같은 길을 세 번이나 잃을 만큼 미로다. 두어
시간 이상 걸었으나 뭔가에 홀린 듯 십분 단위로 같은 자리에 서 있곤 하던,
형형색색의 수제구두에 미련을 버리지 못한 것이 화근이었을까. 해가 기
울 무렵이라 두려움이 밀려와 도움을 청했다. "로스트, 로스트." 그때 돋보
기를 코에 걸고 가죽 신발을 꿰매던 노인이 가죽보다 단단한 손으로 내 손
바닥에다 약도를 그려주었다. 약도에는 천일야화에 등장하는 별과 양과 낙
타, 당나귀의 길도 함께 있었다.

노인이 일러준 길을 따라 얼마쯤 걸었을 때 막다른 골목 코너에서 내 눈
을 의심하게 하는 풍경을 만났다. 검은 부르카를 착용한 젊은 무슬림 여인
이 뭐랄 테면 해보란 듯 각진 기둥 사이에 아기를 숨기고 젖을 물리고 있
는 모습을 보게 될 줄이야. 전통을 지키기 위해 머리카락 한 올도 드러내
지 않는 무슬림 여인이 혼자 집 밖에서 아이에게 젖을 물리는 그림은 감
히 상상할 수 없었던 일이라 놀랄 수밖에. 초라한 행색을 보면 그녀는 아
이를 안고 집을 나온 건 아닐까. 그때 숙소로 돌아갈 길이 바빴던 내가 주
변을 서성거리며 그녀를 내 몸으로 가려주고 싶었던 심사는 무엇이었을
까. 골목 끝 모퉁이 자판에서 보았던 '피쉬 & 칩스'를 사다 주고 싶은 마음
도 멈출 수 없는 유혹이었다. 숨을 죽인 채 붉은 흙벽에 몸을 기대고 누가

시키지도 않는데 망을 보고 서 있던 나를 그녀는 딱 한 번 쳐다보고는 부르카 자락 깊이 아이를 감추었다. 그날 나는 세상 밥이 다 그 여인의 젖가슴으로 흘러들기를 바랐다. 처음엔 그녀가 기도를 하는 줄 알았는데 그게 아니란 걸 알았을 때의 놀라움, 그리고 젖을 가진 어머니라는 존재에 대해 나는 다시 생각하는 계기가 되었다. 어머니란 세상 가장 낮은 곳에서 가장 거룩한 일을 하라고 보낸 신神의 특사特使라는 말을 상기하면서.

# 서로 다르니까 화목할 수밖에

서글픈 일이다. 살면서 경험한 것을 농축하면 모래 한 알도 안 될 것이 분명한데 우리는 엉뚱한 곳만 해찰하다 불행하지 않으면 안 되는 것처럼 전 생애를 굶주린 하이에나처럼 살다 가는 건 아닌지. 때론 단호한 파산이 답일수 있겠단 생각이다. 나는 호시탐탐 내 생의 관람자가 되려고 했던 것 같다. 하지만 지금 나는 무엇을 하느냐가 중요한 게 아니라 무엇을 하지 않는 것도 중요하다는 걸 알겠다.

더 이상 떨어질 바닥이 없을 그때가 신의 답을 기다릴 때라 했다. 하나의 주제에 몰입하다 보면 언젠간 바라던 꼭짓점과 조우하게 되겠지. 때론 내 입술이 나도 모르게 세상을 향해 엉뚱한 고백을 할까 봐 두렵지만 그런 일은 번번이 기우로 끝났다.

갈 때마다 처음인 길, 볼 때마다 낯선 사람, 만날 사람은 이 생 중에 만날 것이고 연이 아닌 사람은 이 생에서 끝날 것이다. 군이 총량의 법칙을 따지지 않더라도 누구에게나 주어진 동일한 밀도의 고통과 환희, 홀로 외나무다리를 건너야 하는 일, 희극 속 비극들, 우울을 선택할 권리, 그러나 빛에 집중하면 그늘은 결코 두려워할 대상만도 아닐 테니. 저 굵은 전나무 옹이도 시작은 작은 상처였을 것이다. 누구도 건너뛸 수 없는 시대의 격랑 앞에서 통제 불능의 감정들, 분노와 화를 푸는 열쇠는 오직 몸이라 했다.

통도사 입구였던가. "이성동거필수화목異性同居必須和睦. 서로 다르니까 화목할 수밖에 없다" 그대와 나와 우리는 다르지만 하나일 수밖에 없는 이유로 충분하지 않는가.

# 슬퍼할 권리와 웃을 권리

조상 대대로 공동체 생활을 하며 울지 않는 부족으로 알려진 아프리카 어느 부족은 무엇이든 똑같이 나누며 사는 것을 원칙으로 한다지. 성년이 되면 결혼도 신의 대리인인 촌장이 짝지어 주는 대로 부부 연을 맺는다네. 살다가 한 사람이 죽으면 마을 사람들이 적임자를 추천 그의 빈자리를 대신해 준다네. 죄를 지으면 마을과 가족으로부터 격리를 시키는데 그들에게 가장 큰 벌은 가족과 떨어져 있게 하는 거래. 그만큼 공동체 생활을 중요하게 생각한다는데, 사냥한 고기를 촌장 앞에서 분배할 때면 어느 누구도 불평하는 법이 없대. 잘 웃는 부족으로도 유명한 그들에겐 행복할 권리 웃을 권리는 있어도 슬퍼할 권리는 없다는데 이유는 단 하나, 그것은, 그들의 신神이 바라는 일이 아니기 때문이래.

# 사랑만하다 죽을 순 없는가

몸에 든 병을 이기려면 약을 먹어야 하고 약을 이기려면 밥을 먹어야 한다. 이 단순규약에 순종해야만 하는 것이 지금 내게 주어진 현실이다. 수시로 밥을 먹는데도 수시로 허기가 진다. 이 스피디하고 먹을거리가 넘치는 시대에도 끝날 것 같지 않은 춘궁기는 여전하다.

맑은 호흡으로 눈을 떴다. 창에 물방울이 붙어있어 비가 다녀간 걸 알았다. 앞산 가득 피어나는 안개를 보며 아침 커피를 마셨다. 한 시간쯤 PC 앞에 앉아 지난밤 올라온 헤드라인 뉴스와 SNS의 글들을 읽는 동안 자클린 뒤프레의 첼로 곡을 듣다가 바람소리를 느끼려고 스피커를 끄고 주방으로 돌아갔다.

잡곡에 감자를 얹어 밥을 지었다. 찬이라 해야 냉장고에 있던 김치, 봄에 뜯어 저장해 둔 산채볶음, 두릅고추장아찌, 조개젓무침, 어제 밭에서 캐온 배추로 끓인 된장국. 망설이다 냉동실에 보관해 온 고등어 한 토막을 베란다 문을 열고 굽는데 습기 때문인지 비린내가 안으로 퍼져 조바심이 났던 것 같다. 아침부터 그 냄새가 옆집으로 건너갈까 봐 신경이 쓰이기도 했다. 다 구운 고등어를 접시에 담으려는데 하얗고 동그란 눈알 하나가 팬 위에서 뒹군다. 떨어져 나온 눈알을 집으려는데 마치 날 쏘아보는 듯 몇 번인가 얄밉게 젓가락을 빠져나가는 고등어 눈알,

식탁이 차려지고 나는 의자를 당겨 수저를 들었다. 앞을 보고 뒤를 보아도

안개뿐이다. 평소와 비슷한 밥상인데 왠지 호사스럽다. 혼자 먹는 밥인데 생선 한 토막을 더했더니 그렇다. 나라가 총체적 난국에다 사람들은 다투어 시국선언을 하며 대통령 하야니 탄핵을 부르짖고, 문단은 피해자만 있고 가해자는 없는 유례없는 성폭행 사건으로 진흙탕 싸움인데 마치 나는 그들로부터 다른 세상으로 도망쳐 혼자 잘 살아보겠다고 이 골짜기에 묻혀 아침부터 눈알 빠진 고등어나 굽고 있는 것인지.

누구는 밤잠을 설치고 누구는 혁명을 위해 사제탄 제작에 열을 올린다는데 나라가 오죽하면 글이나 끼적대는 나 같은 자가 겨우 고등어 한 토막 구우면서 죄책감 같은 걸 느껴야 하는지. 이런저런 생각을 하며 밥을 먹고 밖을 보니 어느새 안개가 걷히고 햇살의 조짐이 보인다. 뼈 발라진 접시 한쪽에선 여전히 동그란 고등어 눈알이 나를 노려보고 있다. 저 눈알, 한 인간을 향해 '너 똑바로 살고 있느냐' 묻는 것이겠지. 아니면 '누구든 죄 없는 자 있거든 이 눈알을 던져라' 그리 말하는 건 아닐까. 나는 갑자기 머리를 이탈한 고등어 눈알이 총알처럼 느껴졌다. 무엇보다 나에겐 얇은 입술로 누굴 비난할 자격은 물론 그 어떤 죄목에서도 자유로울 수 없다는 걸 알지 않는가. 당분간 고등어 따윈 굽지 않겠다. 잡곡밥과 나물 한 가지만으로도 과분할 테니까. 이 글을 쓰는 동안 잠깐 해가 났다. 개안開眼인가. 만추가 보인다.

이렇게 눈부신 가을에

나는 왜 이리 슬프고 우울한가.

사랑하다가 죽을 순 없는가.

# 아름다운 곳에
# 혼자 있으면 우울해

뺨을 간지럽히던 무채색의 실루엣들, '푸르른 날'이라 그런가, 숲을 걷는 동
안 미당의 시가 자꾸만 따라온다. "내가 죽고서 네가 산다면 네가 죽고서 내
가 산다면~." 미당은 어떻게 이 절창을 찾아냈을까.

그렇지. 폭풍전야처럼 고요하고 아름다운 곳에 혼자 있으면 당연히 우울해
지지. 풍경 속을 걸음마를 배우는 아이처럼 걸었다. 가을도 겨울도 아닌 11
월과 12월 사이, 이 스산함, 빈 숲에서 퍼져 나오는 단출하고 맑은 기운, 마
른 풀냄새와 나무냄새, 무채색의 기막힌 세련들, 숲을 본다. 이렇게 아름다
운 나라에 사는데 왜 우린 행복하지 않을까. 누구에게나 주어지는 균질한
빛과 그늘인데 누구에겐 왜 빛도 춥고 누구에겐 그늘도 따스한가. 웃음은
누가 빼앗아 갔을까. 언제부턴가 우린 집단 우울중독자가 되어 희극을 보
면서도 웃지 않는 감정조절 장애를 앓고 있는 걸까. 십일월 스무엿새, 죄를
짓는 것보다 죄를 짓지 않고 사는 게 더 큰 죄란 걸 아는 듯 첫눈이 내렸다.
사람들이 촛불을 들고 광화문으로 가는 시간에 나는 변방을 떠돈다. 죄인
아니기를 바란 적은 없지만 그렇다고 죄인으로 당당히 살지도 못했으니 그
또한 죄다. 아직 가지에 붙어있는 붉은 감이 어두운 세상 밝히는 등불 같다.
생명이 가진 서사, 모처럼 풍경이 새롭다. 그러나 여전히 아름다운 걸 혼자
보는 건 우울해.

# 어쩌겠는가 믿어야지

친구들의 부러움을 받으며 티켓을 구입하고 여행 품목을 챙길 때 빠지면 안 되는 것이 US 달러를 기준으로 그 나라의 돈의 가치를 익히는 거다. 계산에 둔감한 나는 매번 이 단순한 셈을 게을리해서(정확히 말하면 하기 싫어서) 낭패를 보곤 했다. 저개발국가에서 100달러를 현지 화폐로 바꾸면 돈의 부피가 만만치 않다. 큰돈이야 깊이 보관하지만 잔돈은 주머니에 넣고 다니며 자잘한 물건을 살 때나 유적지 입장료나 교통비로 소비한다. 예를 들어 거리행상에서 망고나 꽃을 산다면 원하는 만큼 고른 후 돈은 당신이 알아서 가져가라고 주머니의 잔돈을 꺼내 손바닥에 펼쳐놓고 기다린다. 내 손바닥을 더듬어 잔돈을 고르는 그들의 거칠고 마른 손, 그런 경우 대부분의 사람들은 알아서 돈을 집어 가지만 어떤 장사꾼은 그 적은 돈 앞에서도 눈빛이 흔들리는 걸 알 수 있다. 그럴 때 내심 외친다. '조금 더 집어가도 괜찮아. 집에서 기다리는 아이에게 빵 한 조각이라도 더 먹일 수만 있다면.'
힘을 빼는 건 훈련과 용기가 필요하다. 초면이어도 거래의 본질은 신뢰고 약속이다. 그렇게 산 물건을 들고 숙소로 돌아오는 동안 나는 계산이 제대로 됐는지, 속지는 않았는지를 한 번도 고민해 본 적이 없다. 그리 큰돈이 아닌 것도 있지만, 그가 내 손바닥에서 거둬간 돈이 얼마든 그것이 가장 적정액이라고 믿어주는 것이 내가 아는 산수다. 이 계산법은 사람을 사귈 때도 적용된다. 손바닥에 몇 장의 카드를 놓고 나 이런 사람이니 선택은 당신이 하시라고, 한마디 말 진실한 눈빛만으로도 우리는 얼마든지 신뢰를 얻을 수도 잃을 수도 있다고, 따지고 보면 나는 가진 게 적어 잃을 것 역시 없거나 적으니 부자인 거고 적은 금액이라도 경계하지 않고 맡길 수 있으니 그 또한 부자다.

어떤 여행자들은 단돈 몇 푼이라도 깎으려고 행상하는 노인과 실랑이를 벌이기 일쑤지만 평소 우리의 소비패턴에 견주면 정말 사소한 금액이라서 왜 저러나 싶을 때가 있다. 누군가는 계산은 계산이지 않느냐 반문하겠지. 그 말도 맞다. 하지만 세상을 어떻게 반듯한 자로 재고만 살겠는가. 그건 비현실적이라고? 그도 맞다. 어쩌면 나는 온갖 문명을 누리면서도 여전히 정신세계는 원시성에 머물러 있는 듯하다. 그건 내가 바라는 것이 아니던가. 다행이라면 지금껏 이런 방법을 고집해 왔지만 추호도 잘못된 일이라 생각지 않는다는 것. 어떤 나라든 내가 내미는 돈의 가치와 의미는 여전히 '나는 당신을 믿어요.'다.

# 만만의 사유를 이끌어 내는
# 언어의 길

기적이 일어날 확률은 거의 0에 가깝다는 것을 모를 리 없다. 10의 -39승이라는 숫자가 있다고 가정해 보자. 글쎄 이런 숫자를 A4용지로 옮긴다면 몇권의 책이 될지 가늠하기 어렵다. 그러나 나름 칼 세이건의 이해를 풀어 해석해 보면 10의 -38승은 0은 아니니, 측량할 수 없는 무량대수의 38승 개보다 많다는 코스모스의 별에는 무슨 일이든 벌어질 거란 짐작을 해본다. 장황하다. 절편하지만 부동한 숲, 천만 아니 만만의 사유를 이끌어 언어의 길을 '소요유' 하는 당신과 나는 부동하는 고통에서 절대의 질문에 답하는 현자가 아닐까.

"우리 인간 같은 미미한 존재는 오직 사랑을 통해서만 그 존재를 확인할 수 있다"고 말한 것도 칼 세이건이라지. 지구의 대기는 박막보다 얇아서 이념도 종교도 국경도 초월한다고, 바르고 정직한 몸, 현대 우주론, 빅뱅 이전 코스모스는 일렁이는 에너지로 가득했다는데, 깨달았어. 에너지의 바다, 그랬던 거야, 그 안으로 들어가는 것, 몸과 그 몸을 지배하는 영혼 이전의 무엇, 몇 시간을 무한처럼 합일할 수 있는 모든 것의 근원, 가공할 사랑이지, 그 어떤 주제를 말해도 결국은 생과 사의 접점을 이루는 건 사랑인 거야. 그것이 여행이거나 영화 혹은 다른 장르의 예술이라고 다르진 않을 거야. 장대를 놓지 못해 제대로 한 번 솟구쳐 보지도 못한 어떤 사람을 생각하며 김훈의 말을 빌려본다.

"글이 써지지 않는 새벽에 나는 때때로 장대높이뛰기 선수를 생각했다. 그는 솟구치기 위하여, 오직 지상의 단 한 점 위에 장대를 박는다. 그는 그 점 위에 선다. 그는 솟구치기 위해 장대를 버린다. 지상의 한 점과 장대마저 버린 후 그는 아름답고 외롭게 솟구쳐 오른다."

# 가장 눈부실 때 떠나는 가을

1.

내가 어떻게 살고 있는지 모든 이에게 일일이 보고할 필요는 당연히 없다. 세상 사람들은 나의 경험이나 학습 따윈 아무 관심도 없을 테고 그런 친절은 바라지도 않을 테니까. 굳이 위로를 찾는다면 기대가 없는데 무슨 실망이 있으랴 하는 정도. 중요한 것은 어제 바라던 일을 오늘 내가 하고 있느냐.

가장 빛날 때 사라지는 봄, 가장 눈부실 때 떠나는 가을, 가장 극적인 순간에 나타나는 무지개, 양광 아래 안단테 음악을 들으며 숲으로 한 발 두 발 걸어 들어가노라면, 물속 잉크 퍼지듯 마음이 초록 숲으로 퍼져나가 결국은 길을 잃고 전생과 내생 어디쯤 떠도는 듯한 착각에 빠지곤 한다. 이제 비로소 아무도 기억 못 하는 곳에서 나는 누군가를 기억한다.

2.

만추가 되면 생각나는 글이 있다. 조선 후기 정조시대의 문필가 이옥의 '선비가 가을을 슬퍼하는 이유'의 한 대목이다.

"내가 저녁을 슬퍼하면서, 가을이 슬퍼할 것이 없는데도 슬퍼지는 것을 알겠다. 하루의 저녁이 오면, 엄자가 붉어지고 뜰의 나뭇잎이 잠잠해지고, 날개를 접은 새가 처마를 엿보고, 창연히 어두운 빛이 먼 마을로부터 이른다면 그 광경에 처한 자는 반드시 슬퍼하여 그 기쁨을 잃어버릴 것이니, 해를 아껴서가 아니요, 그 기운을 슬퍼하는 것이다. 하루의 저녁도 오히려 슬퍼할 만한데, 일 년의 저녁을 어찌 슬퍼하지 않을 수 있겠는가?"

또 그는 묵취향서墨醉香序에서 이렇게 노래한다.
"나는 책을 좋아하고 또 술을 좋아한다. 그렇지만 거처하는 지역이 외지고 이 해는 흉년이기도 하므로, 돈을 꾸어다 술을 사 올 길이 없다. 바야흐로 따뜻한 봄기운이 사람을 취하게 하므로 그저 아무도 없고 어떤 집기도 없는 방안에서 술도 없이 혼자 취할 따름이다."

# 내가 가진 모든 것은 본시
# 내 것이 아니었으니

티티카카 호수의 첫 번째 방문지인 우로스 섬(갈대섬)에 내리자 뺨이 발그레한 녀석이 내 눈치를 슬슬 살핀다. 내가 쓰고 있는 나이키 캡을 갖고 싶단다. 여행은 아직 많이 남아있고 모자는 하나뿐이라 그건 좀 곤란하다 했더니 서운한 빛을 감추지 못한다. 조금 후 녀석은 그럼 자신의 모자와 바꾸는 건 어떠냐며 협상 카드를 제시했다. 머리에선 분명 "안 돼"였는데 어느새 내 눈빛은 흔들렸고 그러라고 고개를 끄덕이고 말았다.

녀석이 팔짝팔짝 뛰며 낚아채듯 모자를 손에 넣더니 친구들에게 빼앗길까 봐 집으로 뛰어들어가 모자를 어딘가 감추고 다시 나왔다. 나는 잠시 뭔가에 홀린 듯 서운했으나 녀석은 세상을 다 가진 듯 좋아서 어쩔 줄 모른다. 녀석의 튼 뺨을 어르며 크게 한 번 안아주고 배로 돌아오는데 갑자기 녀석이 쓰고 있던 자기 털모자를 벗어 배 위로 던지는 게 아닌가. 녀석은 정당한 거래를 하고 싶었던 걸까. 예기치 못한 녀석의 행동에 놀라 "난 괜찮아. 이건 네 모자잖아"라며 온 힘을 다해 모자를 녀석에게 다시 던졌다. 그 사이 내가 탄 배는 섬에서 멀어졌고 녀석은 발을 동동 구르며 손을 흔들어주었다.

세상에 그토록 간절히 가지고 싶은 게 있다면 그건 녀석의 것이 맞다. 조금 전만 해도 내 모자가 아깝단 생각을 하지 않았던 건 아니지만, 좋아하는 아이의 표정은 그 모든 걸 보상하고도 남았고 내게 그 뜨거운 태양을 가려줄 모자가 없다는 사실을 잊는 데는 5분도 걸리지 않았다. 이럴 때 내게 거는 주문이 있으니, "내가 가진 이 모든 것은 본시 내 것이 아니었다"라는 것. 그러니 아까울 것도 억울할 것도 물론 없다.

# 아프리카에서 날아온 빵

1.

내가 사는 동네에는 유명한 빵집이 있다. 평소에도 사람이 많지만 한 달에 이틀 모든 종류의 빵을 할인해주는 날은 빵집 줄의 끝을 보기가 쉽지 않다. TV에서 맛집을 보던 그런 진풍경이 펼쳐지기 일쑤인데 아무 생각 없이 빵을 사러 갔다가 되돌아온 적이 몇 번 있었다. '당장 지구의 종말이 오는 것도 아닌데 대체 무엇이 그 많은 사람들을 빵집으로 부르는 걸까', '인간은 빵을 위해 복종하고 빵을 위해 싸우는 동물이라지만 빈손으로 돌아오는 날은 내게 빵은 무엇일까?'라는 명제에서 자유로울 수가 없다.

2.

아프리카에서 NGO로 일하는 딸과의 재회는 아이가 집을 떠난 지 2년 만에 이루어졌다. 딸이 성년이 된 후로는 처음 있는 일로 우리는 아프리카 말라위라는 나라에서 한 달쯤 한방 동거를 했는데 그 열악한 환경에서도 딸아이는 아침마다 빵을 구웠다. 처음엔 아이가 아침 식사로 빵을 먹는구나 했는데 그건 일하러 나가는 자신을 위해서가 아니라 오로지 엄마를 위한 즐거운 수고였다는 걸 얼마 후에 알게 되었다. 그리고 싶었으리라. 어린 나이에 집을 떠나 NGO로 일하는 동안 부쩍 마음의 키가 자란 딸로서는 그 먼 곳까지 찾아온 엄마를 위해 무엇이든 하고 싶었으리라. 그리고 어느 날 엄마를 위해 아침마다 빵을 굽는 일이 얼마나 행복한 일인지도 알게 되었으리라.

나는 파파야가 익어가는 뒤뜰에서 지저귀는 새소리와 오븐에서 빵이 익는 냄새로 잠이 깨는 아프리카의 아침이 참으로 좋았다. 빵이 다 익으면 우리 모녀는 뒤뜰에 나가 잘 익은 파파야를 따서 커피와 함께 하루를 시작했다. 아이의 빵 굽는 실력은 그동안의 생활이 어땠는지를 보여주는 종편 드라마 같았다. 우리는 함께 잠이 들거나 깨거나, 낯선 지역을 여행하면서 좁은 일 인용 나무 침대에 둘의 몸을 포개고 자는 날이 많았다.

달콤한 시간은 꿈처럼 흘러가고 눈에 넣어도 아프지 않을 막내를 먼 곳에 두고 떠나기 전날, 아이는 밤늦도록 달그락거리며 평소보다 더 다양한 빵을 구웠다. 다음 날 아침, 그 빵은 손편지와 함께 포장되었고 그것은 내 배낭 가장 깊숙한 곳에 넣어졌다. 애틋한 포옹으로 딸과 헤어진 지 56시간 만에 집에 도착, 빵 봉지가 궁금해 배낭을 여니 딸의 마법이 풀리지 않았는지 놀랍게도 빵은 조금도 흐트러짐 없는 그대로였다. 그 빵은 제 아버지에게 자신의 마음을 전하는 매우 구체적인 방법이었다는 걸 딸의 손편지가 아니어도 알 수 있는 일이었다. 딸의 체취가 담긴 빵을 보며 아이를 그리워하던 남편의 고요한 침묵을 어찌 잊을 수 있으랴. 더위와 싸우며 야자수 그늘 아래 모녀가 이마를 맞대고 매일 먹던 빵, 나는 그때 이후로 지금껏 딸이 구워준 빵보다 맛있는 빵을 먹어보지 못한 것 같다.

# 그가 나를
# 사랑하지 않을까봐 두려워

해 질 무렵, 낯선 평원에서 사과나무 한 그루를 만나는 위로 같은 것이 가슴을 적셨다면 그건 무지개가 깃든 증거일 거야. 고독감으로 아무것도 할 수 없을 때, 내 모든 시간이 그에게로 향하고 고요한 시간에 마음 깊이 도착해 있는 한 사람, 발열과 구토를 동반한 녹록지 않은 홍역의 징후들, 행여 그가 나를 사랑하지 않을까 봐 마음을 주저하는 일만큼 어리석은 일은 없으리라, '사랑해'라고 먼저 고백하라. 지금은 두려움과 불안을 극복하는 매직 같은 단어를 써야 할 때다.

연정은 매일 아침 아이스크림 스푼으로 떠먹는 부드럽고 달달한 요구르트 같은 것이라고 말해주면 좋겠다. 이불 속으로 손을 넣으면 온몸으로 전달되는 아랫목 온기처럼 추울 때 서로를 덮혀주는 그런 따스함. 그리움이 비등점을 지나 화석이 된 알을 깨우는 일, 온통 닿을 수 없는 것뿐이라고 나무가 나무에게 신호를 보내는 일, 애초부터 보류해도 좋을 시간이란 없다. 고백이라면, 직유보다는 은유지만 그렇다고 통역을 쓰는 바보는 없겠지. 필요한 건 반드시 닿겠다는, 닿아 통과하겠다는 마음뿐. 그러나 피할 수 없는 건 '사랑해'라고 발음하는 순간 따라오는 아득한 어지러움, 그다음엔 무엇이 기다리는지 알 수 없으나 고백이란 영혼과 영혼이 충분히 적셔진 후 마음에서 마음으로 건너가는 무지개여야 하지 않을까.

계절의 흐름으로 치면 자연처럼 민감한 것도 없다. 봄과 가을 사이 우리는 무엇을 향해 달려왔고 무엇을 곳간에 쌓았을까. 혹여 허황된 것들을 쫓느라 텅 빈 곳간은 아닌지. 내 의식을 조정해온 강철 같은 저항의 날들은 언제 이리 무디어진 걸까. 대중 앞에선 행복했지만 나 혼자 있을 때도 행복했는지는 묻지도 답하지도 못했다. 만사가 시틋해질 때가 있다. 그럴 때 권태의 발원지를 의심해봐야 한다. 자기 수양으로 증명할 수 있는 것들의 한계는 깊고 무한하다. 초겨울, 잎을 버리고 단단히 여문 붉은 열매를 안고 서 있는 팥배나무를 보면 왜 가슴이 아랫목처럼 따스해지는지. 봄에 그 나무 밑에 묻어둔 편지의 답신이 곧 도착할 것 같은 예감 때문일 지도 모르겠다.

# 내가 쓸 가족사

나는 내 의지와 상관없는 어떤 표절로 세상에 왔으리라. 몸과 생각이 자라면서 나 역시 알게 모르게 사람과 나무와 꽃과 바람의 문장들을 얼마나 많이 표절했을까. 남은 시간 참회하며 살아야 할 이유다.

할아버지 할머니가 계셨고 아버지 어머니가 계셨다. 누구나 그렇듯 나의 시작도 참을 수 없는 유혹처럼 왔을 것이다. 그들이 퇴장하자 주렁주렁 포도송이 같은 아이가 생겨났고 그 아이들은 다시 아이를 만들어 갈 것이다. 부모님이 가시고 내가 가고 아이가 가고 그 아이의 아이가 가는 것, 가다가 의도치 않게 급류를 만나더라도 강물은 그렇게 흘러갈 때 가장 아름다울 것이다. 이것이 나의 회고록에 등재될 가족사다.

# 아파트 마당에 핀
# 보리경전

108동 주차장 회색 담벼락 아래 작은 바람에도 위태로워 보이는 보리가 줄 맞춰 자라더니 어느새 이삭을 피웠다. 보리는 경비원의 감시를 피해 너무 커도 안 되고 너무 작아도 안 된다며 가지런히 키를 맞춰 서로를 독려하며 저 높이까지 왔을 것이다. 니체의 광기나 게바라의 혁명이 아니어도 그곳이 어디든 씨앗이 땅에 뿌리를 박으면 열매를 맺을 수 있다는 걸 보여주려는 걸까. 새삼스럽게 사는 일이 이토록 눈물겨운 거냐고 말하려는 건 아니겠지. 주차장을 오가며 저 여리고 질긴 생명을 관찰하는 동안 아주 긴 시간 혜초와 바투타가 길에서 보낸 시간을 상상했다. 바람이나 구름에게 물어볼 수 없는 말을 저 보리 이삭은 알고 있을까. 대체 우리는 무엇이며 어디로 가고 있는지, 나는, 내가 알고 있는 내가 맞는지.

# 서툴러서 그런 거야

매 순간 나는 내가 낯설고 서툴다. 그때마다 이건 처음이니 서툰 건 당연하다고 말해주곤 했다. 초경初經이 시작될 무렵 나는 공부가 지독히 싫었다. 아무리 노력해도 2등밖에 될 수 없다는 걸 안 후였다. 수줍음 많은 소녀가 되고 여자가 된 후 짧은 치마와 하이힐과 붉은 립스틱에 도전장을 걸어보지 못한 것도 알고 보면 서툴러서다. 이상李箱과 장자莊子를 알고 한 남자에게 서툰 사랑을 바치고 아이를 낳고 엄마가 된 후에도 겁이 나면 울 줄만 알았지 좋은 엄마 지혜로운 아내가 되기는 턱없이 부족했다. 서툴기는 운명처럼 내게 주어진 종부宗婦나 작가作家의 역할도 마찬가지.

이제 나는 무능한 조연 배우처럼 나이가 들었다. 매일 다니던 길에서 발목을 삐끗할 때도 나는 나를 위로했다. "괜찮아, 서툴러서 그런 거잖아"라고. 길 위에서도 나는 늘 뭔가를 빠트리거나 실수를 연발했다. 모든 게 서툴기만 하여 빛나는 청춘에도 자살은 꿈만 꾸고 이루지 못했다. 서툴단 말은 모성이 싹트기 전까지만 적용되는 줄 알았는데 내 아이가 자라 다시 엄마가 되어도 여전히 나는 생애 처음 편의점으로 아르바이트 나온 눈치 없는 학생처럼 허둥댄다.

사는 동안 서툴다는 것이 부끄럽지 않을 땐 사랑에 빠지는 순간뿐이었다. 그래서 내게 사랑은 사실을 담보한 위대한 추상이다. 백 년을 살아도 지금은 언제나 남은 생애 첫 순간일 테니 서툴지 않은 게 무엇이랴. 모르긴 해도 평생을 학습하고 준비해 온 죽음조차도 서툴기 짝이 없을 것이다. 인간으로 태어난 게 처음이듯 죽음도 전 생애를 털어 처음일 테니까.

# 모든 존재는 고독하다

얼마나 더 울어야 하는가. 울다 울다 울음 딱 그치고 감쪽같이 사라진 매미, 지난한 기다림 끝에 매미가 소나무 등걸에 몸피를 벗고 홀연히 사라진 걸 보았다. 생의 의의까지는 아니어도 삶이 노을처럼 저물어 보지 않아도 알 수 있는 것이 있다면 그것은 경험으로 얻는 직관이다. 모든 물리적 현상을 뛰어넘을 수 있는 직관이란 가장 빠른 시간에 핵심을 관통하는 화살과 같으니, 생이 무료해지기 전 촉을 다듬어야 하리라. 그리고 가짜를 면하려면 마음 안에 자신만의 방 하나쯤 마련하는 게 좋다. 그 방은 인내심과 분별력을 높여주는 맑은 아침이나 고요한 밤이 최상, 그걸 놓치면 우리의 영혼은 매미가 벗고 간 허물과 다를 바 없으리라. 문득 스치는 생각, 늦었다고 생각하는 지금이라도 탐심으로 가득한 마음을 닦고 본질을 봐야 하는 거 아닐까. 그래서 독방이 필요한 거고.

화석을 통해 시간의 결을 본다. 열반에 든 지 오래지만 족히 몇백 년은 살아낸 마른 나무 둥치 아래 갓 태어난 보라 제비꽃과 노랑 냉이꽃이 속삭인다. 봄이 왔으니 일어나자고, 어서 일어나 꽃을 피우자고, 하루를 천 년처럼 살아보자고. 생과 사, 이 어마무시하게 크고 소소하게 작은 것도 서로에게 어깨를 기대고 있다. 우주를 말하면서 작은 생명을 외면하는 건 결국 아무것도 보지 않겠다는 말이겠지. 사랑도 거기서부터 시작일 거라 생각해.

# 전혀 다른 방향으로 흘러가더라도

1.

언어의 본질은 보는 것에서 비롯된다. 거기에 생각을 가감하여 전달되는 것이 말이다. 보는 것은 생각이 되고, 생각은 판단이 되고, 판단은 행동이 되고 습관이 된다. 습관은 삶을 형성하는 뼈대가 되고 비로소 운명이 되기도 한다.

"하나의 전체를 이루는 개개 요소들이 공간과 시간 속에서 단지 외적인 연결로만 결합되어 있을 뿐 의미의 내적 통일로 충만 되어 있지 않을 경우, 그 전체를 기계적이라 부른다. 그러한 전체의 부분들은 비록 나란히 놓여 있고, 또 서로 접촉하고 있다 하더라도 본질적으로는 서로 이질적이다."

미하일 바흐친의 〈말의 미학〉 첫 페이지는 인간 문화의 세 영역인 학문과 예술과 삶을 자신의 통일성으로 결합하는 개성을 말한다. 그러나 창조라는 행위의 결과로서의 예술은 자만으로 뻔뻔하며 때로는 지나치게 감상적이다. 그러한 예술을 따라잡을 수 없는 삶. 인간은 예술 속에 있을 때는 삶 속에 있지 않고, 삶 속에 있을 때는 예술 속에 있지 않다. 눈곱만큼도 책임지지 않는 일상사. 시인은 삶의 산문성이 자신의 시 탓임을 기억해야 한다. 생활인은 삶의 문제들에 대해 진지하지 못한 자신을 깨달아야 한다. 삶에 대해 책임지지 않고 창조하는 것이 더 쉽고, 예술을 염두에 두지 않고 사는 것이 더 쉽다는 것을 분명히 알 때, 시인과 삶은 하나가 아니라는 것을 명백히 선언할 수 있다.

2.

그러나 어떤 이는 한 시인을 이렇게 기억한다. 진실이라는 게 무얼까. 타자의 눈에 진실이라는 것이 있기나 할까. "자기연민과 우울, 또 하나의 죽음에서 죽음을 죽음으로 반응하는 사람들의 추억담 속에서 고故 마광수 시인은 다시 윤리적인 규정과 가치평가로 산문화된다. 시인의 삶이 산문화되는 현장에서 무언가 낯설고 변덕스러운 붕괴의 반응들은 다양한 표정으로 드러난다. 내적인 변덕에 따라 거짓된 몸짓, 당연한 친밀감, 신화화되는 전기傳記, 고인의 내밀한 덮개를 다시 벗겨내는 주인공에 대한 흠모, 자신의 작품 도용을 아직도 분노하는 여 후배의 비아냥, 모두가 정서적이고 의지적이다. 그러나 나는 다시 한 사람의 기억을 봉인한다. 30여 년 전의 동아리방, 교수 연구실, 어학 답사의 풍경, 축제에서의 해프닝, 선술집에서의 대담, 지하철역에서의 우연한 만남, 그리고 주파수가 엇나간 라디오의 소음처럼 아련한 문학 강의."

침묵의 시간 속에 자신의 고백록을 쓰고 있을지도 모를 사람에게 생이 전혀 엉뚱한 방향으로 흘러가더라도 막연한 추측만 난무할 뿐. 그러나 판독 불가의 상황은 아닐 것으로 나는 믿는다. 하여 얼뜨기 같은 신중함으로 기다려보기로 했다. 어차피 추억은 저마다 다르게 각색될 테니까.

3부 |

스미듯이
스며들 듯이

# 새벽안개 속을 걸으며

모든 고통과 번뇌는 소유하고자 하는 욕망으로부터 온다.

궁금해요. 나는 내가 아니고 싶었던 적이 정말 많았는데 당신도 그런지.

구름의 이동으로 비를 읽는 재주를 가진 나무가 나 같고 내가 나무 같다. 나는 절대로 안개의 몸에서 꽃의 몸에서 바람의 몸에서 태어나지 않았다는 증거는 어디에도 없다. 그러므로 나는 안갯속에서 꽃 속에서 바람 속에서 태어났을 수도 아닐 수도 있지만, 오늘 새벽 산책을 하는 동안 문득 그런 생각이 들었다. 나는 저 나뭇가지에서 피어오르는 안개의 작은 입자에서 깨어난 알이 아닐까 하고.

# 숲의 정령들은 어디서 왔을까

선사시대에 시작된 그리스 신화는 모두가 숲에서 이루어졌다 해도 과언이 아니다. 그리스인들은 신을 섬기는 장소와 제단을 대부분 숲 속에 두었다. 그들은 어느 특정 숲을 성스러운 장소로 지정하여 신을 숭배했고, 종려나무, 월계수 나무, 올리브나무 등은 보호목의 대상이었으며 제우스신에게는 상수리나무를 봉헌했다고 한다. 우리의 조상들이 신처럼 모시던 영목靈木은 느티나무, 소나무, 전나무쯤 되지 않을까 싶다. 흔히 당산堂山나무라 이름했던 그 나무들.

신처럼 받들지 않더라고 오래된 나무를 벨 때 인디언들은 나무 앞에서 제의를 드렸고, 바이칼 샤먼들은 깊은 타이가 숲으로 들어가 그들의 신에게 허락을 구하곤 했다. 그만큼 숲을 중요하게 여긴 것인데, 내겐 딱히 그런 믿음까지는 아니어도 숲에서 많은 시간을 보내다 보니 숲과 나무에 정령이 깃들어있음을 느끼는 건 자연스러운 일이 되었다. 혼자 숲을 걷고 있을 때 미풍이 내 머리를 어루만지는 걸 느끼거나 꽃이 손짓하듯 미소를 보낼 때 문득 정령들의 장난은 아닐까 하는 생각을 하곤 했으니까.

그날은 비가 내려서 우산을 들고 숲으로 들었는데 자주 가던 숲에서 내 키두 배쯤 높이에 자리를 잡은 우람한 전나무 기둥에 새겨진 사람의 얼굴과 마주쳤다. 나는 내가 본 두 눈이 숲의 정령, 목신木神이라는 생각을 본능적으로 했던 것 같다.

목신의 첫 느낌은 그 눈빛의 이미지가 네팔 카트만두 사원에서 세상을 굽어보던 날카롭지만 온화한 부처의 눈과 너무나 흡사했다. 그날 내가 찍은 사진은 짐승소리에 오싹해 서둘러 숲을 빠져나오다 숲이 끝나는 지점에서 정면으로 내 눈에 들어온 모습이다. 눈과 입은 비교적 또렷했지만 두 눈은 너무나 형형해서 나를 따라 움직이는 듯한 착각이 들 정도였다. 처음 그 얼굴을 확인했을 때 목신의 눈빛에 넋이 나가 조금 전 들었던 짐승의 울음조차 잊었으니 정령이 없다고 말하기엔 좀 그렇지 않을까.

그런데 목신의 존재를 믿기 시작한 후 나는 그곳을 들고날 때마다 혼잣말이지만 나무에 새겨진 눈을 쳐다보며 고하는데. '안녕하신가요. 허락해 주세요. 저 이제 숲으로 들어가겠습니다.' 혹은 '잘 놀고 돌아갑니다. 또 오겠습니다.' 뭐 이렇게 인사를 하는 것이다. 그러고 나면 왠지 내가 숲으로 들고나는 것을 허락을 하거나 위험에 처할 때 보살펴줄 것 같아 마음이 놓이곤 했다. 어쩌면 그리스 신화도 다 이렇게 유치한 상상으로부터 시작된 것은 아닐까.

# 201,480시간에 대한 기록

등 뒤 햇살이 따습다. 바람의 틈으로 예리한 촉수가 스친다. 너의 손길 같다. 이완으로 무감하던 낱낱의 세포가 뭉텅뭉텅 해일하는 느낌이다. 지상의 어떤 마약보다 중독성이 강한 몸의 언어를 닮은 햇살, 너를 감금하는 빛이다.

아마도 변곡점에서 가을은 더 농익는가 싶다. 천지간 조밀하게 일렁이는 원소의 미소량에는 그대의 온기와 감촉과 의식의 편린이 소요함을 느낀다. 누구도 감지할 수 없는 향기와 촉감을 농축한 그대라는 별, 그 별이 건네는 온기와 빛, 우리가 좋아하는 11월이고 첫날이다. 알 수 없는 통증, 가을처럼 원기를 불어내 스스로 텅 빈 까닭인가 싶다. 다시 하루, 거의 모든 것의 기록, 너를 기억하고 생각하는 아침이다. 이 한 문장을 청색 잉크로 갈무리 한지 몇 시간이 지났다. 그리고 날아든 장문의 편지, 이 기막힌 우연.

나는 지상의 축복을 다발로 엮는 중이다. 여기까지 동행할 수 있었던 우리들만의 절대 암호 201,480시간, 아니 그 이상의 시간은 그대에게 상처와 아픔과 고뇌와 슬픔의 흔적이었음을, 희락도 있었지만 대부분은 그대의 몸과 마음에 회한의 얼룩으로 남았으리라는 걸 안다. 그러나 나는 훨씬 귀하고 값지고 반짝이고 환하고 고마운 기억을 표현하기에 능력 부족임을 스스로 고백한다.

나의 문장은 라틴어로 미묘한 영적 세계를 표현한 '신곡'의 저자 단테나, 독

일어의 거칠고 투박하며 거친 한계의 조롱을 초극하여 신약을 번역하고 독일인의 지적 표현을 라틴어 이상의 영역으로 이끌어 종교 개혁의 시발점을 연 루터거나, 숱한 비유와 함축과 상징으로 언어 표현의 묘를 표출한 시인의 한 줄에도 서성거릴 수 없다는 것을 안다.

그러고 보니 그대가 지금 여기에 존재하는 특별하고 독특한 인연을 생각하면 할수록 이 커다란 축복은 풀 수 없는 수수께끼라서 형언할 수 없다. 그것은 헌신적이고 정교하며 유려한 마음의 우주가 구성한 결과물일까, 산소와 탄소와 수소와 질소와 약간의 철과 황과 인과 같은 원소들의 기적 같은 결합이 이루어낸, 알 수 없는 빅뱅의 순간이 조직한 우연일까, 그도 아니면 그 모든 것의 융복합일까.

족집게로 하나씩 그대의 몸에서 떼어낸 미세 원자 더미를 펼친 하늘이어서 맑고 투명한 모양이다. 천지간 오직 하나인 그대, 그대를 생각하면 그렇다. 그래서 고마운 거고.

# 정약용의 초당 여유당(與猶堂)

집은 거주자의 영혼을 반영하고 정신을 담는 공간이다. 그러므로 집주의 의견을 적극적으로 반영한 손수 건축한 집이라면 공간마다 합당한 이유가 존재하는 건 당연하다. 좋은 집이란 주변의 환경과 조화를 이룰 수 있는 미적 감각도 중요하지만 자연과 사람을 동시에 안아주는 힘이 있어야 하지 않을까. 나의 경우 얼마나 군더더기 없이 합리적인 공간배치 여부에 관심을 갖게 되는데 숨기고 감출 수납공간이 많을수록 집은 제 기능에서 멀어질 확률이 높다. 특히 한옥이라면 집과 마당을 하나의 연결된 공간으로 이어 건물을 돋우지 않는 것도 좋을 듯싶다.

그런 관점에서 집의 역할은 잡다한 것(잉여)들을 수납하는 공간만이 아니라 너무 크지도 아주 작지도 않게 가족 개개인의 개성과 프라이버시를 우선으로 배려해야 할 듯싶다. 어떤 사람에게 집은 잠이나 자는 곳이지만, 가사노동이 전부인 주부일 경우 평생 모든 시간을 보내는 공간이어서 특별한 할애를 제공하는 게 맞지 싶다. 그만큼 집은 그 안에 사는 사람이 어떤 일에 종사하느냐에 따라 그 기능을 달리한다고 본다. 그러나 전체적으로 볼 때 중요하게 생각하는 것은 집의 한 부분은 빈 공간(작은 방 하나라도)으로 두는 것이다. 식구 중 누구라도 여백이나 공백이 필요한 이를 위한 쉼터로서의 공간, 이를 가장 잘 보여주는 것이 옛집 즉 한옥이 갖는 구조가 아닌가 싶다.

두물머리 근처 남한강변 자락에 이생의 집과 저 생의 집이 나란히 함께 있는 곳, 수많은 연구와 집필은 물론 다양한 분야에 업적을 남긴 다산의 생가를 방문했다. 어느 계절에 들러도 하늘을 찌를 듯한 느티나무 아래 단출한 한옥의 멋이 그대로 느껴지는 곳, 그곳이라면 조급할 일이 없다. 요즘은 관광차 들르는 사람으로 붐비지만 찬찬히 살펴보면 공간마다 실학자로서의 청빈한 삶과 쉬이 범접할 수 없는 여백과 어디에 자리를 잡고 앉아도 방해받지 않고 연구와 집필에 몰두할 수 있을 것 같은 집이 바로 다산의 초당이 아닌가 싶다. 그래서 집필실의 당호도 그의 호를 따 여유당與猶堂일까.

구우久雨

窮居罕人事 궁벽하게 사노라니 사람 보기 드물고
恒日廢衣冠 항상 의관도 걸치지 않고 있네.
敗屋香娘墜 낡은 집엔 향랑각시 떨어져 기어가고,
荒畦腐婢殘 황폐한 들판엔 팥꽃이 남아 있네.
睡因多病減 병 많으니 따라서 잠마저 적어지고,
秋賴著書寬 글 짓는 일로써 수심을 달래 보네.
久雨何須苦 비 오래 온다 해서 어찌 괴로워만 할 것인가
晴時也自歎 날 맑아도 또 혼자서 탄식할 것을.

초당의 생가를 둘러보며 잠시 그 한옥이 부럽기도 하였으나 새삼 외롭고 고독했을 한 선비의 일생이 영화를 보듯 눈에 그려져 짠한 여운이 가시질 않는다. 굳이 그 이유를 찾는다면 초당의 〈구우久雨〉라는 시가 답이다.

늙은 버드나무 아래에서 땀을 식히고 주차장으로 돌아오니 바람 한 점 없는 뙤약볕에 숨이 막힌다. 양수리에서 여주로 되돌아오는 동안 강변으로 끝없이 펼쳐진 패랭이와 망초꽃들. 중간에 차를 세우고 꽃무리 곁으로 다가가 두 팔과 손으로 쓰담쓰담해 주었다. 다산이 별 볼 일 없는 관료들 눈에 들려고 평생을 학문에 정진한 것이 아니듯, 이 꽃들도 나 같은 인간 따위의 눈에 들려고 저리 열심히 핀 건 아닐 것이다. 그러나 여전히 어떤 꽃들은 눈에 넣어도 아프지 않을 듯 갓 태어난 첫딸처럼 사랑스럽다. 남한강가에서의 일박이 꿈결처럼 흘러갔다.

# 봄이 가면 여름이 오듯

온몸에 부끄러움이라곤 죄다 빠져나간 듯한 중년의 여자들이 입을 가리고 호호호 웃는다. 봄인 것이다. 입술로 발음하는 순간 솜털처럼 간지러움이 번지는 봄, 돌돌 시냇물 흘러가는 소리와 천만 개의 바람이 이끄는 대로 가다 보면 나의 오두막에 닿고, 나는 먼저 숲의 정령들에게 허락을 구한다. 속도에서 자유로워진 나는 그의 허락을 기다리는 시간이 조금도 아깝지 않다. 대지가 바람을 거부하던가. 나무가 비를 외면하던가.

이생에 한 번은 만나야 할 사람, 바람 속에서도 바람이기를 꿈꾸던 산정, 구할이 바람이고 나머지 일 할도 바람인 곳, 안개와 구름의 땅, 그날, 미루나무 아래 앉아 있던 당신의 좁은 어깨를 타고 내리던 우울한 공기와 깊고 조용한 슬픔을 내 몸은 정확히 기억하고 있지. 그리 헤어진 후 나는 손톱을 몇 번이나 자르고 머리카락에 검은 물을 몇 번이나 덧입혔을까.

흙 묻은 신발을 털고 차에 시동을 거는 순간 어둠에 포위당한다. 도움을 청할 이가 없으니 속수무책이다. 산골생활이 아니어도 나는 몸으로 경험하는 것을 선호하지 머리에 쌓은 지식은 그다지 신뢰하지 않는다. 지식은 일정 노력으로 가능하나 지혜는 실천 없이는 불가능하기 때문이다. 사람들이 철학자의 말을 인용할 때 나는 밭에서 풀을 뽑는 노파의 굽은 등을 베껴 쓰느라 동분서주했다.

내가 꿈꾸는 건 과거도 미래도 아닌 지금 이 순간을 놓치지 않는 거다. 계절은 전속력으로 달려 봄도 끝자락이다. 저 가속을 제어할 능력이 없는 우리는 녹음보다 온갖 꽃으로 물드는 찰라 같은 봄에 기대어 여름을 기다릴 뿐,

올해도 어김없이 '솥 적다'고 운다는 소쩍새가 앞산에서 소쩍소쩍 운다. 백두대간 길에는 야생화 잔치가 시작이다. 단순한 삶을 즐기려면 좋아하는 책을 곁에 두고 지나치게 문명적인 것을 바라지 않는 대신 오늘처럼 저 골짜기로 들어가 산나물 한 바구니 뜯어 식탁에 올리는 것만으로도 부자가 될 수 있다는 걸 잊지 않기로 한다. 안개가 걷힌 저녁마다 별을 보는 것도 잊지 않기로 한다.

# 눈 속의 마른 꽃

목을 빳빳이 들고 화석처럼 굳어버린 눈 속의 마른 꽃도 삭풍엔 흔들리는 구나. 한때는 이도 주목받던 꽃이었으니, 향기는 잃어도 영혼은 잃지 않겠다는 듯, 무심하나 우주적 상상력을 자극하고 사고의 관철을 고집하는, 뉘게도 무릎 따윈 꿇지 않겠다고 저 작은 몸으로 하늘을 우러르는 결연함, 저도 소멸을 생각하는지. 그럴지라도 꽃아, 너무 서러워는 마라. 오고 간다는 건 그런 거니까. 지난여름 나는 또 다른 네게서 수많은 별을 보았고 향기에 감탄하지 않았던가. 잊었다고? 그렇지, 좋은 기억은 거짓말처럼 빨리 잊히는 법이지. 손을 내밀거나 어깨를 기대기엔 너무 애달픈 거리를 가진 이웃들이여, 그러므로 이 산중 마른 꽃 앞에서 춥고 외롭단 말 함부로 말라. 뿌리에 남아있는 온기의 힘을 믿으며 낡은 몸을 끌고 고달프게 살아내는 동토의 꽃들이여, 민초들이여, 이제 보니 그대들이야말로 고행을 자처한 구루(스승)였구나.

# 나는 까마귀를 이길 수 없다

까마귀 한 마리가 50m 전방도로에서 짐승의 사체를 뜯고 있다. 나는 까마
귀가 날아오를 시간과 내 자동차가 그곳에 도착하는 시간을 발끝으로 계산
할 때 쾌감의 질량도 함께 계산했다. 뻔한 결말이지만 예상대로 우리는 아
슬아슬하게 충돌을 비끼는 척하며 각자의 방향으로 달렸다. 얼마 못 가 까
마귀의 행동과 무관하게 나는 내 발끝의 짜릿한 촉을 자축하려는 순간, 백
미러에는 건너편 나뭇가지에 앉는 척하다가 도로로 다시 내려와 사체를 뜯
던 까마귀가 나를 비웃듯 쳐다보고 있다. 내가 목숨을 건 까마귀의 생존도
박을 척으로 본 것은 중대 실수다. 까마귀와 가속페달이 나를 가지고 논다
는 생각이 드는 이쯤에서 항복하는 게 맞지 싶다.

# 빗속에서 초록이 짙어 갈 때

비가 오면 나는 안전한 집을 떠나 문명의 옷을 벗고 야생의 감옥으로 저벅거리며 걸어 들어가 은둔하고 싶다. 샌들을 신고 걷는데 걸을 때마다 내 발을 콕콕 찔러 존재감을 알리는 풀들, 문득 남아공 어느 캠프촌에서 사정없이 내 발바닥을 찌르던 풀의 감각이 되살아나 뜬금없지 싶다가도 감각이란 첫 경험에서 정지하고 마는지, 그날 그 자리에서 밟히는 대로 바스러지던 앙상하게 직립했던 풀의 아우성은 소름 돋는 금침의 틈입 같았달까. 밭에 나가 걷다가 웃자란 풀줄기가 바늘처럼 거칠고 예리하다 느꼈는데, 그날 남아공 캠프촌 기억, 그 촉과의 연결은 참으로 경이롭다.

차창을 때리는 빗방울은 보고 듣는 것만으로도 몸이 흥건해진다. 우산을 쓰고 카메라를 열다가 포기한다. 어떤 대상을 찍든 그 대상은 찍는 사람의 생각에서 나왔다는 말을 나는 온전히 이해했다고 생각했는데 아니다. 수치감이 밀려온다. 몸이 생각을 앞지르는 것은 지극히 자연스러운 일이란 걸 비로소 다른 방법으로 이해한 듯하다. 저 의연함은 어디서 왔을까. 바닥에 엎드려 있는 조그만 꽃들은 빗속에서도 여전히 빨갛고 노랗게 웃는다. 너는 이 계절에도 뼈가 시리냐고 물었다. 외롭다 엄살 부릴 틈도 없다 하면 거짓이겠지. 단지 시간의 운행에 따라 계절이 바뀌는 것뿐이란 답은 좀 그렇잖아. 언젠가 건너갈 지금과 다른 세상도 이와 크게 다르진 않을 거야.

바람소리가 레퀴엠으로 들릴지라도 발끝으로 빗방울을 톡톡 차며 '참 좋구나,'를 대뇌이면 정말로 기분이 좋아진다는 걸 너도 알지. 걸을 때 나뭇잎이 어깨를 툭툭 건드리면 나의 위로로 생각한다던 너, 다시 무탈한지 물었던가. 앞산 언저리에 짙어진 초록으로 몸도 마음도 여여 하길 바랐는데, 웃자란 생각은 모든 것이 정지된 무대에서 홀로 부르는 아리아 같아 마음이 얼마나 저릿하고 애달팠는지. 어느 날 저 푸른 잎들이 다른 계절로 건너가더라도 저 숲에 안부는 남기고 가겠구나 생각하니 그나마 위안이다.

종일 질척거리는 숲을 쏘다녔으니 몸이 젖는 건 당연한 거지. 곧 밤을 건너는 배, 고요와 어둠이 강처럼 흐르는 오래된 냄새가 슬금슬금 흘러나오는 밤이다. 빈번히 찾아오는 환청이거나 착각이겠지. 창을 열자 아득하게 들리는 고속도로 차량소음이 대하大河의 흐름을 연상시킨다. 그 강을 건너 소리를 지나 닿고 싶은 곳이 있다. 꿈이라는 강, 창을 닫으면 다시 적막으로 돌아오지만 그렇지 않고 밤새 저 물소리를 따라 흐르다 보면 원하는 곳에 닿을 수 있을 듯, 지금은 빛과 어둠이 섞여 슬픔 같은 기쁨이, 기쁨 같은 슬픔이 잠시 머물다 가는 시간이다. 비는 밤을 건너 나를 찾아온 애인처럼 톡톡 창을 두드린다.

# 여행 전날의 행복한 불면들

"우린 각자 낯선 시간이 필요할 뿐 너 부러우라고 내가 떠난 것이 아니듯 나 부러우라고 네가 떠난 것도 아닐 거야. 하지만 남아서 손 흔드는 사람은 떠나는 사람을 부러워해 줘야 한다고, 어떤 여행자는 그 부러움의 힘으로 여행을 지속할 수 있다고 했지. 여행 좀 해본 이의 말을 빌리자면 그것이 서로를 위한 최소 예의래. 부러워하면 진다고? 천만에, 일부러 져주는 재미도 있는 거지. 어떻게 다 이기고만 살아."

여전히 나는 바퀴 달린 캐리어를 거부하고 나달나달한 배낭을 창고에서 꺼내 먼지를 턴다. 이 아날로그적 고집은 왜 버리지 못하는 걸까. 그러니까 내게 여행은 나의 두 다리와 내 힘으로 내 짐을 지고 걷는다는 것에 다름 아니다. 어깨로 지는 배낭의 묵직한 무게감이 얼마나 희열을 주는지 배낭중독자들은 안다. 카메라 메모리카드와 여분의 배터리와 충전기, 랜턴을 점검한다. 100쪽 이내의 얇은 책 한 권을 고른다. 스킨로션과 선크림 등 최소의 것을 파우치에 담는다. 가벼운 패딩과 낡을 대로 낡은 옷과 신발(등산화)을 챙긴다. 커피와 식사를 해결할 간단한 양념을 준비한다. 열흘 정도를 보내게 될 이번 여행지는 너무나 익숙한 섬이지만 반드시 해야 할 일은 없다. 여행을 위해 배낭을 싸는 시간도 충분히 즐겁지만 군이 하고픈 것이 있다면 미친 듯이는 말고 콧노랠 부르며 느릿느릿 걸으면서 알맞게 고독하고 적당히 웃다오는 것이다.

욕망이나 욕심 따위의 단어는 세상에 존재하지 않는 것처럼. 여행 전날 머리맡에 반쯤 채우다가 만 배낭을 보며 이것저것 넣었다 뺐다 하며 잠자리에 드는 밤은 얼마나 설레었던가. 낯선 곳에서 혹여 예기치 못한 일이 생기면 혈관의 피들은 어리둥절하겠지. 아 그건 시퍼렇게 살아있다는 신호이고 그분이 나를 사랑하고 있다는 증거니까 나는 울어도 웃고 있을 거라 상상하던 그 많은 여행 전날의 행복한 불면들, 이제 나는 1시간 후엔 현관을 나설 것이고 3시간 후면 하늘을 날고 있을 것이다.

# 금잔화가 반기는
# 칠장사의 가을

인도에선 신이 가장 좋아하는 꽃으로 메리골드를 꼽는다. 신전 어디서나 가난뱅이나 부자나 꽃을 바치는 나라 인도, 무슨 맘이었는지 닿고 보니 안성 팜랜드, 사방천지가 메리골드다. 신이 좋아하는 꽃이라 그런가, 왜 저토록 정열적인지, 메리 골드의 꽃말은 '가엾은 애정', '이별의 슬픔', '반드시 오고야 말 행복'이라는데 내가 보기엔 모두가 치정만 같아라. 가을이어서 그런가. 꽃 앞에서 그대에게 다 주고 싶었는데 가진 게 하나도 없다는 것을 문득 깨닫는다.

지금은 지상에 아니 계시는 스승께서 나를 칠장사七長寺로 이끈 어느 청춘의 가을 오후는 하늘이 몹시 청명했다. 그날 대웅전 뜰을 서성대며 내게 주신 말씀은 역시 삶과 시詩에 대한 것이었는데, 사랑이든 문학이든 미쳐야한다 하셨다. 하면 나는 미친 듯 살았던가. 아니었던가.

아이들 단체 소풍으로 다소 소란했던 팜랜드를 빠져나와 칠장사로 드니 비로소 이곳이 내가 머물 자린가 싶다. 빛은 없었지만 사찰의 고요와 그 고요와 상관없이 마구잡이로 핀 도무지 어울릴 것 같지 않은 마당 가득한 서양꽃 메리골드, 훗날 안성의 이 가을을 떠올리면 메리골드가 먼저 생각날 것만 같다. 그러나 메리골드가 아무리 유혹적이어도 오래전 스승과 경내를

서성거리며 나눈 그 엄숙하고 따듯한 순간을 어찌 잊을 수 있으랴. 다시는 되돌릴 수 없을 이 가을축제, 스승은 떠나고 메리골드 가득한 고찰에 잠시 불시착한 나만이 지상의 피안을 걷고 또 걷는 오후.

# 밖으로 나가야 보이는 내부

인간은 어디서나 자기 이야기를 하고 싶어 한다. 타인의 이야길 들어주는 데는 나름의 수양이 필요하다. 그 수양도 결국은 자기 자신을 위한 거지만, 거짓을 이야기하는 것도 진실을 전하는 과정이 될 수 있다. 하지만 내가 어떤 말을 해야 상대가 좋아할지를 계산하고 하는 말은 사족이다.

밖으로 나가야 보이는 내부가 있다. 멀어지면 질수록 선명해지는 안이 있다. 답답한 서재를 벗어나 게으르게 낮잠도 즐기고 겨울에 먹을 나물이나 뜯자며 시골로 내려온 것이 일주일 전이다. 이 산골은 무르게 살아도 되는 유일한 자유민주국가다. 어쩌다 나는 이 깊은 골짜기까지 터벅터벅 걸어왔을까. 먹구름이 몰려오더니 금세 소나기다.

급류가 휩쓸고 간 숲에는 재활용함에 버린 오래된 책 냄새가 난다. 결국 나는 나무와 책을 벗어나 살 수 없는 존잰가 싶은 회의도 잠시 젖은 상수리나무에 기대 파라솔을 펼친 듯한 층층나무와 눈을 맞춘다. 하나로도 충분한데 하나를 더하였으니 충만할 수밖에. 이럴 때 의식의 공간을 착하게 만드는 시간의 힘을 나는 믿을 수밖에.

# 까치는 말(馬)에게
# 어떤 존재일까

종種을 초월, 구속과 자유를 함께 수용하는 것, 가장 순수했던 이전으로 회귀하는 것, 그런 거겠지 사랑은,

달리고 싶지만 묶여 있는 말과 묶이고 싶지만 날아야 하는 까치가 그들만의 언어로 뭔가를 속삭이고 있다. 저 조그만 까치 한 마리가 달리기를 체념하고 무력감으로 꼼짝 않던 말을 벌떡 일어나게 할 만큼. 이미 영혼을 간파한 듯 서로를 바라보는 눈빛, 그윽하다 못해 애틋한 둘의 시선이 저들을 바라보는 내가 사람인 걸 잊게 했다.

인간극장이었던가. 유난히 키가 커 보이는 남자와 왜소증후군 여자가 서로의 장단점을 보완하며 알콩달콩 사는 걸 보았다. 사랑의 힘이란, 맘먹기 따라 어떤 경우에도 그들만의 이상적 조합을 이루는구나 싶었고 나는 그들을 부러워했다.

'커피는 아직 따듯하다.'는 문장이 시간을 건너 방금 도착했다. 이 한 줄로 그의 마음을 읽는 데는 아무런 장애도 없다.

# 현재를 이탈하지 않기 위해

잉카 여인이 웃고 있는 엽서 한 장을 골라 연필로 '카르페 디엠'을 쓴 후 책상 위에 붙였다. 당분간 하루 한 번 이상 이것을 보게 될 것이다. 현재를 이탈하지 않기 위해.

문제를 피해 만날 수 있는 행복이 있을까. 젊은 그들은 뛰었지만 나는 걸었다. 그들은 보다 먼 길을 가야 하고 나는 멀리 가지 않아도 되니까. 뛸 수 없는 나는 뛰는 그들을 부러워하기보다 걸을 수 있는 것에 감사해야지. 지금 내가 할 수 있는 건 그뿐.

시골의 어둠은 수묵화처럼 번진다. 싸한 공기 때문인지 깊은 침묵 속에서 슬픈 음악을 들을 때처럼 가슴이 미어지진 않았으나 궁금하다. 누가 매번 나를 이곳으로 부르는지. 미풍이 살랑거리는 오후엔 앞산으로 오르는 샛길을 걸었다. 바람이 치맛자락을 흔들며 종아리를 더듬는 것이 싫지 않았다. 달이나 별은 허물어지며 빛을 낸다고 했다. 한겨울 아랫목에 발을 묻고 아주 천천히 이불 속으로 들어가면서 느끼는 온기를 유지하고 싶다. 멈추면 새로운 것들이 보일 거라 했지만 아무도 그걸 말해주지 않아 무병 환자처럼 시름시름 앓던 시절이 있었다.

햇살 아래에서 바흐나 라흐마니노프를 듣고 있노라면 새끼 고양이들이 품으로 살금살금 걸어 들어오는 듯 간지럽다. 불안해서 흔들리는 게 아니라 더 강하게 살아남으려고 흔들리는 풀잎처럼, 그러나 혼자 보는 꽃만큼 존재를 애잔하게 하는 것도 없을 것이다.

숲에서 듣는 바람소리는 언제 들어도 좋다. 걷는 동안 귀가 즐거워 조화나 화음에 대해 생각했다. 화음이라면 당연히 영혼과 몸과 소리가 절묘하게 어우러지는 게 최상일 테지. 무엇을 하든 바닥까지 가는, 몸으로 경험하는 기적 같은 거, 그것이라면 말이나 글 따위로 드러낼 수 없는 건 당연하겠지. 삶이 눈물겹거나 사랑이 이제 막 차오르기 시작할 때 우리는 아무것도 남지 않은 완전연소를 갈망한다. 끝이 아니라 끝의 끝에서 무화無化되는 것. 창 너머 반쯤 덮은 구름을 바람이 밀어내자 창백한 달이 얼굴을 드러낸다. 만월이다.

히말라야 산속에서 밤중에 일 보러 나갔다 마주친 달빛은 잊히지 않는다. 온통 은색으로 찬란하다 못해 눈이 시리던 설산, 만년설과 푸른 빙하, 그 달빛을 아우르는 별들은 또 얼마나 찬란했는지. 이마 가까이 우뚝 솟아있는 산과 살을 에는 추위, 현실이라고 믿기엔 너무나 환해서 눈이 멀어버릴 것 같은 달빛, 우리가 믿고 싶어 하는 설인이 존재한다면 금방이라도 나타나 나를 낚아채 다시는 돌아올 수 없는 고봉으로 데려갈 것만 같은 극악한 공포 아니 황홀한 경이감, 옷을 벗고 그 달빛 속으로 얼음인간이 되어 날아보고 싶었던 위험한 갈망, 그때의 달빛은 너무나 비현실적이어서 생각조차도 얼어붙게 만들던 기억들,
오늘도 밖으로 나가 걷고 싶은 유혹은 게으름을 가뿐히 이겼다. 어둠이 손사래를 치는 바람에 깊은 곳으로는 갈 수 없어 산언저리만을 돌았다. 숲에

선 야생화들이 향기로 존재를 알리고 산에선 밤 뻐꾸기가 울고 풀벌레소리
도 주파수를 높였다. 한기에 쫓기듯 돌아오니 뻐꾸기가 문밖까지 따라와
운다. 천지는 달빛으로 고고하고 침묵이 깊은 강처럼 흘러 내 숨소리에 내
가 놀라는,

# 사람이 가장 눈부시다

1.

내가 새였다면 새이기 때문에 날개가 없는 인간을 꿈꾸었을지도 몰라. 차이가 있다면 새는 날개를 공포로 받아들이고 인간은 날개를 꿈으로 해석한다는 것, 내게도 아플 때 '괜찮아 다 괜찮아'라고 말해주는 친구가 있었으면 좋겠고 살며시 다가와 어깨에 손을 올려주면 좋겠다. 새가 운다. 아니 노래한다. 가만히 듣다 보니 새는 우는 것도 노래하는 것도 아니다. 나를 향해 '괜찮아 다 괜찮아'라고 말하는 거 같다. 이거야말로 내가 이 산정을 떠나지 못하는 이유가 아닐까 싶다. 나를 위무해주는 나무와 새와 바람과 비, 그 모든 것을 껴안아 주는 숲, 지금 그 숲에 내가 있다.

2.

비 갠 후 풀냄새 향긋한 숲을 걷고 있을 때 건너편에서 한 남자가 안개를 헤치고 천천히 오고 있었다. 얼결에 내가 먼저 목례를 하자 3초쯤 나를 쳐다보던 그는 무심히 반대편으로 사라졌다. 그와 나는 서로가 서로에게 낯익은 듯 '누구시더라?' 하는 눈빛을 교환한 채 느린 화면처럼 멀어졌다. 내가 뒤를 돌아보지 않았으니 그가 뒤를 돌아봤는지는 알 길이 없지만 전생에 그는 우리 집을 자주 들락거린 방물장수는 아니었을까. 그가 누구였는지 며칠이 지난 지금도 기억은 돌아오지 않았지만 이럴 때 나는 가장 아름다운 순간을 상상한다. 전봇대 뒤에 숨어 내 손 슬쩍 잡아보고 바람처럼 달아나던 그 까까머리 학생은 아니었을까 하고.

3.

출선, 남는 것을 덜어 모자라는 것에 더한다는, 미생물의 작용, 물질대사 혹은 의식 작용을 인간의 삶과 연결 짓지 않으면 어떻게 될까. 대부분 행복이란, 이제 거기에 없는 별 같다는 생각, 늘 밤하늘에 떠오르고 져서 내리며 지구가 우주의 중심에 자리한다는 믿음을 굳건하게 해주는 오독 같은 가정, 행복이 별이라면 아마 우리는 수억 년, 혹은 수십억 년 전 폭발로 우주 공간에서 사라진 환상을 맹목 신앙했을지도 모르는 일.

무엇이 옳고 그른지 혼란스럽기만 한 시대, 그것이 사실이든 아니든 근자에 만난 이들의 발언은 씁쓸하기 짝이 없다. 예전 고전 한문 강독 시간에 일독했던 도덕경 38장의 한 대목,

"그러므로 도를 잃은 뒤에 덕을 말하고, 덕을 잃은 뒤에 어짊을 말하며, 어짊을 잃은 뒤에 의로움을 말하고, 의로움을 잃은 뒤에 예의를 말한다. 예의란 참됨과 미쁨이 엷어진 것이고, 어지러움의 꼬투리다."

동어와 통사 반복의 긴 글을 읽다가 도덕道德과 인의仁義, 충신忠信이 어지러워진 세태를 읽는 그의 심정이 참담했으리라 짐작한다. 그러니 법대로 하면 돼, 라고 시비를 가려달라고 할 것도 없는 치기 어린 실망감은 이루 표현할 수 없다. 다만 희망을 잃어서는 안 된다고 스스로를 속이는 일은 없었으면 하는 바람뿐. 더울 때는 더워하고 추울 때는 맘껏 추워하는 게 순리 아닌가.

4.

어느덧 우리는 너무 멀리 와 불안의 역을 서성대다 돌아갈 때를 놓친 건 아닐까. 이 황무지 같은 땅에서 새로운 계절을 기다리는 일을 우리가 해낼 수 있을까. 내가 건재해야 세상이 건재하는 것이 아니라 세상이 건재해야 내가 살 수 있다는 걸 너무 자주 잊는다. 눈앞의 현실이나 대상이 사라지면 생각이나 망상도 함께 사라지듯, 오늘따라 나를 들여다보고 읽고 쓰고 잠시지만 불안을 내려놓을 수 있는 이 작은 공간이 새삼 고맙다. 햇살 빛나는 길을 걷다 보면 모순되게도 사람이 가장 눈부시다. 이것은 달리 변명할 여지가 없는 사실이다.

# 붉은 단풍 거두어 가는 이
# 누구

1.

"상상의 발원지는 경험이고 안다는 건 경험을 기억하는 것이라 했으며 기억한다는 것은 그의 편이 되는 걸 의미한다고 했다."

계절은 별자리를 더욱 선명하게 해주는 만추를 향하고 있다. 물먹은 솜처럼 몸이 무거워 자주 잠이 깨는 날은 비가 오거나 잠들기 전까지 누군가를 집요하게 생각한 날이다. 시골의 어둠은 무엇으로도 뚫을 수 없는 철벽같아서 나는 눈을 뜨고도 전생인지 이생인지 분간할 수 없어 아득한 그림자를 쫓다 간신히 다시 잠 속으로 영혼을 밀어 넣곤 한다.

꿈에선 번번이 길을 잃지만 영원히 오지 않을 것 같은 아침이 와도 달려가 안을 수 없는 사람은 지우기로 했다. 너는 거기서 바람으로 살고 나는 여기서 강물처럼 흘러가야지. 꿈에서 흐느끼다 깬 날은 소금 자국 선명한 눈가를 보며 거울 앞에서 나는 나를 연민하곤 했다. 그런 날이면 옷장을 뒤져보고 가장 편한 신발을 골라 현관에 놓아둔다. 가끔은 한 번도 만난 적 없는 친구를 생각하기도 한다. 꽃이 알려주는 길로 열매가 오듯 좋은 대화는 닫힌 문을 열어준다는 걸 알기에.

2.

노을이 짙어질 때를 기다리다가 놓쳐버린 시간은 얼마나 될까. 무심코 내

뱉은 말들이 화살이 되어 박히듯 눈길 한 번 주지 않고 거친 발로 뭉갠 꽃들은 또 얼마나 많을까. 꽃을 보며 한 계절을 다한 마른 풀잎을 봐도 되는지는 굳이 고민할 필요는 없겠지. 그래도 꽃을 본다는 것은 찰나의 지복일 테니 있을 때 누리고 즐기는 게 맞을 거야.

밝은 날 눈뜨고 보면 지천에 꽃인데 꽃밭을 잊게 하는 긴 밤의 불면은 여전히 두렵다. 죽음도 그럴까. 이렇게 귀한 꽃과 붉은 단풍을 보지 못하고 천지에 널린 사소한 향기조차 느낄 수 없는, 그러므로 내 그리 애정 하던 저 고운 꽃 예까지 데려왔다 데려가 줄 이 누군지 우리는 끝내 알지 못하리라.


3.

함께 있을 때 모든 인간은 고립을 꿈꾸지만 고립에 직면하는 순간 멈추고 싶은 유혹에 흔들리고 만다. 진정한 고립은 홀로 이루는 완벽한 세계 그 자체를 일컫는 것은 아닐까. 인간은 본능적으로 안락을 추구하는 동물이고 육신의 고통에서 자유로울 수 없는 다중성을 가진 존재니까. 고통이 없다는 건 생각이 멈춘 상태를 말하는 것이므로 정신이나 영혼으로 가는 가장 완벽한 단계는 육체를 올바르게 지키는 것이다. 우리가 바라는 어떤 세계도 육신을 통과하지 않고 닿을 순 없을 테니까.


4.

기쁠 때 박장대소하는 것, 슬픔이 복받칠 때 맘껏 우는 것, 사랑하는 사람과 나눈 오르가슴은 같은 효과라 했던가. 하여 몸의 고통에서 자유로워지지 않는 한 마음의 문제를 해결할 수 없다는 건 자명한 일이겠지. 살다 보면 고통을 피하기는커녕 사랑스러운 눈으로 오래 바라보기도 하고 심지어 스스로 고통의 불속에 뛰어들기도 하니까. 그것은 고통이 사랑과 비슷한 속성을 가지고 있기 때문은 아닐까. 멘토를 대신하는 고통은 지구별을 여행하는 동안 우리가 일상적으로 통과해야만 하는 감사의 대상인지도 몰라.

살면서 어떻게 길들여지느냐에 따라 그것이 운명이 되기도 한다지. 뜻대로 되는 것이 있다면 지극히 작은 부분일 거야. 그러므로 그때그때 영적 기운을 거스르지 말고 자기 자신을 믿고 순간에 집중하는 것이 옳아. 야망을 갖되 자신을 부정하거나 배척하지 않고 무작정 타인을 쫓지 말며 높거나 멀리 있는 것을 바라지 말고 작더라도 현재에 머물러야지. 모든 과정이 중요하지만 지금 이 순간만큼 중요하지는 않을 테니까.

5.

산에서 내려오다 무지개를 만났다. 믿기지 않아서 여러 번 셔터를 눌렀다. 밤이 깊었다. 내겐 익숙하기만 한 고통도 시간과 더불어 깊어만 간다. 가끔은 육신의 고통에 소스라치도록 깊은 두려움을 느낄 때도 있다. 차단하고 싶지만 어떤 경우에도 생각을 끊어서 고통이 정지되는 것이 아니라 고통을 고스란히 안고 통과하고 싶다. 운다는 생각 때문일까. 이 계절에만 유독 주파수를 올리는 풀벌레소리는 처연하다. 살아있는 건 모두 한껏 밀도록 높이는 만추다.

# 빵 하나를 나누어 먹던
# 그리운 시절

1.

골짜기에 고이는 건 어느새 흘러가고 말 바람뿐이다. 산책 내내 어깨를 스칠락 말락 했다. 인연이란 게 고작 뒤란 장독대 곁 채송화 꽃잎에 치맛자락 스치듯 스치는 건 아닐까. 그날 한 사람을 만나고 돌아오는 길 위에서 든 생각이다.

이렇게 가늘고 연약한 끈 하나를 마주 잡았을 뿐인데 우주의 무게를 감당하고 있는 인연이란 것, 이런 연이라면 억겁도 통과할 수 있겠구나 하는 마음도 숨길 수 없다. 멀리 떨어져 있어도 따로가 아니었다는 걸 확인하는 순간이었달까.

갑자기 찐빵 생각이 났어. 그리운 빵집. 겨울이 되면 주머니를 털어 김이 모락모락 나는 학교 앞 빵집으로 달려갔지. 그게 사랑인 줄도 모르고 빵 하나를 나누어 먹던 시절 말이야.


2.

안반덕으로 달려간 건 정오쯤이었다. 그새 나무들은 벌거숭이가 되어있었다. 바람이 살랑거려 춥다기보다 칼칼하고 신선했다. 바람에서 양철소리가 났으니 왜 아닐까. 도심에서 두세 시간 달려 이토록 맑은 공기를 흡입할 수 있는 건 은총이다. 늘 그렇지 않았나. 가까이 있는 것을 보지 못하는 눈.

나는 숨을 쉬게 하는 공기와 보이지 않는 바람에게 수다쟁이 아이처럼 지금 이 행복을 마구 자랑하고 싶었다.

어려움을 넘어서는 건 쉬운 곳에 닿으려는 열망이라 했다. 외로움을 넘어서려면 외로움 안에 있어야 한다는 것을 나는 잠시 잊고 있었다. 자연은 우리에게 아무것도 보여주고 싶어 하지 않는다. 그렇다고 감추는 법도 없다. 작아도 부끄럽지 않고 커도 자랑하지 않는다. 그러니까 속도와 방향을 동시에 탐하는 건 어리석은 일이겠지. 두렵다. 이 실수투성이인 나를 신은 용서해 줄까. 갈망이나 의심이 없는 사람은 퇴보한 걸까. 나는 당신을 만나고 돌아서는 순간 외롭고 애틋한 게 아니라 헤어지기 직전이 가장 절망적으로 애틋하다.

3.
자작나무 이파리들은 흔적도 없이 사라져버렸다. 허허롭고 조붓한 길을 따라 걷다 보니 그대가 그곳을 좋아하듯 나 또한 새로울 것 없는 내 몸 하나 부려놓을 이 골짜기를 더욱 사랑하게 되었다. 나에게 좋다는 말은 태초의 순간처럼 풀어야 할 숙제가 없고 한가하고 평화롭고 거침없는 여백을 의미한다. 새소리는 가늘고 청명하고 땅을 밟는 느낌도 이젠 한결 단단해졌다. 은총이겠지. 무엇을 기도해야 하는지 고민하지 않아도 되는 순간들이 지속되고 있으니까.

오늘은 숲에 들어가 사람은 못 보고 날짐승만 찾을 수 있게 바닥에 쌓인 도토리를 주워 낙엽 속에 감춰두었다. 이런 일은 사소하지만 기분이 좋아지는 일이다. 시간이 지나면 바람이 날짐승에게 도토리가 있는 곳을 알려 주겠지. 산으로 드는 길섶엔 인간은 베낄 수 없는 것들로 가득하다. 구릉 위로 쏟아지는 양광陽光은 차라리 비현실적이다. 하나도 같은 것이 없는 자연의 색은 모두 제 자리에서 저마다 옳아 보인다. 그래서 마음을 내려놓고 대지에 몸을 얹고 내가 나를 물끄러미 바라보기에 그만인 것인가.

숲이 아니면 우리는 어디에서 휴식과 삶의 지혜를 얻을 수 있을까. 봄은 늦고 가을은 이른 이 산정의 너른 밭들은 휑하니 비어있다. 먼 곳에서 벗이 와 가을에 거둔 국화꽃 잎을 차로 우렸다. 내가 복잡한 일상에서 잔잔한 수고로 얻어지는 게 있다면 이곳의 햇빛과 바람을 나눌 수 있는 행복이다. 작은 투자로 큰 것을 얻는 기쁨, 단순해야 얻을 수 있는 진리 또한 이와 다르지 않겠지. 들판엔 무서리가 하얗고 하늘은 여전히 푸르다. 잠시 누리다 갈 빛이기에 아까워 미칠 것만 같다.

# 힐링 다큐, 〈나무야 나무야〉
## '시간이 멈춘 숲'

자작나무 숲으로 드는 길가에 흰 눈이 소담스럽게 내리는 화면으로부터 다큐는 시작된다. 나는 주방의 불을 끄고 뭔가에 홀린 듯 TV 앞으로 다가앉았다. 내가 꿈꾸던 그림이 동화처럼 펼쳐졌다. 아니 동화라기보다 너무나 차분하고 아름다워서 비현실적이기까지 한 숲과 나지막한 집과 그 집에 사는 숲을 닮은 주인공 부부와 고양이와 그곳에 살고 있는 식솔들이 나의 전생처럼 느껴졌다.

〈힐링 다큐 나무야 나무야 - '시간이 멈춘 숲'(횡성 자작나무 숲)〉, 시베리아가 고향인 자작나무를 백두산에서 우연히 마주친 주인공이 자작나무의 흰 빛에 매료돼 나무를 심은 지 27년, 이 다큐는 그가 심은 수만 그루의 자작나무 숲의 사계와 숲지기 원종호(사진작가) 님의 일상이 그림처럼 잔잔히 소개된다. 누구라도 그 숲에 들면 판자로 엮은 보드에 숲지기의 철학이 담겨있는 메시지를 그냥 지나칠 수는 없을 듯싶다.

"인생을 내 의도로 살기 위해,
인생의 본질을 마주하기 위해,
그리하여 죽음을 맞이했을 때
내 삶을 후회하지 않기 위해 나는
나무를 심고 이 숲에 살고 있다."

익숙한 문체다 했는데, 헨리 데이빗 소로우다.

"내가 숲 속으로 들어간 것은 인생을 의도적으로 살아보기 위해서였다. 다시 말해서 인생의 본질적인 사실만을 직면해보려는 것이었으며, 인생이 가르치는 바를 내가 배울 수 있는지 알아보고자 했던 것이며, 그리하여 마침내 죽음을 맞이했을 때 내가 헛된 삶을 살았구나 하고 깨닫는 일이 없도록 하기 위해서였다."

누가 누구를 베끼든 아니든 그건 중요하지 않다. 그런 삶을 온몸으로 실천한다는 것이 중요할 뿐.

자연의 시간과 인간의 시간은 다르다. 그래서인지, 그의 정원에는 바늘 없는 시계가 있다. 그 숲에서만은 쫓기지도 묶이지도 말고 시간을 잊으라는 듯, 그리고 전언한다. "하루를 행복하려면 이발소에 가고, 일 년을 행복하려면 꽃을 심고, 평생을 행복하려면 나무를 심으면 된다"고 그리고 "누구나 숨 가쁘게 달리지만 말고 멈추어 서서 보라고", "마음이 있으면 보인다는 눈은 열어놓은 창문이라고", "꽃이 필 때는 세상에 없는 아름다움을 주지만 꽃이 지고 나면 비로소 진정한 가치를 드러내는 게 자연이라고".

자작나무는 가지치기를 않는 나무로 때가 되면 스스로 가지를 떨구고 당당히 상처를 몸에 새긴단다. 흰 목피에 새긴 검은 흉터는 그래서 더 도드라질 수밖에 없다고. 하여 한겨울 눈 내린 숲, 순백의 자작나무 나목과 맞닥뜨리는 일을 소름 돋는 희열이라고 말하는 것이겠지.

내게도 자작에 서린 추억이 있다. 어느 해 여름 시베리아 횡단 열차를 타고 가도 가도 끝이 없는 자작나무 벌판을 지나 비로소 나는 바이칼에 도착했고, 여독을 풀기 위해 바냐(러시아식 사우나)가 있는 숙소를 찾았다. 그때 달 궈진 알몸을 두드려주면 혈액순환에 좋다며 주인이 놓고 간 한 다발의 자 작나무 가지들, 자작나무 장작에 구운 '오물'이라는 생선을 먹고, 자작자작 소리를 내며 타는 자작나무 불로 달궈진 돌에 물을 부어 뜨거운 수증기 증 발로 바냐의 온도가 오르면, 자작나무 가지로 토닥토닥 몸을 두드리며 여 행의 피로를 땀으로 풀고 지상에서 가장 차가운 온도를 가졌다는 바이칼 호수에 뛰어들곤 했다. 어디 자작에 관한 추억이 그뿐일까.

세상에는 수많은 것들이 존재하지만 우리가 마음을 나누고 익숙해져 안다 고 말할 수 있는 것은 얼마나 될까. 어쩌면 영원에 기댄 자연이라면 거의 모 든 존재감을 영영 알아채지 못한 채 인생이 끝난다 해도 과언은 아닐 것이 다. 내가 숲에 들 때마다 느끼는 그 작은 변화들에 대한 알아차림도 어쩌면 아는 게 아니라 안다고 착각하는 건 아닌지. 나는 다만 감정 이입을 최대한 배제하고 조용히 생명의 순환을 지켜볼 도리밖에.

자작나무 숲 하면 나는 마른 나뭇잎 위로 싸락눈 내리는 소리와 빗방울 떨 어지는 소리, 바람 불어 뺨을 스치는 싸한 온도가 소리와 그림으로 엮인다. 마른 몸과 나무와 나무 사이의 여백, 참 대책 없이 눈부시고 순수한 사랑인 것도 같다. 분명 이 단순한 기억만으로 자작이 좋아진 건 아닐 테지만, 다큐 를 보고 마음에 화인처럼 남은 몇 개의 흑백 문양을 글로 카피해 두고 싶었 으나 역부족이었다.

TV를 끄고 마음을 끄자 지금껏 내가 보았던 지상의 모든 자작 숲이 내 안에서 슬라이드 필름처럼 돌아간다. 봄이면 봄이라서 사랑스럽고 가을이면 가을이라서 눈부신 자연, 숲, 자작나무, 유감스럽게도 평생의 행복을 염두에 두고 숲을 가꾸진 못했지만 나는 선조들의 지혜로운 노동과 배려로 지금 이 숲을 즐기고 있다는 걸 알고 있다.

횡성 자작나무 숲지기의 삶이 존경스럽다. 이것은 단지 자연을 누려서가 아니라 그리 오랜 세월 대답 없는 자연에 봉사하는 그분의 노동에 대한 헌사를 드리고 싶다. 자연은 하나의 답만을 가지고 있지 않다. 그 안에 깃든 숲도 길도 다르지 않을 터, 늘 같은 곳을 가는데 매번 신생 같다. 곧 겨울이 도착할 것이다, 살을 버리고 눈부신 뼈만 남을 아득히 그립고 그리운 자작나무 숲.

# 집이 없었다면 우리는 영원한
# 노마드였을 거야

집이란, 인류가 시작된 이후로 가족 혹은 식구라는 이름으로 불리는 공동체가 살아가는 지상에서 가장 안락한 공간의 건축물이라 할 수 있다. 그러나 나에게 집은 기다림의 공간이다. 집안일을 하고 식구들이 귀가할 시간에 맞춰 밥을 짓고 새로운 반찬을 식탁에 올리며 그날의 얘깃거리를 곁들이는 건 기본이다. 나는 내가 돈을 벌 때도 좋았지만 저마다의 성취를 위해 밖에서 일하는 식구들을 위해 밥하는 시간이 더 좋았다. 그것은 아내와 자식과 엄마 역할이 내게 만족도가 더 높았다는 말이기도 하다. 집과 가족과 밥은 지상에서 으뜸가는 따뜻한 상징 아닌가.

나는 한 번도 수영장과 넓은 정원을 가진 저택을 꿈꾼 적이 없다. 하지만 삶을 영위하는 데는 친구가 필요하므로 마당에서 함께 뒹굴 서너 마리의 강아지와 고양이가 있었으면 싶고, 겨울이면 거실 난로 위에 찻물이 끓는 햇살 가득한 숲 속 오두막이면 좋겠다. 지근에 미루나무 두어 그루와 사과나무와 감나무는 물론 채송화 봉숭아 과꽃은 내 수고로 피고 지게 하고 싶다. 나는 도드라지는 걸 거부한다. 저택도 좋은 차도 작가적 유명세도 한 인간으로서의 존재감도 다르지 않다. 담장 밑에 피었다 지는 채송화처럼 그냥 자연의 일부로 조용히 살다 돌아가는 것이야말로 신께 드릴 충정한 신하로서의 예의라 생각한다.

대문은 열어두겠다. 주말엔 조카나 손자들이 우르르 몰려와 내가 지은 밥을 맛있게 먹게 하고 메뚜기를 잡으며 깔깔거리는 걸 보고 싶다. LP판 같은 햇살이 발코니 가득 쏟아지면 모차르트를 들으며 손자들의 목도리를 짤 것이다. 나는 녀석들에게 손에 박힌 가시만 빼주지 않고 가슴에 든 멍까지도 헤아려주는 따뜻한 할머니로 늙어가고 싶다. 삶은 옥수수와 찐 감자, 채소밭에선 풀과 상추와 부추가 쑥쑥 자라서 나만 좋은 집이 아니라 온 가족이 즐겁고 안락한 집, 외출하는 순간 귀가하고 싶은 보금자리를 만드는 것. 아마 그것은 살아있는 동안 기꺼이 아내이고 엄마이고 할머니인 나의 책무로 남을 것이다.

굳이 욕심을 부리자면, 백석과 장자와 로맹 가리와 니체와 내 이름을 가진 몇 권의 책들이 있는 남향 서재에 넓은 책상과 등을 받쳐줄 몸에 딱 맞는 의자 하나 들이고 싶다. 그리고 숲이 보이는 넓은 창이 달린 곳에 식구 각자의 자유로운 사색과 고독을 생산하고 인정하는 공간을 만들어주고 싶다. 또한 햇살이 가장 오래 많이 머무는 곳에 공동공간을 마련해 함께 밥 먹고 차 마시고 담소하며, 늦게 귀가하는 식구들을 온순한 마음으로 기다리겠다. 한 달에 한두 번은 거실에 자리를 깔고 열이든 스물이든 함께 잠을 자겠다. 달 항아리에 개망초꽃을 가득 담고 개구리소리, 풀벌레소리를 들으며 달과 별을 세며 두런두런 이야기를 나누겠다. 내가 신봉하는 건 물질이 아니라 인간애어서 나는 명품 백을 주는 사람보다 들꽃 한 다발 안기는 사람을 더 좋아한다. 세상이 아무리 변한다 해도 내 손자들도 그랬으면 싶다.

혼자가 되는 날이면 미루나무 잎이 바람에 사각대는 소리를 들으며 밤늦도록 방해받지 않고 음악을 듣거나 글을 쓰리라. 이 또한 욕심이겠으나 내 손마디가 굵어지는 건 두렵지 않지만 내 펜의 촉이 무디어지는 건 참을 수 없을 테니까. 아무리 아름답고 멋진 세상을 둘러보아도 나를 기다려 주는 가족과 집이 없었다면 그 즐거움은 허무로 남았으리라. 소유하고 싶은 집이 아니라 살아보고 싶은 집, 숲, 이번 만추에 자작나무 숲 속의 작은 집을 보고 잠잠하던 심장이 꿈틀거리기 시작했다. 좋은 '집'은 모두가 지향하는 낙원이다. 그러나 나의 빈곤한 언어로는 그 이유를 설파할 수 없으니 유감이다.


소쩍새가 운다.
호밀빵 한 조각과
커피 한잔으로 식사를 마치고
바흐를 듣는 아침이다.
창밖엔 푸른 초원
빵과 커피와 바흐로도 충분한데
식탁엔 망초꽃이 웃고 있다.


이 희락을 부정한다면
세상 무엇이 행복이겠는가.

# 설국(雪國)으로 초대해준
# 그분에게 감사하며

1.

밤새 쌓인 눈은 무릎까지 빠지고 나는 익숙한 길을 놓친 실수를 자축하듯 숲으로 들었다. 눈은 멎었으나 바람이 불 때마다 가문비나무에 앉은 눈가루가 은총처럼 지상으로 날려 대부분은 땅에 쌓이고 얼마는 내 머리에 앉았다 가곤 했다. 눈보라가 시야를 가릴 땐 닥터 지바고의 명장면들이 떠올랐다. 백야에 머무는 착각도 들었다. 정작 숲에서 숲을 보지 못한다면 숲 그 자체가 되지 않을까. 나는 생각에 갇히지 않기 위해 스스로 숲이 되길 바랐던 것 같다. 그 순간이 몹시 황홀해 내가 사랑하는 세상 모든 이들에게 눈 초대장을 보내고 싶었다. 심신은 빠르게 충전되고 있었지만 걷는 속도는 한없이 느려져 짐승 발자국에 내 발자국을 얹는 느낌도 퍽 좋았다. 백의 나라에선 걱정이나 불안 따윈 없다. 오로지 눈雪과 빛으로 가득한 숲은 태초의 신성한 제단 같아서 나는 내가 걸친 누더기를 벗어버리고픈 강렬한 유혹을 느꼈을 뿐.

평지에 쌓인 눈은 한 자 정도지만 조금만 벗어나면 여지없이 허벅지가 빠지는 설원, 좋았다. 신생의 세계를 홀로 걷는다는 설렘으로, 숲 가득한 빛으로, 바람이 불 때마다 나뭇가지에서 떨어지던 눈가루로, 뭔가 차오르는 그 옥함으로, 나는 그 숲을 걷는 동안 새삼 내가 알고 있는 감탄사나 미사여구

가 얼마나 초라한지를 알았달까. 무엇보다 그 숲으로 인해 신의 존재를 인정할 수밖에 없었고 내가 작아지고 겸손해질 수 있었음에 감사했다. 또한 두려움을 뒤로하고 어디든 가고자 한 내 마음에게, 아름다운 순간을 보고자 한 두 눈에게, 조금 더 걷자고 조르던 두 발에게, 그 어떤 소리도 놓치지 않으려는 두 귀에게, 그 숲으로 나를 초대해 준 어떤 분에게도 감사했다.


2.

엄동에다 고립무원인데 절실하지 않은 것이 있을까. 에스키모인처럼 얼굴을 감싸고 나가 설화雪花 핀 나무를 일독한다. 꽃이 죽어야 열매를 얻을 수 있다는 말로 혹한을 견디고 있다. 비탈진 덕장에는 박제된 황태들이 허공에 매달려 바람의 사열을 기다린다. 저 부동의 것들도 바라고 기다리는 건 해동일까. 이 계절에 당신이 오면 가난해서 드릴 것 없는 나는 옥수수와 감자를 찌고 황태국을 준비해야지. 너무 추우면 깃발도 부동이 되듯 얼음나무가 전하는 은밀한 신호, 나에게 어떤 말을 하고 싶은지 알 듯도 하나 저 참을 수 없는 바람의 지리멸렬支離滅裂까지는 내 소관이 아닌 듯하여 입을 닫는다.


멋진 풍경은 우리를 대책 없이 쓸쓸하게 하나 언젠간 이 그리움조차도 한없이 버거울 때가 오겠지. 장작 타는 냄새에 정신을 차리고 보니 잠에서 깨어날 때의 아련한 희열이 나를 더듬는다. 통증과 열꽃이 희열이었던 걸까. 이렇게 고마울 데가 있나. 노안老眼이 오면 햇살이 대책 없이 눈부셔진다고 하지 않던가. 그거였나 봐. 나달나달해진 생조차도 온통 눈부시게 만드는 것 말이야.

밖엔 눈이 허벅지에 차고 강풍으로 체감온도는 장난이 아니다. 이건 어디까지나 자발적 유폐에 불과하지만 지금은 폭설로 인해 아주 먼 나라에 홀로 유리된 듯한 괴리감마저 위안이다. 이 산골은 시원의 설국으로 아름답지만 춥고 불편하다. 그러나 아주 가끔은 일상의 모든 안락을 주고서라도 맞바꾸고 싶은 불편도 있지 않겠는가. 지금처럼.

# 상상이 부재한 세상은
# 암흑일 거야

춘분이라는데 때아닌 눈바람에 목련은 까치발로 화들짝 움츠린다. 아침 차한 잔을 놓고 슈테판 츠바이크의 '체스 이야기 낯선 여인의 편지'를 읽는다. 요즘 손에든 아자 가트의 '문명과 전쟁'은 1천여 쪽이 넘는 분량도 그렇거니와 싸움, 전쟁 다시 말해 인간의 공격성에 대한 탐구서라 인문 사회 역사 심리학 생물학 경제학과 고고학까지 나름의 배경 지식을 이리저리 활용하는 독서여서 하루 몇 쪽을 소화하기가 쉽지 않아.

슈테판 츠바이크의 '체스 이야기' 첫 문장은 이렇게 시작하고 있네. "자정 무렵, 뉴욕에서 부에노스아이레스로 출항 예정인 대형 여객선 위는 출발 직전 흔히 볼 수 있는 일들로 북적대고 있었다." 언어적 촉수가 남다른 너는 '뉴욕, 부에노스아이레스, 여객선'이란 어휘만으로도 여행, 호기심, 부산함, 보헤미안적 유랑, 각각의 사연을 간직한 인간 군상, 이별과 만남, 은밀한 기대 등등을 고속 촬영하리란 짐작을 해본다.

문장이 시작됨과 동시에 호기심으로 상상의 블라인드를 살짝 들춰보는 한 사람을 생각하며 다중시점으로 관찰하고 묘사하고 서술하는 그의 뒷모습을 바라보는 나를 본다. 그러고 보면 여행만큼 상상의 지평을 넓혀주는 건 없을 듯해. 생각해 봐. 경험이 없는 상상은 얼마나 빈곤할까. 상상이 부재한 세상은 암흑일 거야, 그치?

# 지친 영혼을 위무해 줄
# 오래된 미래

바위 절벽에 간신히 몸을 대고 있는 마을엔 청보리가 물결치고 좁다란 골목에서 아이들이 공을 찰 때마다 흙먼지가 폴폴 날렸다. 마을 가장 높은 곳에 자리한 곰빠(사원)엔 룽다(풍마)가 펄럭이고 붉은 승복을 입은 뺨이 튼 어린 스님들은 동네 아이들의 공놀이가 부러운 듯 쳐다만 보고 있었다. 자칫하면 공이 아득한 벼랑 아래로 떨어질 판인데 아이들은 아무 걱정도 없어 보인다. 대체 저곳은 어딜까. 지상에 저런 피안이 실재할까. 아니면 가상세계일까. 그 아름다운 광고는 일종의 충격이었다. 단지 모기업의 짧은 광고하나로 내 여행 욕구가 술렁이기 시작했으니, 어쩌면 그것은 상상을 뛰어넘는 이상향을 눈으로 확인하는 시작의 신호였을 지도 모른다. 뜻이 있는 곳에 길이 있다고 했다. 나는 그 마을을 수배하기 시작했다.

얼마 후 그곳을 찾아냈을 때 내 기억 속을 헤집던 책과 인물들, 『오래된 미래』와 헬레나 노르베리호지, 『인도 방랑』과 후지와라 신야. 그때는 내가 배낭여행을 시작한 지 얼마 되지 않았고 여행 자료가 귀했던 90년대 초라 수소문을 해봤지만 유감스럽게도 내 주위엔 그곳으로 가는 길을 알려 줄 사람이 하나도 없었다. 그곳은 인도 최북단 파키스탄과 중국에 접해있는 작은 티베트라고 부르는 '라다크' 지역이었고 그 광고에 배경이 된 마을은 라다크의 수도 레에서 두 시간 거리에 있는 '라마유르'였다. 머나먼 땅 라다크,

내겐 지친 영혼들을 위무해 줄 오래된 미래로 가는 길을 인도해 줄 선험자는 없었지만 두 권의 책을 정독하고 라다크로 갈 결심을 굳히는 데는 별문제가 없었다.

겨울이 길어 연중 50일 육로가 열리는 때에 맞춰 나는 그 어렵고 힘들다는 스리나가르를 경유하는 코스를 택했다. 고산증 때문에 가장 천천히 가는 방법이 가장 안전하다는 걸 알았기에 그 루트를 고집했던 것 같다. 새벽에 출발한 버스는 아슬아슬한 조지라 고개를 넘고 종일 달렸다. 칠흑 같은 어둠에 휩싸이자 중간에서 하룻밤을 보내고 별이 빛나는 새벽에 일어나 다시 그 버스로 달려가는 여정, 둘째 날 늦은 오후가 되자 기사가 뒷자리에 앉은 나를 가리키며 소리쳤다. "여기라고, 여기가 라마유르"라고 그렇게 나는 뉴델리를 출발한 지 꼬박 닷새 만에 라마유르 그 멀고 높은 곳에 당도했고 '줄레!'나 '따시델레!'로 인사하는 나이 든 라다키들과 곰빠 아래 흙먼지 이는 절벽 위에서 공을 차는 아이들을 만날 수 있었다.

고지대라 조금만 걸어도 숨이 차오른 라마유르에서의 며칠은 그럴듯한 화두를 잡고 지식으로 그 이론을 해석하려 들거나 나 개인의 안위를 위해 영혼의 안식을 구하는 일이 얼마나 부질없는 욕망인지를 깨닫는 시간이었다. 바라보고 경험하는 것이 아니라 무엇을 얻고자 하는 여행이 얼마나 모순인지를 그때는 알지 못했던 거다.

그 여행 이후 나는 한 번도 영화나 텔레비전에 등장하는 풍경을 보고 과연 저곳을 내가 갈 수 있을까를 의심해본 적이 없다. 구체적인 대상이 생기면 이미 그곳에 닿아있는 것과 다를 바 없다는 걸 몸으로 체득했기 때문이다. 꿈꾸지 않고 갈망하지 않아 방치되거나 사장될 뿐 목표를 세우고 걷다 보면 우리는 예상외로 그곳에 쉬이 도착하기도 한다는 걸 알 수 있다. "갈 수 있다고 생각하면 갈 수 있을 것이고, 갈 수 없다고 생각하면 갈 수 없게 된다." 내가 이 말을 신봉하는 이유이기도 하다.

크든 작든 꿈을 이루기 위해선 꿈을 가져야 한다고 생각하는 나도 더러는 이런 고민을 한다. 비행기가 뜻하지 않게 낯선 곳에 불시착해 가야 할 곳을 두고 고심할 때 나는 동전을 던져 그 방향을 정하기도 한다는 걸, 동서남북 어느 곳이라도 이건 오래전 이미 내가 가야 할 길로 정해진 일이라 생각하면 금세 평정심을 찾곤 했다. 살다가 어쩔 수 없는 일이 눈앞에 닥쳐 궤도수정이 불가피하다면 그때야말로 변화가 필요한 시기라는 걸 나는 일찍이 간파한 것이다.

두 개의 티베트 속담을 기억한다.

"해결될 문제라면 걱정할 필요가 없고, 해결이 안 될 문제라면 걱정해도 소용없다!"

"내일과 다음 생 중 어느 것이 먼저 찾아올지 우리는 알지 못한다."

전자는 어떤 문제에 당면해 있을 때마다 결단의 용기를 북돋워 주었다면, 후자는 오늘 이 순간을 어떻게 살아야 하는지를 일깨워준다. 그리고 보면 세상에 스승 아닌 것은 없다.

# 연둣빛 예감들

1.

어머니 생각이 났다. 어머니, 나의 어머니, 근대적인, 너무나 세속적인, 밤 동안 소설을 읽다 이런저런 생각을 했다. '어머니, 문중, 제사, 제수음식, 첩실, 아버지, 주변인들······.' 소설 속 오진 표현들이 활동사진을 보는 듯, 우리들의 어머니, 인생이 관념화 고정화 화석화 된 채로 자신의 존재를 영점, 그림자, 무한 변신과 희생과 인내로 사셨던 분, 선연했다. 근대, 탈근대, 페미니즘을 일상으로 언급하는 이들은 반동적, 전근대적, 여성 폄하적이라는 언사로 혹여 비난 혹평하지나 않을까 하다가, 시골집 방안 벽에 시간이 멈춘 듯 걸려 있던 흑백 사진이 영사기를 걸어 나오는 듯한 생동감은 뭐지 하다가, 연약한 체형에 머릿수건을 쓴 허리 굽은 몸을 종잇장처럼 움직여 장독과 볏섬과 땔감과 쇠죽과 절굿공이와 맷돌과 이고 지고 메고 안고 하루 중 공손으로 짬을 쉬는 순간이 있었나 싶었던 우리 시대의 어머니를 떠올려 보다가 정신의 뜨거운 불꽃, 쓰라린 고통을 먹여 살리는, 하고 겨울의 변화를 시도 하면서 남은 하루를 정리했다.

2.

이를 어쩐담, 꽃이 촉을 내미는데 눈이 그 촉을 덮어버렸으니, 진심이나 거짓이 사전으로 알 수 있는 단어가 아니듯 사랑이나 눈물도 그럴 거야. 그리고 궁금했던 것, 한 사람의 삶과 죽음이 다른 한 사람의 모든 의식 채널을 지배할 수 있다는 사실, 밤늦도록 끓어오르던 분노가 수그러들자 냉철한 격정이 나를 감싼다. 누가 시킨 일인지 알 수 없으나 바람이 멎자 솜털 같은 햇살이 발목을 어루만진다. 나는 홀로 그윽하여 느리게 걷는다. 등 뒤에서 살금살금 따르는 저 공손한 연둣빛. 고마울 따름이다. 이 어린 기적으로 당신이 나를 알아보고 내가 당신을 알아보는 것, 생각해 보니 이렇게 지극한 마음도 없지 싶다.

# 꽃다방에서 전하는
# 초록 안부

1.

한바탕 꽃잔치가 끝나고 산천은 연두에서 초록으로 가고 있지만 저 초록과 달리 내 책상 위에는 붉은 장미가 놓여있다. 생일을 기억하는 친구로부터 배달된 선물이다. 이 장미는 유리 화병에 물이 담긴 채로 배달되었고 중앙에 조그만 카드와 화병 둘레에 리본으로 두 개의 검은 연필이 묶여있는데 그 연필에 새겨놓은 "흑심 있어요"란 문구를 확인하는 순간 나도 모르게 빵터졌다. 흑심 있다니? 대체 이 발랄한 아이디어는 어디서부터 온 걸까.

지인에게 받은 꽃 이야길 했더니 이런 답이 돌아왔다. "세상에 흑심 없이 꽃을 주는 일이 가능하냐고, 그러니까 꽃은 흑심의 다른 말일 거라고." 나는 한 방 얻어맞는 기분이었다. 그렇지. 세상에 흑심 없이 꽃을 주는 일은 없겠지. 신이 꽃을 만들 때 그 용도를 오로지 사랑을 위해 쓰도록 제한했을지도 몰라. 아무리 생각해도 사랑을 전할 수 있는 선물로 꽃을 능가하거나 대신할 수 있는 건 어디에도 없을 테니까. 꽃의 힘은 어떤 경우에도 단단해지지 않고 처음부터 끝까지 부드러움과 향기를 잃지 않는다는 거겠지. 며칠 그 꽃으로 즐거워하다 시골로 내려와 보니 산야 곳곳이 꽃역이고 꽃다방이다. 나는 조팝꽃다방에서 제비꽃차를 시킬 것이다. 노을을 가미한 설탕을 반 스푼쯤 넣을까 고민하면서.

이제 바람은 온화하다 못해 덥다. 도심에 머무는 동안 나는 부드럽고 싸한 이 골짜기의 바람을 사모했었다. 늘 성공만 기다리는 건 아니지만 마음이 꿈쩍하지 않을 때 배경을 바꿔보는 건 좋은 선택이다. 불과 몇 시간 전만 해도 마음이 무거웠는데 지금은 새소리와 투명한 하늘, 대기에 가득한 초록과 꽃향기로 마음이 파래졌으니 이만한 축복도 없지 싶다. 마음의 기저에 깔린 진실에 대한 의혹 때문일까. 누굴 대하든 몸을 낮추고 진심을 보여주면 경계심과 두려움은 없을 텐데 언제부턴가 그건 쉽지 않은 일이 되어버렸다. 진심을 온전히 받아들이고 이해하는 일은 꽤 긴 시간과 인내가 필요한 모양이다.

2.

비 그친 숲은 촉촉하고 신선한 물비린내로 가득하다. 이곳은 바람의 천국 안개의 공화국, 날조도 위조도 없는 자연의 시간은 오로지 몸으로 살고 몸으로 죽는다. 저 시시해 보이는 무한 반복의 일상들이야말로 신의 주재 없이는 불가능한 일이라는 걸 나는 언제부터 알았을까. 사위가 맑아 빗방울은 어디에 맺혀도 영롱하다.

세상 소란을 뒤로하고 자신 안으로 들어가 너그러이 자신을 잊어보는 것, 용서했다는 건 미워했다는 고백이겠지. 옆구리를 툭 친 것도 말로는 할 수 없는 고백의 다른 이름이었을 듯. 섬의 다른 말이 외로움이듯 그의 집 앞을 서성댄 건 사모했단 의미겠지. 그렇다면 바다와 아득한 절벽 위의 수도원을 이야기한 건 함께 떠나 숨어 살고 싶단 신호였을까. 죽음을 말한 건 살고픈 몸부림이었을 거야. 몸을 따라오는 마음, 그는 몸이라 말하고 나는 살이라 듣는, 내가 밥이라 말하면 그는 영혼으로 접수할, 세월이 가도 그대는 가지 않았으면 좋겠단 이 맘보는 무얼까.

초록역 마을 꽃다방에서의 약속은 3시다. '3시에 약속'이 아니라 '약속은 3 시에'라고 말한 것도 시간보다 약속을 소중하게 생각하는 마음까지도 나는 이미 간파하고 말았으니.

때가 되면 될 것들은 되고 놓아야 할 것들은 놓으며 조용히 지나가겠지. 자연을 아우르는 모든 것은 축과 촉이 균형을 이루며 거대한 영감의 웅덩이로부터 오지 않았을까. 원하는 배경과 장면들 이 모든 것과 연결되는 시간에 대해 상상력과 현실은 하나로 이어지겠지. 불 속을 나와서도 화염으로 타오르는 영혼은 천만 길 도랑의 맥박으로 흐르듯 어느새 계절은 찬란한 초록, 이 얼마나 벅찬 선물인가. 내 생의 5월은 이미 지나가 버렸지만 지나갔으므로 남은 계절이야말로 더없이 소중하다는 걸 잊지 말아야겠다. 가던 길을 멈추고 주위를 살필 때가 있다. 나 정녕 길을 잃고도 잃은 줄도 모르는 바보는 아닐까 싶어서다. 이곳에 머무는 동안 바람이 있다면 '감히 몸의 어느 부위에도 고통이 없는 상태'를 유지하는 거다. 바람이 빨래를 흔드는 싱그러운 아침, 다투어 피는 지상의 꽃들과 저 무수한 초록과 그 길을 따라올 그대에게 푸른 안부를 전하며.

# 왜 내가 우리를 괴롭혀야 해?

몸이 순정하게 낡아가는 신호를 듣는다. 오후 2시와 4시 사이는 굽이가 많은 강물처럼 게으르게 흘러가고, 조그마한 저수지 옆길을 따라 침엽수림으로 들어서자 안개의 입자와 햇살 알갱이들도 한 방향으로 흘러가고 있다.

그의 곁을 맴돌던 바람이 내게로 오듯 지금 내 곁에 머무는 바람도 그에게로 갈 테지. 누군가는 버려야 누군가는 얻을 수 있다는 시간의 낙차도 저 빛 앞에서는 소용이 없다. 상상을 배반하지 않는 현실, 현실을 배척하지 않는 상상이 있을까. 심장이 말랑말랑해지도록 모두 내려놓고 가장 나중에 버리는 것이 나였으면 하지만 어떤 망상은 가장 가까운 자신부터 버리고 지운다는 말은 기억하고 싶지도 않다.

세월을 따라 처연히 낮아지는 무연고묘지 같은 외로움, 그걸 딛고 무장무장 피어나는 이 봄, 무질서를 다스리는 질서, 모든 의혹이 꽃이 되는 건 아니겠지만 초록 들판을 무리 지어 힘차게 걸어 나오는 꽃들을 본다. 눅눅한 폐부를 뽀송뽀송하게 말려주는 햇살은 얼마나 고마운지, 어제 늦도록 저문 뜰을 걷고 난 후 사라진 권태가 아침이 되자 말간 얼굴로 손을 내미는 건 또 얼마나 새로운지.

도심에선 돈 없으면 하루도 살 수 없지만 시골살이는 다르다. 둘러보면 질 좋은 태양, 공기, 비, 안개, 바람, 구름, 바다, 강, 들꽃……. 정말 중요한 것들은 온통 무상으로 제공되고, 어디 그뿐인가. 행복, 사랑, 희망, 의지,

꿈……. 없으면 안 되는 이 모든 것들이 비매품이라는 것과 조금만 몸을 움직이면 없는 것에 연연하지 않고 있는 것을 누릴 수 있는 자연, 이런 것들이야말로 지극히 우리에게 필요한 것이 아닐까.

어느 바람의 링크를 따라 예까지 왔을까. 짙은 안개가 가뿐히 나를 들어 건너편으로 옮겨 놓는다. 계급이 없어 예약도 대기도 새치기도 없는 이 자연은 스스로 순서를 어기는 법이 없으니 나는 더욱 고삐 풀린 망아지처럼 야생을 만끽한다.


어젠 짬을 내어 중환자실에 문병을 갔다. 간호사를 따라 어떤 환자는 물 마시는 걸 배우고 어떤 환자는 가는 두 다리를 떨며 일어서는 걸 배운다. 살면서 소홀히 해도 될 지복은 없다. 언젠가 나도 물 마시는 걸 다시 배우고 걷는 것 또한 까맣게 잊어버릴 때가 오겠지. 나는 병원 침대에서 죽고 싶은 마음도 없지만 집안에 갇혀 TV 연속극이나 보면서 눈을 감고 싶지도 않다.

병원에서 돌아와 영화 '아모르'를 다시 봤다. 지병에 시달리다 죽음을 눈앞에 둔 여주인공의 몸부림, "왜 내가 우리를 괴롭혀야 해?" 사랑은 그런 것이리라. 고통은 나만으로 충분하고 당신까지 주고 싶지 않은 그 마음. 다시 본 영화인데 엔딩 자막이 끝나고 혼자 한참을 울다가 잠이 들었다.

# 스미듯이 스며들 듯이

1.

폭설이 내리고 혹한과 강풍이 다녀갔다. 그날도 다음 날도 숲에는 그와 나 뿐이었는데 그것은 눈에 찍힌 화인 같은 발자국만으로도 의심의 여지가 없었다. 그날 스키장으로 가지 않고 우리가 즐겨 찾는 숲으로 걸음을 돌린 건 예감이 이끈 탁월한 선택이었다. 코스가 짧아 잠시 스키를 메고 올라갔다가 순간에 미끄러져 원래의 자리로 돌아오는 그것이 무에 그리 즐겁다고 무한 반복인지, 우리는 놀이동산을 통째로 빌린 아이 같았다. 마침 내 손에는 카메라가 있었고 걸을 때마다 눈은 무릎까지 푹 빠졌다. 며칠 쌓인 눈 때문에 우린 몹시 달떠 있었으며 그것은 황홀 그 이상을 몸에 새기는 일이었다. 그는 숨바꼭질하는 아이처럼 스키를 타고 내 앞에 나타났다가 사라지기를 반복했는데 멀찍이 서서 카메라로 쫓던 나는 자꾸만 쿡쿡 웃음이 새곤 하였다. 이유 불문 누구든 좋아하는 걸 한다는 건 순수를 불러일으키는 거구나 하는 생각을 그때 나는 했던 것 같다. 가끔 스키장 데스크에서 멀찍이 그가 활강하는 걸 관전하거나 동영상을 접하긴 했으나 슬로프가 아닌 일반 숲 그것도 바로 내 앞에서 눈가루를 날리며 사사삭~ 스키 날이 눈 위를 스치는 소리를 라이브로 듣는 건 무척 흥미로운 일이었다. 그때의 사진을 보고 있으면 그날 숲에서 누린 은총 같은 순간들이 시간을 뛰어넘어 빛으로 달려든다.

## 2.

기온이 낮을수록 투명한 하늘을 볼 수 있다는 건 자연이 공평하다는 걸 의미하는 거다. 눈 산행을 마치고 돌아오는데 수시로 그림을 달리하는 평소와 다른 노을을 만났다. 내 마음이 오로라를 그리워하고 있다는 반증이겠지. "아, 저기 붉은 오로라!" 감탄사가 총알처럼 튀어나왔다. 예기치 못한 은총이었다.

오전 내내 양지쪽에 앉아 햇살을 받는다. 스미듯이 스며들 듯이 나를 애무하는 빛. 눈 쌓인 나뭇가지를 바람이 흔드는 순간 나는 뭔가에 홀린 듯 환幻의 세계가 되어버린 잣나무 숲으로 걸음을 옮겼다. 얼마 지나지 않아 바짓단이 젖고 발이 시려오자 비로소 그것이 추상이 아니라 현실이란 걸 깨닫는다. 현실은 추상과 달리 매 순간 이렇게 눈부시게 춥고 냉정하고 가혹하기까지 하다. 다행인 것은 그 찰나가 매우 구체적으로 불행하거나 구체적으로 행복하다는 것.

지난밤은 왜 그리 단단했던가. 내 영혼을 움직이는 새해 첫 이름을 부른다. 새롭다. 희망이다. 그 이름은 가난한 분노보다 최악도 최선도 아주 사소한 오차 범위라는 걸 아는 나이를 닮아 어질다. 새날 새 아침이 거품처럼 부드럽고 환하다, 내가 기억하는 모든 이름들, 고맙다. 나는 동안거 깊숙이 들어와 있다. 창밖엔 말달리는 바람. 지난밤에도 몹쓸 허물을 덮어주려는 듯 늦도록 눈이 내렸다. 나는 지치지도 않고 눈 속으로 내 알몸을 쏘옥 밀어 넣는다. 이 차가운 황홀.

# 저 그늘은 나무의 전 생일지도

1.

책상 서랍을 정리하다 종이봉투가 있어 열었더니 까만 분꽃 씨다. 그 작은
씨앗을 손바닥에 올려놓고 가느다란 숨소리를 듣는다. 오후엔 아이젠을 하
고 눈길을 2시간 정도 걸었다. 산비탈에 제 그림자와 얼음을 안고 서 있는
나무들, 저 그늘은 나무의 전생일지도 모른다는 생각이 들자 숙연해진다.
쌓인 눈 위에 바람이 새겨놓은 무늬는 살면서 한 번도 마주한 적 없는 초현
실주의 그림 같아 황홀경에 빠진다. 폐부 깊숙이 파고드는 바람의 신선도
는 말해 무엇하리. 나는 숲을 느끼려 하기 전에 바라보는 것으로 만족하려
한다. 오래 바라본다는 것은 관념의 자로 재는 누를 범하지 않고 순수한 마
음의 인내를 필요로 한다는 걸 알고 있으므로.

낮에는 산책과 햇살을 즐기고 밤이 되면 어김없이 책상으로 돌아온다. 읽
을 만한 책은 시집 우선으로 모니터 곁에 몇 권 포개 두는데 다 읽지는 못하
고 바라보는 시간이 점점 길어지고 있다. 읽지도 않으면서 겨울이 봄을 갈
망하듯 독서에 대한 갈망 또한 줄어들지 않는 이런 모순이 어딨을까. 나는
산골로 돌아오면 책 읽는 독자가 아닌 자연을 바라보는 관찰자가 된다.

바닥에 닿기도 전 내 뺨에서 녹아버린 눈을 더듬는다. 눈이 물이 되는 과정
의 살가운 부드러움이 나를 깨운다. 산책은 몸으로 하는 일상이다. 지울 수

없는 문신 같은, 그러나 쓰는 행위도 멀거나 가까운 과거와 현재의 일상으로부터 온다. 걷다 보면 어서 책상으로 돌아가라고 새로운 무언가가 마음을 흔들기도 하지만 개의치 않는다. 지금 쓰지 못한 것들은 언젠가 더 깊은 무엇으로 다시 올 테니까.

글은 매일 쓰는 회고록이지만 반성문의 역할도 한다. 10년 전보다 1년 전이, 1년 전보다 지금이 더 나아지고 있다고 믿게 한다. 10년 후에도 그럴 수 있기를 꿈꾼다. 나에게 글쓰기란 나를 격려하는 의식, 감히 종교를 뛰어넘는 종교가 아닐까 하는 생각도 든다. 어쩌면 제어장치가 고장 난 자동차 같은, 꽃이 되는 것보다 상처를 두려워하지 않는 자가 되고 싶다. 상처를 받아본 사람은 상처가 어떻게 꽃이 되는지 아는 사람일 테니까.

타인을 의식하면서 글을 쓴 적은 없지만 만일 내 글을 읽는 독자가 한 명도 없는 제로 상태가 된다면 그땐 나 스스로 내 글에 독자가 되어서라도 끝까지 쓸 거라고, 마지막 순간까지 기꺼이 쓰겠노라 오늘은 눈 쌓인 전나무 가지에 서약을 했다.


2.

여행을 앞두고 배낭을 준비하던 때가 그립다. 무거운 짐을 극도로 경계하는 나는 이것저것 넣었다가 마지막 순간에 단호한 결단을 내린다. 모든 걸 꺼내 다시 하나둘 골라 배낭에 넣으면서 '이것이 아니면 여행이 불가능한가?'라고 묻는 것인데, 답은 예스 혹은 노 중 하나만 선택할 수 있어 배낭을 가볍게 싸는 나만의 노하우라고나 할까. 그걸 일상에 적용시키는 것도 나쁘지 않다.

휴대폰을 바꾸면서 저장된 번호를 옮기지 않았다. 며칠 그렇게 연락처를 비

워두었다가 가족 친구 친지 등 가장 소중한 사람 순으로 번호를 재등록했다. 그러고 보니 반 이상이 불필요한 번호였거나 더러는 세상을 등진 친구도 있었다. 번호만 삭제했을 뿐인데 이 홀가분함은 무얼 의미하는 걸까. 사는 데는 많은 것이 필요한 게 아니라는 걸, 간소해야만 평화로워질 수 있다는 걸 시골살이와 배낭여행을 통해 알았다. 그런데 왜 우리는 멈추거나 내려놓거나 버리지 못하고 껴안고 있어야 내 것이라고 생각하는 걸까.


3.

자연은 눈과 귀가 어두운 내게 진정한 부자는 지금 현재를 즐기는 자의 몫이라고 새소리나 바람소리로 조곤조곤 타이른다. 그것이 사랑이라고 다를까. 힘을 빼고 유연해질 것, 어둠에 익숙해질 것, 지식을 베끼지 말 것, 고민하지 않고 얻은 불손한 문장은 가차 없이 버릴 것, 인간은 유한한 존재라는 걸 잊지 말 것을 낮달과 작은 풀잎에게 다짐해 둔다.

산책이 끝나고 신발 끈을 느슨하게 풀고 돌아오는 한가로운 오후, 봄볕이 빈 감나무 가지에 앉아 고양이처럼 졸고 있다. 빨간 양철지붕집 할배가 밭에서 풀을 베고 있기에 왜 태우지 않고 베냐 물으니 집 가까운 곳이라 불이 나면 안 된단다. 멀찍이 서서 제초기 지나간 자리에 고였다 흩어지는 마른 풀향기와 흙냄새를 맡고 있는데 처음엔 조금 텁텁했지만 결국엔 좋아지고 말았다. 발효를 거친 향기라서 그런가 보다.

# 오후 1시와 3시 사이

1.

농부가 창고 그득한 볏가마니를 볼 때의 마음이 이럴까. 얇은 비닐 막 같은
빛이 집안에 가득 차있는 걸 보는 일은 농부의 맘처럼 밥 없이도 배가 부르
다. 빛에선 잘 마른 지푸라기 냄새가 난다. 블라인드를 활짝 젖히고 화초에
물을 주고 빨래를 널고 빛 알갱이들을 맘껏 흠향한다. 무슨 차를 마셔도 본
래의 맛에 가까울 듯싶은 맑은 날이다. 베란다를 오가며 선 채로 영혼을 나
누는 의식처럼 차를 즐긴다. 이럴 땐 쇼팽이 무난하다. 이소라도 괜찮다.
빛 앞에서는 누구나 조금은 남루하고 초라해지지만 먼지 낀 유리창으로 바
라보는 풍경은 늘 조금은 불만스럽다. 들숨과 날숨을 반복할 때마다 허공
을 부유하는 먼지들이 춤을 추다가 시야 밖으로 사라진다. 빛을 받아 느슨
해지기를 바랐는데 시간이 갈수록 명료해지는 영혼, 다시 거실로 돌아가
움베르토 에코를 펼쳐보지만 빛이 활자를 뭉개버리니 일독이 어렵다. 하여
읽은 페이지 모두 무효화하고 산책을 나선다.


2.

창가에 앉아 젖은 머리칼을 말리며 날짜 지난 신문을 펴고 손톱을 깎는다.
톡톡 소리를 내며 활자 위로 떨어지는 손톱을 연민 없이 바라본다. 내 손
으로 나의 일부를 잘라내는데 조금의 통증도 없는 이걸 단순히 무통이라

규정하는 건 좀 그렇다. 어떤 형태로든 삶이 진행하는 한 통증은 함께 할 것이다.

'몽고'라는 이름의 강아지 한 마리를 키우던 내 인생의 1시와 3시 사이는 대책 없이 치열했으므로 고단의 연속이었다. 망하는 것이 일상일 땐 무엇을 해도 실패였고 누구를 껴안아도 시리고 고독했다. 친구는 그것을 혁명이라 규정했지만 내겐 시도 때도 없이 발동하는 화를 다스리는 일일 뿐이었다. 그 시절 나의 무기는 눈물이었고 눈물은 모든 게 다 잘될 것만 같은 자위 기구 같은 거였다. 내 생의 1시와 3시 사이는 야생의 들판이었으므로 질주의 본능을 제어하지 못해 목숨도 바람 앞에 등불이었다. 그러나 그 바람 가운데서도 길을 잃지 않고 찾아와준 한 줄기 빛, 이제 겨우 뜨겁지도 차갑지도 않은 시간에 도달한 나는 다시 고독한 야생의 초원을 그리워하고 있다. 기억하노니 내 인생의 1시와 3시 사이는 활화산처럼 뜨거웠기에 행복하지는 않았으나 결코 불행하지도 않았으므로.

3.
오늘 글에 마침표를 찍던 시간 지구 반대편에서 편지 한 장이 날아왔다. 우연의 일치였을까. 그가 장자를 통해 야마(아지랑이. 빛)를 이야기하고 있다. 멀리서도 나를 읽고 있었음이 분명하다.

"날이 밝았어. 새삼 환하고 가벼운 기운이 사방으로 번지네. 요즘 습독하는 장자의 시작 부분에는 '야마野馬'라는 단어가 보여. 들 야野, 말 마馬. 직역하면 야생마 혹은 들판을 내달리는 말로 여겨지는데, 문맥에선 전혀 다른 어의로 새겨지지. 뜻을 알 수 없을 때『장자집해』를 의지했더니 '봄 계절 제방 위로 부유하는 공기의 흐름'으로 해설을 했으니 곧 아지랑이를 일러 야마라 했던 거야. 햇살 번지는 아침나절 양기가 대지를 번져가는 모습으로 야마를 떠올렸다네. 일상의 언어를 특히 담화의 경우 우리는 늘 주견으로, 혹은 자의적으로 화자의 발언을 재해석하고 또다시 재해석한 뜻으로 청자에게 부언하고 있으니, 늘 경계할 일은 담백하게 듣고 말하는 태도임을 새삼 새겨보네."

# 하나가 온다는 말은
# 하나가 간다는 말

사람이기에 그랬던 걸까. 보고 싶은 것만을 보고 살았다. 시골에 오면 숲을 걷는 게 일상이지만 지근에 미답의 숲과 오래된 자작나무가 많다는 것을 새롭게 알아가고 있다. 오늘은 무언가에 홀리듯 소로를 따라가자 사람 발자국은 없고 짐승 발자국만 무성한 처녀림으로 두려움 없이 내 두 발이 앞장 서준 걸 얼마나 고마워했는지.

새로 조성된 올림픽 트레일 코스를 조금씩 나누어 걷고 있다. 3월 마지막 날인 오늘은 자작 숲이 끝나는 지점에서 시작했는데 눈 녹은 계곡 습지에서 올해 첫 꽃 복수초를 만났다. 그 조그만 노랑이 어찌나 예쁘고 반가웠는지. 그야말로 갈 때는 못 본 꽃을 내려오는 길에 본 것인데 아이러니하게도 갓 피어난 꽃만 본 게 아니라 우연히 비탈 아래에서 생이 끝난 지 한 이태는 지났을 듯한 이미 풍장이 끝난 짐승의 흰 뼈도 같이 보았다. 모르긴 해도 눈이 많은 겨울에 먹거리를 찾아 헤매다 쓰러져 죽은 모양인데 녀석의 마지막 순간은 얼마나 고독했을까. 생이 한 점 부끄러움 없다는 듯 하늘을 향해 누운 송곳니가 얼마나 희고 도드라져 보였는지, 나는 조금 전 첫 꽃을 바라볼 때처럼 그것을 바라보았는데 어쩌면 그 숲에서 나와 한 번쯤 눈이 마주친 녀석일 지도 모른단 생각에 쉬이 자리를 뜰 수가 없었다.

아랍 속담이라지.

"어떤 이에게는 서 있는 것보다

앉아있는 것이 낫고

앉아있는 것보다는 눕는 것이 낫다.

또한 어떤 이에게는 서 있는 것이

앉아있는 것보다 낫고

사는 것보다는 죽는 것이 낫다."


지난겨울에는 나의 단골 영지에 터를 잡고 사는 노루가족을 꽤 자주 보았는데 궁기에 도움이 될까 싶어 고구마나 곡류 등을 숲에 놓아주곤 하면서 과연 이게 옳은 일인가 고민했었다. 그러나 오늘 짐승의 뼈를 보는 순간 먹이를 숲에 두고 온 일을 비로소 후회하지 않게 되었달까. 사람이든 짐승이든 배고픔보다 절실한 건 없으니까.

한 생生이 갔으니 한 생이 오는 거겠지. 그러니까 믿고 싶지 않지만 믿어야만 하는, 한 생이 태어남과 동시에 확약받은 티켓은 죽음이라는 거, 공교롭게도 새봄의 첫 꽃을 보는 날 적나라한 주검이 내 앞에 나타난 이 아이러니를 어떻게 받아들여야 할까 생각하다 '흐름'이라는 단어에 마음이 멈췄다. 그렇다. 하나가 오면 하나가 가는 게 자연인 거지. 그러니까 하나가 갔으므로 노란 꽃이 온 거 맞다.

# 아프리카 밀림이 고향인
# 피그미 목조각

유리창마저 깨지고 없는 허름한 카페 비슷한 곳에 앉아 커피 한 잔을 놓고 마른 빵을 뜯고 있었다. 도심이긴 해도 자동차나 오토바이가 지나갈 때마다 커피잔 속으로 붉은 황토 먼지가 내려앉는 걸 눈으로 보면서도 나는 아무 조치도 취하지 않을 만큼 무심해졌다. 코앞에서 한 노인이 나무에 얼굴을 박고 열심히 조각을 다듬는 걸 바라보면서. 어쩌면 평생 그렇게 살아왔을, 겨우 비닐 한 장으로 해를 가리고 종일 맨바닥에 앉아 나무를 깎고 색을 입히는 노인도 있는데 뭐 하면서 내가 말라위에서 자주 먹던 빵 이름은 신기하게도 '오바마'였다.

그날 그곳에서 모시고 온 미니 목조각의 주인공은 지구상에서 가장 작은 종족 콩고 밀림이 고향인 피그미족 노부부다. 열심히 목조각을 다듬던 노인이 차를 마시던 내게 애원의 눈빛을 보내왔다. 제발, 자기의 분신과 같은 그 목조각을 데려가 주라고, 목조각을 가져가면 그것을 만든 자신의 영혼이 나를 따라 먼 나라로 여행하는 거라고, 하나는 외로울 테니 자신의 아내도 데려가 주라고, 그리하여 내게로 온 오백원짜리 동전만 한 작은 목조각이 언제부턴가 내 집을 지키는 파수꾼이 되었다. 생각해 보면 하나가 아니라 둘(쌍)을 데려온 건 참으로 잘한 일이다.

이들은 시골집 좌탁에 나란히 앉아 고향에서는 본 적 없는 흰 눈을 종일 바라보게 하거나 적당한 간격을 두고 마주 보게 한다. 그러다 심심해하면 입도 맞추고 몸을 비빌 수 있도록 가까이 두다가 집을 비울 땐 여자가 남자를 등 뒤에서 살며시 안아주는 백허그 자세를 허락한다. 내겐 이들에게 적용하는 나름의 규칙이 있는데 어떤 경우에도 등을 돌리고 있는 모습은 만들지 않는다는 거다. 고향을 떠나온 것도 서러울 텐데 이 멀고 낯선 집 안에서도 토라지거나 서로 마주 보며 애달픈 거리를 두는 건 왠지 잔인한 일 같아서다. 내가 없는 빈집에서 꼭 부둥켜안고 먼 아프리카 고향을 그리워할 그들. 오늘은 두고 온 밀림을 생각하며 자작나무 숲에 가서 겨우내 얼었다 녹아떨어진 자작나무 목피를 선물했다. 입을 맞추거나 서로 적당히 떨어져 있을 때도 애틋해 보이지만 빈집에 문을 열고 들어왔을 때 꼭 끌어안고 있는 그들을 보면 왠지 눈시울이 뜨거워진다. 저들의 대화를 읽을 순 없지만 동상이몽同床異夢은 아니겠지.

# 위로가 필요해

언제부턴가 죄책감을 느끼게 되는 것들을 멀리해 왔다. 상대는 감히 내가 넘볼 수 없는 천재나 아름다운 대상이 주를 이룬다. 나는 내가 울 때 손수건을 주는 사람보다 곁에서 같이 울어주는 사람이 좋다. 이유를 묻지 말고 나를 따라 울어줄 사람을 상상하는 것만으로도 그윽한 위로가 된다. 적립된 슬픔이나 우울을 행복으로 바꿀 수 있으면 좋겠다. 단골마켓에 갈 때마다 모아둔 마일리지를 써야지 하고선 그냥 온 것이 한두 번이 아니다. 이러다 마켓이 문을 닫는 날엔 말짱 헛것이 된다는 걸 알면서도.

좋은 선생은 그것이 무엇이든 직접 시도해 보는 것이다. 완전한 극복은 아니지만 공포와 환멸을 느꼈던 대상을 사랑하게 된 경우가 있는데 겁 많고 이기적이고 도도하며 얼굴에 비해 너무 큰 눈을 가져 애틋하기 그지없는 파란 눈의 고양이가 내겐 그렇다.

# 꿈, 불안으로부터 벗어나기

1

골목여행을 좋아하는 나는 낯선 여행지에서 숙소를 찾지 못해 애를 태우는 꿈을 자주 꾼다. 다음엔 숙소를 나올 때 반드시 명함을 챙기리라 다짐하지만 여행이 시작되면 나는 또 밖으로 나가기에 급급해 그 중요한 사실을 까맣게 잊는다. 경험에 비추면 내가 가고자 했던 곳에는 아이들이 모여 있거나 오래된 대문이 있는 대체로 소소한 풍경들이었다. 어느 날은 재킷도 지갑도 놓고 슬리퍼 차림으로 나가 캄캄한 밤이 되도록 숙소를 찾지 못해 골목을 배회할 때도 있었다. 꿈에선 왜 매번 호텔 이름이 감쪽같이 잊히는 것일까, 완전히 타에 의한 끌림, 즉 자신의 생각이 반영되지 않는 꿈은 존재 불가라는 걸 꿈 밖에선 물론 꿈속에서도 다 알고 있는데 왜 매번 불안에 갇혀 길을 잃는 것인지.

불안으로부터 벗어나기 위해 야반도주를 했다. 어디론가 홀로 가야 한다는 것은 막막하다. 그러나 세상 끝이라도 기다리는 이가 있다면 이야기는 달라진다. 얼마 후 우리는 태풍이 해안을 휩쓸던 날, 타는 노을을 함께 바라보았다. 얼마나 꿈꾸던 순간이었는지. 그런데 하필이면 숱한 날 다 보내고 헤어질 시간을 앞두고서였을까. 분명 손을 흔들고 헤어졌는데 헤어지지 않았다는 고집은 뭘까. 그날 저녁 시작된 식사가 계절이 몇 번이나 바뀌도록 끝나지 않고 아무리 많이 먹어도 허기지는 건 밥도 소용 불가란 뜻이겠지. 뉘 말이었던가. 헛된 상상과 야망에 시달릴 땐 무엇이든 맛있게 잘 먹고 터지 도록 배부를 것, 그리고 죽은 듯 오래 잘 것, 이제 그걸 실행할 순간이다.


2.

바람은 구름을 데려가고 햇살은 신갈나무 위에서 반짝인다. 결박을 풀고 풀밭에 앉아 단 하루도 최선을 다해 살아본 적 없는 사람처럼 오늘 하루 최 선을 다해보려 한다. 지루함을 잘 참고 오래 바라보는 것만큼 좋은 사랑은 없다고 고백해준 당신을 믿는다. 구름의 문장을 받아 적고 지우기를 반복 한다. 거만하기 이를 데 없는, 그토록 기대거나 잡고 싶었던 것의 실체가 바 람이었다는 걸 안 후부터 나는 현실을 부정하고 싶었다. 그리고 그것 말고 는 무엇이 최선인지 나는 알 수가 없다. 시간과 마주하는 방향성이 서로 달 라야 만날 확률이 높아진다면 프리즘에 기대 균형을 살짝 잃어주는 것도 좋을 듯하다.


3.

먹다 남은 반찬통을 비우고 청소를 마친 냉장고는 열 때마다 기분이 좋다. 신발장이나 옷장을 정리한 후 헐렁해진 장을 대할 때의 마음도 비슷하다. 빈방을 볼 때마다 "내용 없는 아름다움이란 이런 거겠지, 비우니 좋구나, 좋 구나" 하다가 얼마 못 가 넓은 탁자와 편안한 의자 하나 있었으면 하는 욕심 이 슬쩍 끼어든다. 텅 빈 방을 원했지만 나는 또 그 공간에 뭔가를 채우는 그림을 상상한다. 텅 빈 곳은 좋은 기운이 자유롭게 통과하는 활력적인 곳 이 아니라 정지된 것으로 인식하는 역반응, 욕망이라는 적재는 결핍이 부른 비극이라 했는데, 언제 그랬냐 싶게 공간이 다시 채워지고 있다.

가끔 나는 신께서 내게 이런 말을 들려주면 얼마나 좋을까 하는 생각을 한다. "죽도록 사랑한다고 해도 내가 너를 위해 무엇을 할 수 있겠니. 다만 네가 행복할 때 소리 없이 웃어주고 고통받을 때 곁에 가만히 앉아 있어 주는 것 말고는~."

# 아는 것을 안다고 하고
# 모르는 것을 모른다고 하는 것

장마에 폭우와 폭염, 세사가 사나운 건지 자연이 드세진 건지 아무튼 계절이 혹심해진 건 틀림없는 사실이다. 논어 학이편 17장이 열대야를 잠시 잊게 해 주었다. 제자인 자로가 스승 앞에서 배움이 좀 있다는 자랑을 했나 보다. 어깨에 힘이 들어간 제자를 보다 못한 공자가 한 말씀 하시기를,

"자로야, 너에게 안다는 것을 가르쳐 주마. 아는 것을 안다고 하고 모르는 것을 모른다고 하는 것, 이것이 아는 것이란다."

성경에는 이런 대목이 있지.

"너희는 '예' 할 때에는 '예'라는 말만 하고, '아니오' 할 때에는 '아니오'라는 말만 하여라." (성경 마태복음 5:37)

초심이 필요하다. 더도 덜도 말고 어린아이와 같은 시선이면 된다. '꽃'을 보면 '꽃'이라 말하고 '새'를 보면 '새'라 말하는 것, '아는 것'을 '안다'고 말하고 '모르는 것'은 '모른다.'고 답하는 것, '예'일 때 '예'라 하고 '아닐' 때 '아니오'라고 답하는 진심과 용기,

사람들은 누구나 자신이 아는 것을 남에게 드러내고 싶은 심리, 즉 자존감이 있다. 그래서 모르는 것을 아는 것처럼 꾸미는 경우가 없지 않다. 세상

의 정치지도자는 물론이거니와 지인들의 경우도 정도 차이만 있을 뿐 아는 '체' 하기를 좋아하는 이들의 자랑으로 세상은 동서고금을 두고 흔들리는 듯하다. 그럴지라도 중구난방 무무한 지상에서 한 걸음 물러나, 말에 허물을 적게 실을 수 있다는 것은 천 년을 사는 주목처럼 내 안에 그대가 튼실한 뿌리를 내린 까닭이다. 심신을 올곧게 하고 정성을 다하는 글이 곧 삶이고 일상인 것에 감사하는 나날, 혹 보셨는가, 히말의 오지 중 오지인 돌포, 산사태로 허물어진 아스라한 직벽의 위험을 무릅쓰고 동충하초를 얻기 위해 1년에 단 며칠, 그 높은 능선을 온몸으로 기어서 가던 사람들, 목숨을 부지하는 일이 무엇이기에 그 악천후 속에서도 낮게 바닥을 엎드려 동충하초를 찾던 이들을 생각하면 이 염천의 더위는 차라리 엄살이거나 사치일 듯.

# 사랑은 얼음처럼 날카롭고
# 어둠처럼 아득해

"사랑은 얼음처럼 날카롭고 어둠처럼 아득해. 아마도 나의 투박한 칭찬은 시와 그림, 사진에 대한 모독일 거야. 나를 용서해줘."

중국 인권운동가 류샤오보가 아내에게 남긴 편지란다. 사랑의 신, 사랑을 얼음처럼 날카롭고 어둠처럼 아득하다고 고백하고 종언한, 사망 직전 아내에게 남겼다는 류사오보의 한 줄 편지가 한 편의 서사시로 읽힌다. 언어가 이렇게 농축액일 수 있다는 걸 시詩가 아니면 무엇으로 알 수 있으리.

자정이 넘어 과거이면서 미래이기도 한 한 편의 영화를 보고 나서 낮에 본 달맞이꽃, 마타하리, 물봉선화, 동자꽃 같은 그저 그렇게 홀로 피었다 지는 꽃들을 생각했다. 그것은 시간의 그림자가 지어낸 얼룩으로 바흐의 평균율 클라비어곡집에서 채집한 3성부 이상의 푸가를 연속재생으로 듣는 기분이었달까. 가혹한 신경이 어둠에서 발광하는 누구는 밤 2시를 하루 중 가장 섹시한 시간이라 했지만 내게 밤 2시는 가장 나다워지는 시간이다. 몸과 마음이 농밀했던 40대 초, 무엇을 해도 가능할 것 같았던 그때처럼.

며칠 이 골짜기엔 비와 안개가 전부였는데, 지금 밤 2시의 바깥풍경 또한 안개와 어둠, 고요가 지배하고 있다. 가로등 불빛마저 없다면 무엇으로 저

거대한 바윗덩어리를 어둠이라 말할 수 있으리, 어쩌면 미완의 혁명보다 한 여자의 지아비로서 어둠처럼 아득하다고 말한 류샤오보의 사랑도 견고하기로 치자면 저 어둠 속 산과 바윗덩어리와 다르지 않겠다.

# 4부

빈 곳을
오래 바라보는 마음

# 꽃과 열매 사이를 지켜보는 일

꽃이 열매로 건너오고 열매 거둔 자리에 다시 잎이 물드는 계절이 가을이다. 고단한 시절을 이겨낸 꽃과 열매의 다른 이름은 '매혹'이다. 저 우주만한 스케치북에 어떤 물감으로 얼마큼의 여백을 칠해야 꽃이 되고 열매가되는지 아무도 가르쳐주지 않았으므로 인간인 나는 알 수가 없다. 얼마만큼의 빛과 바람이 다녀가야 꽃이 피고 사과에 단물이 드는지 사과를 씹어과육을 맛보기 전까지는 알 수 없는 일이다. 씨앗과 잎 사이만 먼 것이 아니라, 잎과 꽃 사이만 멀고 아득한 것이 아니라, 꽃과 열매 사이 또한 멀고 멀어서, 이 다디단 과즙을 흠향하기까지는 또 얼마나……. 허공과 백지 사이,겨울이라는 적막이 긴 터널에 통과해야 비로소 오는 봄.

# 가장 행복하고 서러운 곳에
# 가장 고운 꽃이 핀다

이슬비가 소곤소곤 내리니 꽃도 간지럽고 풀도 간지럽고 나도 간지럽다. 우산을 준비하지 않은 건 얼마나 다행한 일인가. 카메라가 젖는 걸 제외하면 아무 걱정도 염려도 없다. 서너 번 셔터를 누르고 점퍼 속으로 카메라를 넣고 작정한 듯 비를 맞는다. 살갗에 즐거운 소름이 돋고 순간순간이 축복 같다. 가장 행복하고 서러운 곳에 가장 고운 꽃이 핀다고 했던가. 누구도 기억하거나 눈여겨보지 않더라도 꽃이 자신의 결정을 최고로 만든다는 건 그리 놀랄 일이 아니다. 예쁘지 않은 꽃이 없다는 것이 그 증거다.

삶의 밀도가 모두에게 균등히 적용되지 않는다는 것은 위로다. 꽃은 아무 대가도 요구하지 않고 자신을 보게 하고 향기를 내뿜어 가까이 오게 하고 심지어 쓰다듬게도 한다. 우리의 몸은 단순한 물질로 이루어진 듯하나 자신을 통과한 모든 것들을 디테일하게 수집하고 기록하는 용량 무제한 압축 파일 같은 것. 어제 일과 수십 년 전의 일들도 조금 전처럼 기억해 내는 걸 보면 그렇다. 비에 젖은 풀잎들은 아련함을 부른다. 너도 예쁘고 나도 예쁜 꽃처럼 살아야 하는데 인간만이 시기심으로 관계장애를 앓는 환자 같다고 느낄 때 나는 슬프다. 꽃을 보면 꺾고 싶은 욕망도 그것 아니겠는가. 단순한 삶은 단순함을 극복해야 가능해진다. 빨리 가지는 못하더라도 뒤로 가진 않겠다는 거였는데 지금보다 강해지려면 고강도 열정은 필수겠지. 쉬운 걸

포기하지 않는 것보다 어려울 때 포기하지 않는 것이 핵심이다. 꽃아, 혼을 불살라 피고 지는 건 네가 자처한 일인데 왜 내가 슬퍼해야 하는지 모르겠다. 등 뒤에서 그림자 같은 것이 가까이 오는 걸 느끼면서 그게 무엇인지 모를 때 오는 당혹스러움, 아무도 알아주지 않는 저 산속의 꽃이 홀로 피었다가 지는 것처럼 나도 그렇게 살다 가고 싶다.

# 겨울 숲은 산 자의 뼈로 엮은
# 울타리는 아닐까

얼음계곡을 걸으며 마른 풀들과 눈을 맞춘다. 늘 이 자리를 지킬 테지만 두고 갈 것이라 생각하면 귀하고 아름답지 않은 것은 없다. 긴 잠에 든 얼레지의 가려운 등은 누가 긁어줄까. 겨울은 그분께서 이 냉혹한 추위 대신 파란 하늘이라는 무한여백을 주신 거겠지. 길을 걷다가 마른 풀숲에서 사랑을 나누는 한 쌍의 꿩을 훔쳐보고 말았다. 문득 궁금해지는 것들, 저 무한 허공에 바람이 지은 저택엔 누가 살까. 차가운 어둠을 쨍하고 가르는 시린 손은 누가 호 해줄까. 노을은 어느 멀고 아득히 높은 곳에서 발화해 예까지 온 걸까. 겨울 숲은 산 자의 뼈로 엮은 울타리는 아닐까. 그 많은 뼈와 씨앗들은 언제쯤 깨어날까. 강물은 언제 풀릴까. 잎갈나무 숲을 걸 때마다 누군가 가지를 흔들어서라도 남아있는 이파리들을 떨궈줬으면 좋겠다. 인도양에서 고래를 기다릴 때처럼 이 산정에서 눈ⓑ을 기다리는 일은 왜 여전히 아련할까.

# 호접란과의 동거

1.

출간축하선물로 친구가 호접난 화분을 보내왔다. 감동이 밀물처럼 밀려왔다. 며칠 책상에 놓고 즐기다가 휴가 떠나던 날, 빛이 잘 드는 발코니에 내놓고 물을 듬뿍 주고 갔다. 시골에 머무는 동안 하루도 거르는 일 없이 숲을 찾아 온갖 자연의 재롱을 보며 나무와 야생화를 즐기고 새소리와 어린 짐승들을 마주하는 동안, 시도 때도 없이 빈집에 홀로 생의 절정을 통과하고 있을 난 화분이 왜 그토록 마음이 쓰이는지.

지난 사랑이 아무리 뜨거웠다 해도 지금의 이 사랑과 견줄 수 없다 했던가. 꽃도 그러하리라. 가장 예쁜 시기를 지나 잠시만 방심해도 고개를 처박고 시들기 일쑤인 화분이 우리 집에도 몇 개는 있지만 유독 방금 사귄 애인 같은 새 꽃에 마음이 더하는 건 그런 이유가 아닐까.

일주일을 훌쩍 넘기고 자정 지난 시간에 현관문을 열자 열대야로 후끈한 공기가 달려든다. 해발고도 8백, 190㎞의 거리가 이렇게 다른 온도를 가질 수 있다는 건 놀라운 일이다. 나는 가방을 현관에 부려놓고 발코니로 달려가 화분부터 살폈다. 놀라워라. 이 염천에 꽃송이 서너 개 바닥에 내려놓은 것 말고는 여전히 만개 상태를 유지하고 있다. "고맙구나"를 연발하며 물을 주었더니 벌컥벌컥 받아먹는다.

2.

화분도 그렇지만 가끔은 애완동물을 키우고 싶은 유혹을 받는다. 생명 가진 모든 것은 애정과 지속적인 관심이 필요하다는 걸 모르는 바 아니지만 주거지 부재가 잦아서 그럴 수 없다는 알기에 이건 어디까지나 꿈일 뿐이다. 어쩌면 어느덧 아무것도 소유하지 않을 때 모두 누리게 된다는 성인의 가르침이 한몫했을지도 모르겠다.

법정스님께서 누군가 가져다준 난 화분 하나에 대한 일화는 물욕에 찌든 우리들에게 시사하는 바가 크다. 꽃이 싫다는 건 결코 아니다. 보고 누리는 건 좋지만 소유하는 순간 굴레에 갇히기 때문이다. 식물 하나도 그런데 사람과 사람 사이의 인연은 오죽하겠는가. 많이 가지고도 끄달림이 없다면 좋겠지만 살다 보면 내 의지와 상관없는 소유도 있을 것이고, 그래서 잉여를 독毒이라고 정의하지 않았던가.

집을 비울 때가 되면 두고 갈 꽃 때문에 같은 고민을 반복할 것이다. 나는 하나도 준 게 없는데 번민과 사랑을 막무가내로 주는 친구의 애정은 그래서 내겐 늘 숙제고 시험이다. 그럼에도 만개한 꽃봉오리를 보는 일은 여전히 희락이니, 어이하랴, 꽃은 좋은데 소유는 부담스러운 이 알 수 없는 이율배반과 모순을.

# 연두색 크레용을 사고 싶어

보르헤스, 무한 반복의 변이, 장면의 기억과 언어적 표현, 아마도 그 순간 내게 신내림이 있지 않았나 싶어, 그날 뭉개진 초록을 비집고 햇살 사이로 요염한 나신을 드러낸 소나무, 늦장마 같던 강우가 잠시 쉬어가는, 하늘은 높고 투명했지. 오다 에이치로의 〈원피스〉라는 만화를 생각했어. 악마의 열매를 먹어 고무 인간이 된 루피는 팔다리를 마음대로 늘였다 줄였다 할 수 있는 해적이지. 축 늘어진 팔을 뻗어 숨 쉴 수 있을 만큼만 꽁꽁 묶듯이 안아 보는 생각도 하고, 가랑일 크게 벌려 한달음에 치달아 냉큼 뭔가를 훔쳐 도망치는 악당이 되기도 하는데, 저 질펀한 어둠 속으로 들어가면 사면을 수작하는 경광등이 감시망을 에두른 작은 방 하나, 그러나 빛의 난독증을 헤치고 항해하는 마음은 한 치 오차도 없는 좌표라지. 어떤 사진은 수많은 책을 한 장으로 압축하지. 보상, 그러니까 시간의 노고를 계산해 주는 것, 나이는 잊는 게 좋다고 말해 두었지. 녹음이 그랬어. 그런 걸 두고 어떤 이는 기시감이라고도 하지. 해지는 바깥 풍경에 넋을 놓고 있다가 밥보다 내가 먼저 뜸이 들고 마는 이 고원의 저녁 그림자를 생각해 봐. 내 인생의 연둣빛은 언제였지, 너무 늦었다고 말하진 마, 나는 아침이 오면 문방구로 달려가 연두색 크레용을 사고 싶어. 무엇이든 그 안에 넣어두려고. 우선 풀잎을 가득 그려볼 참이야. 있는 듯 마는 듯 곧 깨어날 꽃도 한 송이쯤 있으면 좋겠지. 내가 까치발로 걸어가 네 어깨를 살짝 건드려도 되겠니.

# 영속성 혹은 영생

적당한 구속이 약이라면 어디에도 소속되어 있지 않은 자유는 비애지. 오늘도 사람들은 영속성, 아니 영생을 굳게 믿으며 십자가가 걸린 예배당으로 모여든다. 나는 천상과 지옥 그 중간 어디쯤 서성대고 있는 듯하다. 칼세이건이란 천재는 왜 이런 생각을 했을까. "내가 죽게 되었을 때, 일정한 생각과 느낌 그리고 기억을 간직하며 다시 살 수 있다는 것을 정말 믿고 싶다. 하지만 그렇게 믿어보고 싶고, 오래전부터 내세를 주장하는 세계적인 문화적 전통도 있지만, 그것이 희망 사항을 넘어서는 이야기인지에 대해선 전혀 아는 것이 없다." 누구에게는 있고 누구에게는 없는 다음 생, 아니 영생, 믿고 싶을 뿐 믿어지지 않는 것, 참 아이러니다.

몸이 쇳덩이처럼 굳어 웬만한 태풍이나 폭설 따위는 조금도 두렵지 않을 때쯤 비로소 알아차리는 것이 생이라면, 태산을 지고 네게로 가는 지난한 여정 끝에 마침내 널 앞에 두고 정신이 혼미해진다면, 그건 운명의 장난이겠지. 영원처럼 느껴지던 순간들도 지나고 보면 찰나 듯이. 가끔은 영속성을 생각할 때도 있지만 조금만 비켜서면 그 영속성도 움직일 수밖에 없다는 걸 알게 돼. 함께한 날들이 길든 짧든 시간이 흐른 후에 단 한 순간만이라도 추억의 창고를 열어 꺼내 볼 그림이 있다면 그건 특별한 인연일 거야. 춥고 외로울 때 온기를 나누는 방법, 알잖아. 몸을 포개고 문지르는 행위가 아니라 오래 바라봐주고 끝까지 마음의 손을 놓지 않는 것.

# 이민자, 영원한 노마드

K의 부음을 들었다. 먼저 가 자리를 잡은 누이의 권유로 10여 전 년 미국 포틀랜드로 건너가 이민자의 대열에 합류한 그는 한국에서 하던 사업이 잘 안 풀려 목수 일을 배워갔다고 했다. 지난해 시민권도 얻었고 이제 겨우 자리를 잡을 시기에 전해 들은 그의 부음이라니, 가끔 바람결에 그의 소식을 듣곤 했다. 어떤 연유로 이민자의 삶을 택했는지 언젠가 그를 만나면 이야기를 들어야지 했는데 비보를 듣고 말았으니, 생각해 보니 그를 만나고자 한 것이 어쩌면 친구로서 작가로서의 아주 일반적인 호기심 그 이상 이하도 아니었다고 생각하니 알량한 죄책감을 피할 수 없다.

자신의 의지, 타자의 권유, 그도 아니라면 운명. 그러나 무엇을 이유로 삼더라도 이민자의 삶이 신산할 수 있는 주변인의 삶이라는 걸 이창래의 소설 '영원한 이방인'에서 보지 않았던가. 이창래만이 아니었다. 고려인, 재일동포, 조선족에 이르기까지 그들의 서정과 서사, 혹은 극양식과 관련한 독서 경험에서 잊을 수 없는 장면의 하나는 언어와 삶, 원주민과 대비되는 계층의 문제였다. 원어민과 버금가는 언어 능력을 갖추고 성공한 이민자로 그 사회를 위해 공헌하는 모범적 시민의 삶에서도 차별은 엄존했다. 계층적 차별과 진입 장벽의 한계를 인지하는 삶은 고단했고 물적 기반의 허약함을 염두에 둔 이민자의 삶은 빈궁했다. 정신적 압력을 지탱하기 위해 투쟁, 혹은 개조를 위해 총력을 다했을 의식 무의식적 긴장은 불안의 연속이었다. 그들 이민자 1세대, 혹은 1.5세대의 삶은 그랬다. 그들 중심에 언어문제가 위치한다는 사실을 이창래는 소설로 형상화했다.

먼 나라 낯선 여행지에서 나는 공원묘지를 자주 순례했다. 많은 묘비 중 행여 한국인의 이름이 있을까 싶어서, 어디에서 어떻게 살아도 우린 노마드일 뿐이지만 모국을 떠나(엘리트 계층에 자발적 선택이었을지라도 국가가 아니면 누군가 등을 떠밀었을) 살다가 타국에서 생을 마감한 사람들에 대한 일종의 부채감이랄까. 하지만 유감스럽게도 이민자들을 만나 구체적인 이야기를 들을 기회는 없었다.

생전에 자주 뵈었던 이성선 시인은 인도를 여행하면서 삶과 죽음에 대한 애착과 집착으로부터 자유로워졌다고 했다. 여행을 한다는 건 언제 어디서 생이 끝나도 상관없다는 걸 받아들이는 일이라는 말도 덧붙였다. 나는 그 뜻을 이해하고 있었지만 시인 앞에선 함구했다. 그 말을 들은 지 얼마 후 시인은 세상을 떠났고 나의 노마드 생활은 절정에 이르렀다.

여행자의 삶과 이민자의 삶은 닮아있지만 한쪽은 돌아오는 것을 전제로 한다면 다른 한쪽은 좋든 싫든 그 땅에 붙박혀야 한다는 것일 게다. 젊었을 땐 일 하느라 바빠서 잠시 잊기도 했겠지만 북에 고향을 둔 실향민들의 마음이 그러하듯 타국에 거주하는 이민자들의 마음도 크게 다르지 않으리라.

대한민국 강원도 어머니 자궁에서 태어나 목수 이민자로 살며 손가락 세개를 미국에 바치고 나머지 몸마저도 그곳에 내려놓은 K. 아메리카에서 미처 꿈을 이루지도 못하고 마지막을 의식했을 때 얼마나 외로웠을까. 지금쯤 기어이 고향으로 돌아오겠다고 대양을 건너오고 있는 건 아닌지 문득 그의 미소가 생각날 때마다 혼자 소스라치곤 한다.

# 안전한 매혹이 있을까

매혹은 언제 터질지 모르는 불안이라는 원료로 제조된 폭탄이다. 폭탄 같은 노을이 물든 숲으로 발을 들이는 순간 나는 곁에 누군가 있는 것처럼 이야기를 시작한다. 산문도 운문도 아닌 어떤 혼합된 장르의 대화체 언어가 입에서 난사되고 사람에게는 할 수 없는 방언 같은 말, 나무 들으라고 풀잎 들으라고 중얼중얼하는 모습이라니. 지금껏 내가 쏟아낸 말을 모은다면 숲을 이루고도 남을 것이다. 함정이 있다면 단어는 되는데 문장으로는 엮을 수 없는 절름발이 언어라는 것. 그러나 그 또한 계속하다 보면 대상은 사라지고 오롯이 나만 남는다.

사람은 떠나도 그가 돌보며 그늘을 즐기던 나무는 남아 늘 같은 자리에서 푸르다. 살다 보면 안방보다 자연이, 자연보다는 감옥이 더 편하고 안전할 때도 있는 법이다. 세상은 하나로 연결된 방이라지만 책무가 끝나면 그렇게 소중한 인연도 놓아야 할 날이 온다는 것. 저 만화방창萬化方暢 꽃들도 계절이 바뀌면 죽은 듯 시들겠지만 다시 필 것을 알기에 슬픔이 슬픔으로 끝나지 않는 거겠지.

엎드려 울기 좋은 밤이다. 자다가 깨어 다시 울어도 좋을 밤이다. 오늘도 달빛 그윽한 창가에 자리를 펴고 조용히 하루를 씻는다. 바람이 창을 두드리다 가고, 어둠이라는 망망대해의 항해와 더불어 모든 희락을 기도로 내려놓는 시간이다. 향기를 얻으려면 눈▩은 버리는 게 마땅하다. 서로 다른 곳을 보더라도 같은 생각을 하고 있다고 믿는 나는 그 앞에서 자주 무릎을 꿇는다. 내가 아무것도 아니라는 걸 알기에. 그러나 오늘처럼 이유 없이 울고 싶은 날이 있다. 아주 오래 그리고 깊이.

# 더 많은 수선화가 피더라도

없으면 못 살 것 같던 후배가 세상을 떴다. 마술처럼 한 사람이 사라졌어도 나는 여전히 이 밤의 불면을 염려하고 내일 오후 7시 약속을 걱정한다. 그러니 네가 있을 때나 없을 때나 다를 게 없다. 여행지에서 눈을 뜨면 침대에 걸터앉아 모닝커피를 함께 마시던 네가 없다니, 이게 상상이 아니라고? 맞다. 현실이다. 무엇보다 네가 떠난 자리에 더 소중한 다른 사람이 온다는 말이 몇 배는 달콤하게 들리기도 한다는 사실은 설명할 길이 없다. 마디마디 흉터를 화장으로 감추고 울 자신이 없다는 이유로 밥도 더 많이 먹는다. 그래서 울다가 또 웃는다. 따사로운 빛과 바람의 야유는 모른 척한다.

그런 거겠지. 이생은 도시락을 들고 물가로 나가 아주 잠시 빛을 즐기다 낡은 고무신 끌며 쓸쓸히 돌아가는 소풍 같은 거. 즐거움이나 걱정은 남은 자의 몫, 그러니 화내지 마. 서운해하지도 마. 나, 죽음을 알량한 슬픔 따위로 위장할 만큼 어리석지는 않으니까. 언제부턴가 어떤 서약도 없이 단 한 순간의 합일을 위해 일생을 허비했다는 걸 알았지만 그 사실을 외면하고 싶었던 우리는 지상의 구름 위를 따로 또 같이 걸어온 행자였을 뿐. 그걸 섭리라 해야 하는지 순리라 해야 하는지는 모르지만 부탁이야, 봄 내내 무덤 곁에 핀 한 송이 수선화가 시들어 뭉그러지더라도 그것이 나였다고 가슴 아파하지는 마. 행여 내년에 더 많은 수선화가 피더라도 그 또한 나는 아닐 테니까.

# 스승이었구나, 마른 꽃

모가지를 꼿꼿이 세우고 화석처럼 굳어버린 눈 속의 마른 꽃도 삭풍에 흔들리는구나. 한때는 이도 주목받는 꽃이었을 테니 향기는 잃어도 영혼은 잃지 않겠다는 듯, 무심하나 우주적 상상력을 자극하고 사고의 관철을 고집하는, 뉘게도 무릎은 꿇지 않겠다는 듯 저 작은 몸으로 하늘을 우러르는 결연함, 너도 소멸을 생각하는지. 그럴지라도 꽃아, 너무 서러워는 마. 오고 간다는 건 그런 거니까. 지난여름 나는 또 다른 네게서 수많은 별을 보았고 향기에 감탄하지 않았더냐. 잊었다고? 그렇지, 좋은 기억은 거짓말처럼 빨리 잊히는 법이지. 손을 내밀거나 어깨를 기대기엔 너무 애달픈 거리를 가진 친구들이여, 그러므로 이 산중 마른 꽃 앞에서 춥고 외롭단 말 함부로 말라. 뿌리에 남아있는 온기의 힘을 믿으며 낡은 몸을 끌고 고달프게 살아내는 동토의 꽃들이여, 민초들이여, 이제 보니 그대들이야말로 고행을 자처한 구루(스승)였구나.

# 고원이어서 더욱 빛나는
# 토리 음악숲

신생의 숲이 내 앞에 있다. 고요했던 심장이 스멀스멀 일렁인다. 모처럼 하늘이 맑아 바닥까지 훤히 비추는 햇살, 아! 하는 감탄사가 절로 터진다. 숲길을 안내라도 하듯 양옆으로 낮게 깔려있는 작은 등은 왜 이리 사랑스러운가. 하면 이 길의 비밀은 저 작은 등에 있지 않을까. 상상해 보라, 어둠이 내리면 하늘에 별이 나타나는 동시에 저 작은 등에 불이 들어오고 키다리 잎갈나무들이 서있는 길을 불빛 따라 걷다보면 어느새 음악숲에 도착하는 것, 나는 왠지 길을 잃어 요정이 사는 비밀의 숲으로 든 기분이다.

척박한 고원에 방풍림 역할을 해왔던 전나무 잣나무 낙엽송(잎갈나무) 특수조림지 34ha에 86만 그루의 나무가 자라는 숲에 산책로와 음악 공연을 위한 소박한 시설이 생겼다. 이곳은 40년 이상 가꿔온 국유림 특수조림지로 오랫동안 일반인에게 입산을 허락하지 않다가 지난여름에 처음 공개했다는 소식을 듣고 가봐야지 했는데 가을이 끝난 지금에야 찾아간 숲이다. 하늘은 찌를 듯한 잎갈나무는 옷을 모두 벗은 대신 길 가득 양탄자를 깔아놓은 듯 두둑하게 낙엽이 깔려있어 날씨가 허락한다면 맨발로 걷기에 그만인 듯하다. 정식 명칭은 '대관령 토리 음악숲', 차도를 살짝 비껴선 입구에 작은 팻말을 따라 약 20여분 완만한 숲길을 걷다보면 사방으로 우람한 전나무숲 사이로 소박한 공연장이 나타난다. 가는 길은 양쪽으로 높이 뻗은 잎갈나무 숲이지만 공연장이 가까워지면 사방으로 잣나무 전나무가 빽빽이 들어찬 우람한 숲이 기다린다. '음악숲'이긴 하지만 노약자도 무리 없이 걸을 수 있는 포근하고 잔잔한 산책로다.

이곳은 고도 1천 미터의 열악한 환경을 극복하고 조성된 숲으로 국내외 숲 행정가들이 견학을 올만큼 모범적인 숲의 전형을 보여준다. 숲 속 음악회는 하절기에만 열리는데 이에 따라 일반인 출입도 하절기로 제한적이다.

나는 이렇게 빈 숲을 한가로이 걸으며 시적 영감은 물론 자연과 교감을 나누는 걸 최고의 지복으로 생각한다. 그래서일까. 흔히 숲을 치유의 장소라 일컫는데 알려지지 않아서인지 이 숲만큼 그 표현이 어울리는 곳도 흔치 않을 듯싶다. 이제 곧 눈이 쌓이고 봄이 오고 여름이 오고 다시 단풍이 물들 것이다. 앞으로 나는 이 숲의 사계를 종달새처럼 자주 이야기 하게 될 예감으로 가득 차있다.

# 미쳐야 꽃도 피우고
# 그러는 거 맞지

숙박을 하지 않으면 커피라도 마시거나 넓은 가든을 걷다 오곤 하는 곳이 바로 서귀포 K 호텔이다. 이번에도 바닷길로 이어지는 오솔길을 따라 한 바퀴 걷다 보니 담 너머로 유난히 붉은 꽃무리가 시선을 끈다. 딱히 이곳이 아니어도 겨울과 봄 사이 제주는 발 닿는 곳마다 동백이 만개해 봄날 육지의 영산홍 무리를 연상하게 하지만 그중 가장 화려한 동백군락지로 신흥리 다음으로 이곳이 아닌가 싶다.

나조차 나를 사랑하지 않으면 안 된다는 듯, 절정일 때 바닥으로 뛰어내리는 동백의 붉은 유혹을 모른다 할 수 없어 호텔 밖으로 나가 수천 평은 족히 되는 저택 울타리 안의 꽃들을 염탐하기 시작했다. 대문에서 집안으로 드는 길은 동백이 터널을 이루고 바닥은 낙화한 잎으로 붉게 물들었다. 검은 담 위로 화사하게 얼굴을 내밀고 있는 동백은 붉은색, 분홍색, 흰색 꽃이 주를 이루고 눈이 모자랄 만큼 한 나무에 그리 많은 동백이 핀 건 처음 보는 듯했다. 꽃에 빠져 나는 바다가 한눈에 조망되는 그 저택의 주인을 부러워하는 것도 잊고 있었다.

그날 숙소로 돌아와 친구에게 동백꽃 사진을 전송하면서 짧은 메시지를 첨부했다. "미쳐야 꽃도 피우고 그러는 거 맞지?" 이걸 받은 친구는 뜬금없다

싶은지 무슨 일이냐 되물어왔지만 답은 하지 않았다.

얼마 전 본 〈EBS 다큐프라임〉 제목은 '식물의 성욕은 동물보다 강하다'였다. 제목을 보는 순간 내게 달려드는 이미지 하나, 나를 거듭 찾아가도록 유혹한 서귀포 어느 저택의 바로 그 동백꽃이다. 나는 꽃을 보면서 활화산 같은 붉은 다산이 무엇으로부터 온 것인지 궁금했는데 다큐를 보면서 그 의문은 조금씩 풀렸다. 모든 생명은 때가 되면 온갖 수단을 동원해 번식을 위한 행위를 한다. 한 자리에 있는 식물이라고 예외일 수는 없다. 내가 갈 수 없으면 그들을 오게 만든다. 움직일 수 없으니 그 욕구는 강할 수밖에 없고, 그것은 조류나 바람 같은 자연의 힘을 빌려서라도 성욕을 해결하고 포자를 번식하여 다산의 꿈을 이룬다 하니 흥미로운 일이 아닐 수 없다. 그래 미쳐야 꽃도 피우고 그러는 거 맞지? 친구는 뜬금없다 싶은 내 말을 어떻게 알아들었을까.

# 죽음이란 자연과
# 온도가 일치되는 것

"무덤 앞에 섰을 때 '죽음이란 자연과 온도가 일치되는 것'"이라던 너의 말이 내 등짝을 후려쳤다. 그것은 소스라치는 발견이다.

세월이 빚은 오름의 뭉긋한 선을 좋아하는 나는, 다르지만 무덤도 어떤 의미로는 오름과 같다. 나는 무덤 순례자다. 무덤을 보면 일종의 반가움이 앞서고 시공을 초월한 '재회'의 기분에 휩싸인다. 낯선 곳에서 묘비명 하나 없는 그러니까 어떤 정보도 없는데 "외로우셨죠. 저도 그렇답니다"하고 먼저 말을 건네는 건 조금도 이상한 일이 아니다. 사자死者의 전생도 그랬는지는 알 수 없지만 죽음도 외로움의 끝은 아니었구나 하는 생각과 함께 나는 곧 무덤과 친해지고 만다.

제주의 무덤은 육지의 무덤과는 다른 형태를 보인다. 무덤가에 정사각형의 돌담을 쌓는 것인데 평민의 무덤은 야트막하게 쌓아 쉬이 넘나들 수 있지만 신분이 높은 양반의 무덤은 봉분의 높이만큼 안과 밖, 한 치의 오차 없이 줄과 열을 맞춰 넓고 높게 견고한 담을 쌓는다. 이런 무덤은 출입문조차 없이 완벽하게 막혀있는데 출입은 안팎에 놓인 조붓한 돌계단이 그 역할을 한다. 아마 짐승들의 출입을 막고 누구라도 조상을 사모하며 뵈러 오는 마음이 어렵게 그곳에 닿을 수 있도록 하려는 뜻이 아닐까 싶다.

후손들이 새겼을 묘비의 문구도 이채롭다. 내용은 조금씩 다르지만 무덤의 주인인 조상은 평소 꼿꼿한 인품과 성실한 삶을 몸소 실천하신 지덕을 갖춘 분이었다는 걸 한자로 표시해 놓은 걸 몇 군데 확인할 수 있었다. 흙이 귀한 제주에서 그 높은 한라산 중턱까지 올라와 깊은 산 속에 조상을 모시고 세세토록 허물어지지 않을 견고한 돌담을 쌓고 그걸 지키는 마음이야말로 우리 민족이 가진 덕목이 아닐까 싶다.

맛난 도시락 들고 아름다운 장소에 좋은 맘으로 놀러 가는 게 소풍이라면, 따뜻한 봄날 초가집 닮은 무덤가에서 꽃과 바람과 새소리와 흘러가는 구름을 보며 한나절 가족소풍도 좋을 것이다. 그것은 살면서 일상의 참된 평화와 평정심이 어떤 것인지를 유감없이 알려줄 테니 현재의 삶이 척박하다고 느낄 때 한 번쯤 찾아가 보는 것도 좋겠다. 돌오름 입구, 눈 쌓인 작은 샛길이 궁금해 발이 빠지는 걸 무시하고 들어갔더니 역시 무덤이다. 최상의 자리에 조상을 모신다는 것, 무슨 설명이 필요할까.

작정하고 갔던 사려니 숲은 지독한 안개비로 한 치 앞도 분간하기 힘들었다. 그 탁한 시야 속에서도 무덤은 어찌 그리 내 눈에 잘 들어오는지, 평온하고 신비롭다는 말은 그럴 때 쓰는 것이리라. 누구에겐가 숲 속 무덤 만나러 한라산 간다 하면 그게 무슨 여행이냐 반문하겠지. 한라산 둘레길, 돌오름, 서귀포 휴양림, 숲 터널, 사려니 숲, 절물휴양림, 그 깊고 우람한 삼나무 숲에서 내가 본 동그란 집들, 혹 나는 무덤을 산자의 정원쯤으로 착각한 건 아닌지. 참으로 알 수 없는 일이다. 저승과 이승이 무에 그리 다르다고 호기심 가득한 아이처럼 나는 숲의 일부인 이름 모를 작고 동그란 무덤에 자꾸만 마음을 주는 것인지.

# 석양, 돌아서면 미치게 그리워할

석양에 혼이 나가 달리던 차를 멈추고 벌판에서 길을 잃을 뻔했지. 노을이
유난히 붉었지만 아름답다는 상투적 감탄사는 생각나지 않았어. 뭐랄까.
살면서 받은 서러움 모두 보상받은 기분이랄까. 나 지금껏 한 번이라도 저
리 붉게 타오른 적이 있었던가, 라고 자문하는 일만큼 어리석은 일은 없을
거야. 길 위에 아무도 없었기에 노을은 나만을 위한 신의 선물이 분명했어.
입을 틀어막고 몸서리를 쳤지. '너무 안전하게 살지는 말자'고 떠난 여행이
었는데, 나는 그 모든 안락과 서둘러 가야 할 길과 현재의 불편을 순간에 잊
고 말았어. 뭔가 불평하거나 핑계를 대기에 노을은 터무니없이 붉었거든.

천지가 백(白)인데 사흘은 더 눈이 내릴 거라는 예보다. 잠시 걸음을 멈추고
주변을 살핀다. 걸으면서 보는 풍경과 멈춰서 보는 풍경이 같은 수 없다는
걸 알기에. 발아래 밟히는 낙엽은 얼마 전까지만 해도 따뜻한 이의 향기였
거나 이름이었을 거다. 너는 폭설 다음 날, 가문비 숲에 조용히 깃든 햇살
처럼 왔지. 안락과 타협하지 않겠다는 너를 나무랄 생각은 없다. 청춘도 계
절도 지나가니까 애틋하듯 머물러있다면 행복도 그늘이었을 거야. 너는 내
안에 있어도 나를 방해하지 않고 멀리 있어도 나를 벗어나지 않으니 당연
하다. 몸이 묶이고 생각이 자유한 것과 생각이 묶이고 몸이 자유한 것, 어
느 것이 옳다고 말하는 건 모순이겠지. 그러므로 다른 사람을 만나도 너와

있다고 느끼며 각자 다른 장소에 있어도 동일한 것을 본다고 믿는다. 폭군처럼 싸워도 함께 무지개 뜬 강물을 바라볼 때처럼 돌아서는 순간 미치게 그리워하리란 것도 알고 있다. 시간과 침묵이 영혼 없는 말을 걸러내고 모든 불일치가 일치를 위한 것이었음을 온몸으로 이해하는 지금 살아보겠다고 허무의 구름다리를 서성거릴 때 내게 힘을 주는 이가 너였음을 비로소 알겠다.

# 빈 곳을 오래 바라보는 마음

결혼의 능력과 이혼의 능력이 동일하다고 보는 건 모순이다. 마음이 식으면 같이 있어야 할 이유가 사라지는 건 당연한 일, 아름다운 추억 하나를 만들기 위해 아름답지 않은 무수한 일들을 겪는 과정이 삶이라지만, 사람과 사람 사이의 믿음이란 심미적 교감과 더불어 어디에 있든 물리적 거리를 허물 수 있어야 한다.

그렇지 않으면 이생은 한낮 허구에 종사, 타인의 삶, 빈 곳을 오래 바라볼 줄 아는 마음, 상상은 본시 한 덩어리 단단한 고독으로부터 시작되었을 것이니, 시를 읽으면서 시의 행간을 더듬고 음미한다는 것은 물결이 만든 문장을 해독 인용하거나 표절만을 일삼다 끝날 뿐. 애면글면하는 사랑이라고 다를 리 없다. 한 번도 고백하지 않았으나 모든 순간이 고백이었던 것처럼, 자신을 경계하는 것이 자신을 지키는 일이란 걸 알기까지는 몰랐던 것이 너무 많다.

모든 물리적 존재의 떨림은 내 감각의 체온에 영원히 새겨져 있다. 상처는 고통으로 해방을 준다. 길상사 곁문 담장을 에두른 능소화를 보자 이런 생각이 들었다. 불모의 땅에서도 싱싱한 생명의 불꽃에서도 감각이든 관념이든 너는 나를 견디게 하는 지평선이고 돌이킬 수 없는 시간이며 빛이다.

어떤 침묵은 너무 소란하다. 무엇을 해도 허무한 날이 있듯, 무엇을 해도 구름 위를 걸을 때처럼 막막하고 아득한 날이 있다. 그럴 땐 역시 사람보다는 자연이 일러주는 길을 가는 게 맞다.

행복은 산을 오르며 갈등을 푸는 과정에 있다고 했다. 꽃이 피고 한 계절이 온다는 것은 한세상이 열린다는 것이고 꽃이 졌다는 건 한 생이 문을 닫았다는 걸 의미한다. 아직 나는 꽃의 눈물을 본 적 없지만, 꽃은 스스로 가장 아름다운 시절을 간직하고 싶어 생의 마지막 순간까지 화장化粧을 지우지 않는다는 소문을 믿기로 했다. 그렇지 않고서야 꽃이 바닥에 떨어진 후에도 본래의 색깔로 저리 아름다울 순 없지 않겠니.

## 저 먼 별에서
## 내게로 오고 있는 그대

이 거대한 섬을 떠나 망망대해를 항해할 때 나는 언제까지나 그대가 나의 등대가 되길 바랐지. 노를 젓다가 손바닥에 굳은살이 깊어지고 드디어 살점이 너덜거리는 고통의 언저리, 한번 내리면 다시는 돌아가고 싶지 않을 내 생의 마지막 피안이 거기 있을 것만 같았던, 하지만 오래 같은 자리를 지키는 동안 왜 나는 지난한 희락을 마다하면서까지 저 먼 별에서 내게로 오고 있는 그대의 등대가 되겠단 생각을 하지 못한 걸까. 바보천치같이.

# 한 번도 경험하지 못한
## 생소한 문장들

1.

추위에 노랗게 떨고 있는 달맞이꽃 한 송이, 저 고집을 누가 말리지. 서리소식에 기다렸다 내년에 오랬더니 기어이 맨발에 얇은 홑치마 차림으로 왔구나. 오고 말았구나, 이제 막 꽃을 피워 이리 곱기만 한 너를 어쩌면 좋으니,

단풍이 치정처럼 붉다. 누구에게든 들킬 일 없는 가슴앓이, 심지어 나에게도 들키지 않는 사랑, 누군들 꿈에 빚진 자 되고 싶으랴. 우리가 상처라고 말하는 모든 것은 대개 상상 속이거나 꿈이었다. 바람이 찬만큼 하늘은 푸르다. 늦은 저녁 맨살을 스치는 바람은 삶을 깨우고 죽음을 환기시킨다. 구절초가 하얗게 웃고 있는 산길을 조금 걸었을 뿐인데 숨이 차올랐다. 어둠이 가만가만 대지에 내려앉아 돌아서 나올 때, 놀래라, 살면서 한 번도 경험하지 못한 생소한 문장들이 꽃으로 피어 나를 반긴다.

가장 아름답다는 직전은 언제 지나갔는가. 들판이 끝물로 치닫는다. 생이 이렇다. 출발했나 싶었는데 어느새 도착이다. 무엇도 그대로인 것은 없는데 내가 그대로이고자 한다면 그것은 얼마나 추한 욕심인가. 이미 새긴 옹이만으로도 충분하지 않나 싶다. 너는 뛰어오는데 나는 걸어갔으니 반이란 의미는 무의미하다.

나는 봄부터 가을까지 몇 다발의 바람을 네게 바쳤고 나 자신에겐 얼마의 꽃을 선물했던가. 안락과 안착은 나와 무관했으며 경건한 마음으로 소욕에 족하고자 파란 하늘 아래 홀로 무릎을 꿇었다. 바람이 뺨을 보듬고 가는 이 난감한 행복을 평화로 받았고 소리 내어 '사랑해'로 고백했다.


2.
문득 이런 생각에 사로잡힌다. 과거를 건드려주는 현재, 가도 가도 끝이 보이지 않는 거친 사막에 서 보는 것, 영원히 닿을 수 없을 듯한 푸른 초원을 달려보는 것, 오로지 두 발로 걸어서 더 높이 더 멀리 올라가 보는 것, 망망대해를 헤엄쳐 보는 것, 숨이 멎을 것 같은 적막 속에 가만히 있어 보는 것, 폐허에서 꽃을 기다려 보는 것, 구름처럼 여여해지는 것, 수억 년의 고독이 몸을 휘감고 있는 겨울 숲을 맨몸으로 걸어보는 것, 행복한 은둔자가 되는 것, 기고 걷고 뛰어서 궁극엔 저 먼 본류에 닿는 것, 모든 규율과 윤리와 도덕적 명령에 불복종을 선언하고 지금은 떠나고 싶다.


3.
감각이 초침처럼 날카로워 마음을 베이기 일쑤다. 스티브 잡스의 말을 빌리지 않더라도 남은 시간 우리가 할 일은 작더라도 꿈을 이루었다면, 다음은 꿈과 무관한 것을 찾아야 한다는 것. 어떤 것도 마지막까지 가지고 갈 수 없다는 걸 기억하는 것도 중요하겠다. 그러므로 소중한 것은 조금 멀리 두는 냉철함이 필요하다.
불안을 장복한 후유증은 생각보다 오래간다. 뭉그러지고 부서지기 위해 태어난 저 빛과 어둠의 입자들이 이루는 조밀한 세상. 나는 평생 오직 한 사람만을 닮고 싶어 했다. 심지어 그가 절망을 통과하는 것까지 부러워했다. 음식을 시킬 때나 책을 고를 때도 우리는 달랐다. 그것은 취향이 아닌 색깔과 깊이의 문제에 가까웠다. 시간이 흐른 후에야 그것이 믿음이었고 끝까지 내게 힘을 줄 수 있는 존재가 그였음을 알았다.

봄이 되면 저마다 묵은 이력서에 한 줄이라도 보태 정규직에 새로운 도장을 찍겠다고 찾아올 잎새들, 앞산의 붉은 가을이 좁은 거실로 마구 물결쳐 온다. 석양이 질 때면 화염에 휩싸인 분화구처럼 후끈 달아오른다. 불길이 산으로 집으로 번져나갈 때 나는 더 이상 숨을 곳이 없어 항복하고 만다. 아주 멀고 아주 가까운 파란 하늘 아래 눈썹달이 차갑게 느껴진다. 조락을 잊더라도 가을은 나로 상징되는 모든 것들이 한과 청승과 눈물을 경유한다. 떠날 채비를 하는 가을에게 김혜순의 〈열쇠〉라는 시 한 구절을 빌려 묻는다.

"당신은 왜 나를 열어놓고 혼자 가는가."

# 더 많은 오늘 같은
## 신산한 날들

한밤중 불을 끄고 거실 바닥에 등을 펴고 누워 있는데 사~삭 심장을 긋는 소리. 누군가 50층 높이에서 추락하는 나를 안고 지하로 사뿐히 내려앉는 느낌, 이게 뭘까 하다가 방으로 들어와 새벽을 맞았는데 TV 곁에 둔 호접란 화분에 꽃이 지는 소리였다는 걸 아침에야 알았다. 그것도 세 장이 동시에 말이다. 그렇다. 지는 것은 눈물보다 서럽고 애잔하다.

더는 버릴 것이 없을 때 겨울은 온다고 했다. 잎보다 꽃이 먼저 와서 눈부셔도 눈부시다 말할 수 없는 순간도 있었으리라. 그 많은 꽃들은 어디쯤에서 빛을 외면하고 어둠을 받아들였을까. 그 무게를 내려놓았을까. 하지만 이제는 빈 가지도 나만을 위해 존재한다고 믿고 싶다.

거친 바람으로 을씨년스럽기만 한 오늘, 그리고 앞으로도 계속해 바람이 불 더 많은 오늘 같은 신산한 날들, 누구의 선물일까. 아침 햇살은 거품처럼 내려앉더니만 저녁은 어디서부터 이토록 붉은 빛을 데려왔을까. 쓸쓸도 외로움도 살아있어서 누리는 찬란이거나 착란 아니던가. 오늘도 그 길을 터벅터벅 걸어가는 우리, 그러니 어찌 살아야 행복한지는 묻지 말자.

# 꽃이 시들었으니
# 새로운 꽃을 꽂았을 뿐

화병에 꽂아둔 작약 꽃잎이 투둑 하고 지는, 소리 없는 소리엔 촉각이 곤두
서는데 소중한 이름, 지명, 맞춤법, 스마트폰 조작법, 약 먹는 시간 등 수없
이 반복하는 이 사소한 일상은 시도 때도 없이 잊는다. 그럴 때 마다는 아니
지만 가끔 생각해 본다. 나란 사람, 실수를 통해 배우는 능력이란 것이 있긴
한지.

얼마 전 노환 중인 아버지를 정성으로 보살피는 배형우 님의 글을 읽고 뼛
속까지 추려낸 아주 잘 여문 한시 한편을 만난 듯 좋았다. 그런데 오늘 그가
아버지를 보내드렸다는 소식을 접했다. '꽃이 시들었으니 새로운 꽃을 꽂았
을 뿐 버린 게 아니다'란 절창이 그냥 나온 말이 아니었던 거다. 역시 좋은
글은 이렇게 간결하지만 그윽하고 깊다.

"가끔 쓰는 청하 잔에
꽃을 꽂아놓고 손톱을 깎는다.
아버지의 손을 잡아드릴
내 손을 고맙게 여기면서,
마음은 맑은 강에
예쁜 꽃이 떠 흐르듯 하기를 바라면서."


"꽃이 시들었으니
새로운 꽃을 꽂았을 뿐
버린 게 아니다."

# 선재길, 화엄(華嚴)을 꿈꾸다.

오대산 월정사 천 년의 숲을 살짝 비켜 왼쪽 구름다리를 시점으로 상원사까지 이어지는 선재길(옛길)은 천 년 고찰 월정사와 월정사의 말사인 상원사를 잇는 약 10킬로미터의 야트막한 숲길이다. 이 길은 차도가 생기기 전까지 월정사와 상원사를 오가던 불자<sup>佛子</sup>를 위한 구도의 길이었다.

그날 나는, 동안거가 끝나는 스님처럼 대관령을 벗어나 선재길을 걷고픈 마음에 잠을 설쳤다. 이른 아침, 월정사 일주문 밖에 차를 두고 전나무들의 환영을 받으며 '천 년의 숲'부터 걷기 시작했다. 시간이 길수록 가속을 더 하는 걸음은 풍경이 알아서 제지해 주었다. 월정사 경내를 둘러본 후 지장암을 지나 회사거리에서 얼음이 풀린 계곡으로 내려서자 도처에 봄의 전령인 버들강아지가 행자를 반긴다. 산이 깊어 그런가, 기온으로 치자면 계절은 봄보다 겨울에 가깝다. 하지만 숲의 내장까지 비추는 햇살이 있어 견딜만 하다.

걷는 내내 조릿대와 이제 막 흙을 박차고 올라오는 새싹들이 수런수런 말을 걸어오는 듯하다. 천 년의 숲이 계곡을 따라 흘러가고 오솔길도 구불구불 바람을 따라 흘러가는 선재길, 이 숲길은 할머니가 들려주시던 옛날이야기처럼 나직이 이어진다. 느리지만 멈추지 않고 몇 개의 나무 데코를 지나 출렁다리를 지나 섶다리를 건너고 다시 연화교를 건너 동피골을 지나자 비로소 상원사주차장에서 평탄한 길은 끝난다. 상원사로 이어지는 오르막에선 다시 양쪽으로 도열해있는 전나무들이 기다린다. 사철 초록을 고집하며 천 년을 산다는 전나무는 우람하기 그지없고, 온갖 고난에 맞서는 품새에선 포용과 기품이 넘친다. 먼 곳을 바라보는 시선에는 결기가 느껴져 쉬이 범접할 수 없다. 이쯤에서 예까지 온 걸음이 헛되지 않았다는 걸 예감치 못할 자는 없으리라.

나는 구간을 세 파트로 나누어 4시간쯤 걸었다. 겨우내 쉰 탓인지 중간에 무거운 두 다리가 애를 태웠지만 모른 척했다. 걷는 내내 구름이 쫓아오고 도처에 화엄의 세계에서 속세로 나갈 수 있는 다리의 유혹에 마음이 흔들린 건 숨기지 않겠다. 잠시 걸어도 이런데 그 옛날 세속의 연을 끊고 수행을 위해 오가던 스님들의 마음은 오죽했으랴. 그러나 이 길이 좋은 건 마지막 구간을 제외하면 고저 없이 평탄해 나 같은 사람이 무위자연無爲自然 하며 걷기엔 이래도 되는가 싶을 만큼 친절하고 다정다감하다는 것. 바람은 헤살스럽지만 숲의 속살에 닿는 빛을 고마워하며 오후엔 한결 온순해진 숲과 포실해진 흙이 두 다리에 힘을 실어 주었다.

숲이라고 어디 나무만 있으며 절이라 하여 부처님만 계시겠는가. 월정사 경내 팔각 구층석탑으로 눈이 호사했으니 상원사의 보물 동종도 놓치지 말아지. 상원사 고양이 석상 곁에 서서 든든한 백두대간 등줄기를 배경으로 단정히 서 있는 석탑을 바라보노라니 숲길을 걸을 때와는 다른 감동으로 가슴이 차오른다. 걸을수록 산은 깊어지지만 그만큼 멀어지는 세속의 거리, 그리고 보니 숲에 머물렀던 시간 그 자체가 화엄이 아니었을까도 싶다. 쉬엄쉬엄 걷고자 했으나 거친 발이 욕심을 부려 힘들게 궁기를 지냈을 어린 짐승들이 놀라 달아나게 한 건 내 잘못이 크다. 그러다 내가 어디로 가고 있는지, 가야 하는지 잠시 길을 잃기도 하였다.

늦은 오후, 선재길이 끝나는 상원사 석탑 앞에 섰을 때 알 듯 모를 듯한 그 것, 지금 눈 앞에 펼쳐진 진경이 화엄이라면 내가 휘청거리며 온 저 길도 화엄이었을까. 하지만 다 왔구나 싶은 이곳도 결코 끝이 아니었던 겐지 잠시 망설이고 있을 때 스님께서 타이르듯 일러주신다. 저 가파른 돌계단을 올라보라고, 석가모니의 진신사리를 모신 신성한 곳 적멸보궁寂滅寶宮이 기다릴 거라고. 적멸寂滅이라니, 모든 번뇌가 사라진 마음 상태, 즉 보배로운 궁전을 일컫는 적멸보궁, 그러니까 적멸은 닿을락 말락 하는 저 높은 곳에 있기도 하거니와 옛길을 홀로 걷는 동안 내 마음 안에 깃든 구름 같고 햇살 같은 평안이었음을 비로소 알아차린다. 선 자리에서 조금만 오르면 있을 피안은 마음 안에 고이 묻어둔 채 옷깃을 여미고 하산을 서두른다. 화엄을 여기 두고 또 다른 화엄을 꿈꾸며 저잣거리로 돌아가려는 나는 대체 누구이며 무엇인가.

# 미안하다. 작은 초록 애벌레야

산에 갔다가 빈손이 허전해 나물 한 줌이라도 뜯어오는 날은 조심한다고 해도 작은 벌레들이 따라와 집안을 날고 긴다. 나물 봉지를 열어 서너 시간 밖에 두고 나물을 따라온 벌레들이 자유의지로 탈출할 기회를 주는 건 기본이다. 식탁에 신문을 펴고 다듬는 과정에서 다행히 눈에 띄면 구사일생으로 목숨을 건지지만 그렇지 못한 것들은 뜨거운 냄비 속으로 들어갈 수밖에 없다. 데친 나물 냄비에서 애벌레가 허연 배를 드러낸 걸 보면 매번 기분이 불편해진다. 헌데 나 살자고 내 몸이 사주한 일을 모르쇠로 변명하려는 심사는 뭘까. 애벌레는 평소와 다름없이 있을 자리에 있었을 뿐인데, 죽은 자는 말이 없으니까, 나는 뻔뻔스럽게도 내가 침입자였다는 걸 잊고 애벌레의 일방과실로 덮어씌우기까지 한다. 신께서 인간에게 나는 죄인이로소이다라는 기도를 가르친 건 그럴만한 뜻이 있었을 거다. 먹어야 연명할 수 있는 모든 존재는 알게 모르게 약육강식이라는 죄의 연결고리를 벗어날 수 없다. 죄가 없다면 참회라는 단어도 존재하지 않았으리라. 이것이야말로 덫을 놓고 짐승이 걸려들지 않기를 바라는 것처럼 얼마나 모순적인가. 누구에게는 전 생애가 걸려있는, 그러니까 나는 잊어도 너는 차마 못 잊는 죄가 미필적고의未必的故意는 아닐까. 알게 모르게 너무 많은 칼자루를 휘둘렀구나. 미안하다. 정말 미안하다. 작은 초록 애벌레야.

# 화사한 고독

비가 내리던 어느 해 4월, 그가 온다는 기별을 받고 나는 차부로 마중을 나
갔다. 그것이 첫 만남이었는데 그치지 않고 내리던 봄비가 좋은 예감을 주
었다. 우리는 월정사로 향했다. 달리는 길에는 4월의 화사한 봄꽃들이 들판
에서 비를 맞고 서 있었다. 운전 중에도 나는 저 꽃 좀 보라며 손짓을 했다.
내 목소리는 잠겨있었지만 꽃의 마음을 전하는 데는 문제가 없었다. 몇 그
루 꽃이 만개한 나무를 보며 고찰 월정사에 도착하니 그곳 또한 꽃천지다.
우리는 사찰을 비켜 인적 없는 숲길을 걷고 또 걸었다. 비와 운무가 숲을 휘
감아 믿기지 않을 만큼 시공을 초월한 순간순간들이 마치 전생처럼 아득하
기만 했다.

봄꽃이 빨리지는 건 에너지를 한꺼번에 많이 소모해서라든가. 그가 떠나고
그 나무(꽃)들이 보고 싶어 다시 갔을 때 달리는 차 안에서 보았던 그 느낌
은 아니었으나 여전히 나무와 꽃이 주는 화사한 고독감은 어쩔 수 없었다.
뭔가를 끊임없이 희구하는 인간의 삶도 고독을 빼면 아무것도 아니듯 단
며칠 꽃 피우기 위해 평생을 삐딱하게 서서 견뎌낸 나무의 시간이란, 세상
의 꽃들은 외로움과 애틋함의 힘으로 피겠구나. 그런 깨우침도 순간에 일
어난 감정의 변화만은 아니지 싶었다.
비와 안개를 떼어내고 생각할 수 없는 그가 얼마 전 길 위에 있다는 소식을

전해왔다. 어느 낯선 길을 걷다가 그해 4월 우중 함께 스치며 보았던 왠지 슬프고 화사한 그 꽃을 기억해 낸다면 어떤 생각에 잠길까. 그리고 그날의 나는 또 어떻게 기억될까. 인간은 상상의 동물이랬지. 이 작은 생각은 즐거운 위로를 준다. 지금 내 책상 위에 읽다 만 책은 조선 후기 문필가 이옥이 쓴 『선생, 세상의 그물을 조심하시오』이다. 마치 길 위의 친구가 조용히 내게 타이르듯 이르는 말 같아 이 글을 쓰며 잠시 움찔했다. 혹 그가 이 글을 읽는다면 이 말은 내가 그에게 이르는 말로 들리기도 하겠지. '선생, 세상의 그물을 조심하시오.' 대체 그게 뭘까. 복병처럼 숨어있는 세상의 그물, 그물들.

# 시간에게 답을 구해보는 건 어때

1.

시詩는 수학처럼 개념을 익혀 쓸 수 있는 장르가 아니지. 수많은 창작 이론서들이 있지만 시 쓰기란 포즈 없는 감성이 요구되며 경험이 몸을 통하고 영혼을 거친 후 추상화되지 않고 자신만의 언어로 재해석한 문학이잖아. 그것은 이론보다 철학적 영감과 사유를 바탕에 두고 형식에서 자유로워져야 하는 것을 의미하는지도 몰라.

2.

너는 늘 처연하거나 우울했지. 눈에 물이 그렁그렁 담겨있을 때 빛나던 신비로운 색깔을 아마 나는 임종까지 가지고 가지 않을까 싶어. 우울과 슬픔, 그것이 너를 살게 가는 힘이라 느꼈지. 높고 안전한 길을 두고도 낮은 길을 걸어가는 너를 볼 때마다 내 슬픔은 얼마나 소소하며 내 욕망 또한 얼마나 수치스럽고 가벼운가를 확인하곤 했어. 너는 언제나 너의 색을 고집했고 드디어 우리는 각자의 색을 인정하게 됐지. 시간이 흘러 다른 둘의 합이 이런 결과물을 갖게 되리라는 건 몰랐지. 다만 오늘보다는 내일이 덜 힘들 거라 예상하는 건 그렇게 되기를 바라서인 거지만 실은 그럴 수 없다는 걸 알기 때문이라는 것도 우린 알지.

그해 겨울 우린 산을 오르고 있었지. 처음부터 고봉에 오르려는 목적은 아니었지. 다만 그렇게 좋아하는 산에 조금이라도 더 오래 머물 수 있기를 바랐을 뿐. 모든 자연은 소유하는 게 아니었어. 히말라야에서 그랬듯 이 숲에서도 가장 중요한 건 얼마나 오래 머무르느냐가 관건인 거지. 잠시 스치는 빛이 아니라 오래 머물고 즐기는 문학, 우리를 독려하고 필요한 건 그거였잖아.

# 할머니의 꽃자리

모든 것은 때가 있지만 자연에 기대 사는 삶이니 더더욱 예외란 없다. 지난 며칠간은 밤마다 세찬 빗소리를 들었다. 한갓 사람인 나는 연두가 짙어지려면 비가 조금 필요했던 모양이라 짐작할 뿐이지만, 그 숲에 내가 좋아하는 취나물과 두릅이 살을 찌우고 있을 거란 생각도 기대감을 부풀게 했다.

매일 신선한 공기를 마시며 숲을 산책하고 몸을 움직이는 대가로 먹을거리를 얻을 수 있는 이 작은 수확은 자연 속에서 일상이 주는 기쁨을 온몸으로 느끼게 한다. 이 시기를 기다리다가 지금처럼 매일 갓 딴 나물로 배가 부르고 창자에 초록 물이 들더라도 달리 바라는 것이 없으니 감사할밖에.

자연에 기대 사는 건 노동과 지혜 없이는 불가능한 일이다. 남해 창선에 고사리밭을 갖고 계신 할머니는 봄비가 내리면 대밭의 죽순만큼 고사리 자라는 속도가 어찌나 빠른지 때가 되면 식구들 모두 대기하고 있다 하루에 서너 번 48시간 안에 고사리 수확을 마쳐야 한단다. 그 48시간을 놓치면 1년 농사를 망치는 거란다.

앞마을 권사 할머니 집에 들렀더니 흰 꽃, 분홍 꽃이 만발한 건넛산을 가리키며 흐뭇하게 웃으셨다. 나는 꽃이 좋아 그러시나 보다 했는데 그게 아니

었다. 할머니는 그가 평생 체득한 지혜의 수를 내게 넌지시 알려 주시는 게 아닌가. "자네, 아나? 지금처럼 봄 산 어느 자리에 분홍 꽃과 흰 꽃이 피는지 그 꽃자리 잘 보아둬, 그랬다가 여름이나 가을에 그 꽃자리를 찾아가면 돌배나 개복숭아를 딸 수 있거든," 아하! 했다. 그러니까 할머니는 내가 소소한 나물에 눈을 줄 때 올해도 당신만의 그 꽃자리를 눈으로 그리고 계셨던 거다.

# 돌아왔다는 말은 맞다

먹이에 굶주린 하이에나처럼 모두가 먹잇감으로 보이는 도시의 문명은 내게 무엇을 주었던가. 터질 듯 배를 채워도 포만감이 없던, 해 질 무렵이 되어서야 비로소 세상이 좋아하는 것이 아니라 내가 원하는 삶을 살겠노라는 다짐이 과연 어떤 의미가 있을까. 필요한 것이 있다면 중심을 놓친 세상의 잣대가 아니라 내 마음이 정한 속도에 따라 천천히 몸과 마음을 선한 쪽으로 움직이는 것, 빛을 느끼고 달달한 공기와 바람을 느끼고 그 느낌을 오롯이 내 것으로 누리는 것.

믿기지 않을 만큼 찰나에 스러지는 것이 노을이다. 오늘도 열심히 도마질을 하다가 잠시 창밖으로 눈을 돌렸을 때 기어이 '아!' 하고 말았다. 이 산골은 4월을 건너 5월이 되어서야 비로소 연두가 홍역처럼 번진다. '연두'를 '연두'라 하고, '초록'을 '초록'이라 불러주는 것이야말로 얼마나 멋진 예찬인가. 나는 이 숲의 세입자에 불과하지만 때마다 용의 거처라는 흰 구름과 말간 달이 반기는 이곳 쉼터라면, 돌아왔다는 말은 맞다.

# 경이로운 새 갈매기

지상의 모든 갈매기들은 붉은 노을을 바라보며 저녁을 맞는다 했다. 바람이 두렵긴 해도 피하진 않는다. 어떤 광풍에도 몸을 낮추거나 머리를 반대로 돌리는 법이 없다. 오직 가는 두 다리로 세상과 맞설 뿐, 그것은 추락의 비애를 아는 자, 바다를 지배해 본 자만이 가질 수 있는 자세다. 그 의지가 너무나 처절해 경이로운 새, 갈매기.

하늘을 날 수 있는 자만이 꿈을 꾸는 건 아닐 거다. 모처럼 푸른 바다 위를 나는 갈매기와 그 갈매기를 쫓은 아이들을 보고 보름 만에 집으로 돌아왔더니 5살 지우가 나를 기다렸나 보다. 장난기가 발동한 내가 제안했다. "지우야, 오랜만인데 우리 뽀뽀 열 번만 할까?" "네" 분내 젖내 살내 나는 아이의 양 볼에 뽀뽀를 하면서 하나둘~ 열 번이 될 때까지 우리는 숫자를 세고 있었다. 그런데 열 번을 지나 열두 번을 마친 후에야 비로소 나를 풀어주는 지우, "왜?" 하고 물으니 "보고 싶었으니까" 란다. 심쿵.

# 아픈데 날씨 핑계를 댄다

산책에서 돌아오니 햇살이 차 안에 그득하다. 햇살 곁엔 보석 같은 슬픔이 있지만 둘 다 찬란하기는 마찬가지. 정신이 육체를 통제할 수 있다는 건 가설이다. 인간이 진실을 대신하거나 증명할 수 있는 건 오직 몸뿐이고, 몸은 행동을 기억하고 반영하는 명확한 실체다. 하지만 만성두통을 날씨 탓으로만 돌리는 건 좀 그렇지 않은가.

우울에 집중하는 사이 숲은 몰라보게 예뻐졌다. 초록은 초록끼리 온화하면서도 치열함을 보여준다. 나를 결박해온 자는 결국 나 자신이었다. 그러니까 안팎이 달리 해석되는 건 불합리하다. 폴 발레리는 '본다는 것은 보고 있는 것의 이름을 잊는 것.'이라고 정의했지만, 이것은 하나는 취하고 둘은 취할 수 없다는 말처럼 들리기도 한다. 보이지 않는 길을 찾으려면 보이는 길을 버리는 것이 최선 아닌가.

언제부턴가 집안의 모든 시계가 무음이다. 대책 없이 입을 틀어막고 바늘만 움직이는 고문을 시계는 잘도 견뎌낸다. 전에는 초침 분침 시침이 제각각 소리를 내며 움직였고 뻐꾸기나 종소리가 시간을 알려주어 그 소리가 기다려지기까지 했다. 우린 그를 믿고 학교에 가고 밥을 먹었지만 지금은 천덕꾸러기 소음이 되었다. 이제 우리는 부끄러운 어른이 되어 달면 삼키고 쓰면 가차 없이 뺄는다. 치과 앞에서 들어가지 않으려고 떼쓰며 우는 아이를 보았다. 어찌 생의 공포가 치과만이겠는가.

# 나는 내가 아무것도 아니라는 것에
# 동의한다

1.

이 산골의 고요를 뻐꾸기가 깬다. 나는 지금 7월 전나무 아래 앉아있다. 뜨거웠던 해가 서산을 넘자 바람이 사랑받고 있을 때의 밀도로 나를 유혹 중이다. 이럴 수가, 내 마음이 지옥일 땐 상상할 수 없었던 유쾌한 감정이 천지사방으로 번지는 느낌이다. 나에게 옳다고 너에게도 옳을 순 없겠지만 이것은 나의 좋은 기운이 너의 심장에 전달되기를 바라는 일종의 의식이 아닐까 싶다.

그렇게 아끼는 단 한 잔의 커피를, 내 팔이 내 생각을 무시하고 컵을 치는 바람에 반쯤 남은 커피가 엎질러지고 말았다. 아까워라. 순식간에 일어난 일이라 엎질러진 시간이 땅속으로 가뭇없이 스며드는 걸 망연히 바라보아야만 했다. 처음엔 아까웠지만 그 생각이 사라지자 혹여 뜨거운 커피가 작은 생명에게 살인의 무기가 되지 않았기를 바라는 마음이 일어났다.

2.

거미가 생존을 위해 기막힌 건축술로 허공에 집을 짓듯 자신만의 완벽한 소유와 구속을 전제하는 것이 사랑이다. 죽을 만큼 외롭단 말은 견딜 만큼 외롭단 말이다. 자연은 때로 매몰찬 폭력을 서슴없이 행사할 뿐 인간이라는 종을 특별히 배려하지는 않는다. 자기 방식대로 묵묵히 풀어놓되 강요하지 않고 외려 방관하듯 한다. 그럼에도 우리는 엄마에게 혼이나 울다 지친 아이가 다시 엄마의 품에 되 안기듯 때가 되면 자연의 품으로 돌아가는 데 주저함이 없다.

겨우내 움츠리고 있다 생기가 차오르는 봄이 되면 그 어떤 꽃보다 예쁜 연두라는 꽃, 사람이든 나무든 얼마나 오래 사느냐가 아니라 어떻게 사는지가 문제겠지. 배려란 구속이 아닌 일정한 거리를 두고 바라보며 기다려주는 것을 의미한다. 마치 어떤 신호로 몸과 정신에 통증이 온다면 그건 소통을 전제한 필요한 절차일 것이고 더 큰 참사를 대비한 예방주사로 생각하면 된다. 그걸 알면 통증은 고마운 선물로 바뀐다. 우리는 모두가 잠재적 가해자임과 동시에 피해자다. 마음을 비우고 바라볼 수 있어야 자신을 볼 수 있고 중심에 설 수 있다.

깊은 숲으로 들어가 앉아있었다. 물푸레나무 그림자가 몇 번인가 나를 가로질러 가는 것 말고는 아무 일도 일어나지 않았다. 나는 지극히 사소했고 결국은 아무것도 아니었다.

# 사람이든 꽃이든
# 수수한 것이 좋다

언제부터 우리는 꽃집에서 꽃을 사게 되었을까. 포장이 그럴듯해야 꽃이 꽃다워진다고 생각한 걸까. 어디서든 손만 까딱하면 지정된 시간 지정된 장소에 꽃을 배달하게 되었을까. 어릴 때 처음 꽃의 존재를 자각한 건 앞산의 진달래나 뒤란 장독대에 채송화가 전부였다. 꽃이 필요할 땐 산이나 들로 달려가 꺾어오는 것이었고, 꺾은 꽃을 허리춤에 감추고 살금살금 그녀에게로 가 발개진 얼굴과 심장이 요동칠 때 불쑥 건네고 냅다 달아나는 것이었다.

시골에 마음 두고 살다 보니 나는 여전히 꽃을 돈으로 사는 게 불편하다. 돈과 바꾼 꽃은 뭔가 부자연스럽고 선물답지 않으며 마치 기성품 같다는 생각, 화원에서 구입한 꽃은 화학조미료가 첨가된 인스턴트음식 같아 꽃 자체의 순수미가 없달까. 과장이나 거짓은 울림이 없으니 흥미가 없다. 주객이 전도된 듯 꽃을 돋보이게 하는 포장은 공장에서 대량생산한 상품을 연상시킨다. 사람이든 꽃이든 자연스럽고 수수한 것이 좋다. 나는 나풀거리는 꽃무늬 치마를 입고 지천에 꽃인 봄 소풍을 생각한다. 혹 그대가 아직도 내게 주고 싶은 꽃이 있다면 이곳으로 와 함께 걸으면 된다.

나는 오늘도 드넓은 야생의 꽃밭에 나를 방목하고 그대를 기다린다. 다행히 막차가 오려면 서너 시간은 더 남았다. 외로울 때 기다려지거나 생각나는 꽃 같은 사람, "나는 채송화가 세상에서 제일로 예쁜 꽃인 줄 알았는데 너는 더 예뻐"라고 말해준 너와 10년 뒤쯤 앞마을 꽃동산에서 나비를 쫓으며 손잡고 함께 걷는 꿈을 꾼다. 인연이라면 만나지 못할 이유가 없다.

# 여행은 새로운 것을 보는 것이 아니라
# 새로운 눈을 갖는 것

삶의 고찰이 필요할 때 사막이나 드넓은 평원을 순례자의 마음으로 걷는 여행을 나는 좋아한다. 그럴 때마다 평소 인구밀도가 주는 스트레스가 얼마나 큰지 실감하게 되는데, 평원이라면 마냥 달려도 마냥 바라만 보고 있어도 가슴이 뻥 뚫려 복닥대든 마음이 절로 평정된다. 몽골의 유채평원은 평원대로, 올리브나무와 밀밭과 해바라기가 펼쳐진 산티아고는 산티아고대로, 오직 모래로만 가득한 사하라사막은 사하라사막대로 좋았지만, 호주 내륙의 사막 지역은 매우 다양한 매력을 가진 거대지역이다. 종일 달리다 작은 언덕이라도 나타나면 차를 멈추고 가장 높은 곳으로 올라가 이렇게 넓은 곳이 세상에 존재한다는 것을 확인하는 순간 내게 찾아온 기시감旣視感이란, 오전까지는 온통 붉은 사막을 달렸는데 오후가 되자 다시 화이트로 바뀌고 다음 날이면 또다시 검은 사막이 펼쳐지는 건 기적을 눈으로 확인하는 일에 다름 아니었다. 나를 목숨의 위험에서 자유롭지 못하게 한 건 도처에 흰 뼈를 드러내고 풍장된 동물의 사체였다. 비행기를 탄 것도 아니고 드론의 눈을 빌린 것도 아닌데 360도 파노라마로 펼쳐지는 넓은 평원에 서면 두 가지 마음이 동시에 생기는데 하나는 내 존재가 평원만큼 커질 수도 있겠단 착각과 다른 하나는 반대로 내 존재의 미미함을 깨닫게 된다는 것이다,

그렇게 막막한 사막을 달리는 보름 동안 시종 그립고 생각난 것이 있었으

니 내 나라 사철 푸른 숲이었다. 있던 자리를 보려면 그 자리를 떠나봐야 한다는 말은 맞다. 자잘한 권태로 점철한 현실, 이 소중한 복을 걷어차고 얻을 수 있는 즐거움이란 세상 어디에도 없다는 걸 가르쳐 준 것이 여행이라 말하는 건 오히려 사족이 아닌가. 역시 여행은 새로운 것을 보는 것이 아니라 새로운 눈을 갖는 것이다.

# 우리를 꿈꾸게 하는
# 사랑과 연애

1.

앵두가 꽃처럼 빨갛게 익은 나무를 배경으로 서있다. 삼십여 년 전쯤에도 아마 이랬을 것이다. 기억은 사라지고 없는데 불현듯 몸이 그 순간을 불러 낼 때의 당혹감, 가끔 그랬다. 한 장의 그림이나 하나의 단어 혹은 노래 한 소절이 아주 먼 과거를 현재진행형으로 호출하는 그런 일,

따로 기억하고 따로 잊는다는 것이 문제지만 고통과 망각은 한 몸이다. 어느 기호로도 설명 불가한 것이 사랑이듯 망각도 그렇다. 사랑은 시공을 넘어 국경과 벽을 무너뜨린다. 사랑을 논리적으로 설파하려는 것만큼 부질없는 일도 없을 것이다. 어쩌면 사랑에 빠져보지 못한 사람만이 사랑에 대해 논할 수 있는 건 아닐까. 사랑은 형용사가 아니라 동사다. 잊지 말아야 하는 건 사랑할 수 있는 권리 외 인간에겐 그 어떤 것도 주어지지 않았다는 것.

2.

나이나 세대와 무관하게 인간을 가장 단순하게 만드는 것은 연애다. 이 즉물적이고도 본능적인 행위는 미숙과처럼 시고 떫지만 인간을 매우 흥미로운 짐승으로 둔갑시킨다. 연애 중에는 평소 없던 조울증이 생겨 소소한 즐거움이나 불만조차도 수시로 충돌하므로 당혹감에 시달린다. 무無에서 유有 사이 용기와 질투라는 방도 생기고. 자신이 보는 것을 상대가 보지 못하

면 말이나 문자를 통해서라도 전달해야 직성이 풀리는데. 그 마음이 너무 강렬해 오해를 사는 일은 오히려 자연스럽다. 만취 상태에서 퍼부었던 소낙비 같은 말은 사랑을 이루는 순간 일상으로 돌아가고, 죽을 것 같은 쾌감도 언제 그랬느냐는 듯 희미해지는가 하면, 샛강에서 만나 손을 잡고 대양으로 흘러가는 듯하다가도 아니다 싶을 땐 댐을 세워 가차 없이 물을 가두는 것, 활화산처럼 용암이 분출하다가도 어느새 싸늘히 식는 일은 다반사. 연애는 참을 수 없는 식탐과 같아서 맛있는 음식을 배 터지게 먹고 다시는 이러지 말아야지 하다가도 다음 날이면 어김없이 배를 채우고 후회하는 것과 같다. 그것은 사람이 살아가는 동안 본능적인 충족감 혹은 대리만족 그 이상의 어떤 감정이 저지르는 매우 바람직한 만행이다. 연애 없는 세상이 존재한다면 단언컨대 그건 죽은 세상이다. 나는 터질 듯한 심장을 조용조용 타이르며 옆집 울타리에서 장미를 훔쳤다. 이것은 분명 나의 소행이 아니라 연애가 시킨 일이다.

# 글쓰기, 나를 살아있게 하는
# 내 안의 푸른 혁명

생이 온통 회의로 가득했던 청춘의 한 때, 대장 조르바가 알려줬던가, "하고 싶은 일을 해, 그게 신의 뜻이야." 모든 사물과 살아있는 자연에게 의미를 부여하는 일이 부질없을 때 종일 책을 읽거나 시를 쓰는 일이 미칠 만큼 행복하진 않지만, 글 쓰는 일은 여전히 즐거운 고민을 준다. 그러므로 나는 글 쓰는 일이 얼마나 고통스러운 작업인지 아느냐며 엄살과 포즈를 앞세우는 사람은 신뢰하지 않는다. 나는 다른 일이 싫어서가 아니라 그 어떤 일보다 이 놀이를 즐기기 때문이다. 다시 말하면 알맞게 행복한 이 일이 나의 업이어서 다행인 것이다. 나는 여행이든 집이든 방해받지 않고 고요한 곳에 홀로 있을 때 가장 완벽한 평화를 느낀다. 그것이 원시림이나 광활한 대지라면 더할 나위 없이 좋겠지만 그럴 수 없다면 글을 통해 매일 매 순간 다른 얼굴로 나를 깨우고 살아있게 하는 내 안의 이 작은 혁명을 배척할 수가 없다.

자정이 넘어 영화 〈마션〉을 보고 돌아와 책상에 앉았는데 화성에 홀로 남은 주인공의 그 막막한 고독감이 전해져 몸서리를 쳤다. 창밖에는 매미가 운다. 내게 그의 노래를 받아 적을 수 있는 귀가 있다면 무심히 흘려보낸 많은 것들이 내 것이 될 수 있었을까. 바라기는 생이 끝나기 전 그의 노래를 해독할 수 있었으면 좋겠고 그의 생각과 내 생각이 다르지 않았으면 좋겠다.

# 사할린에서 온 편지

북해도가 그렇듯 사할린의 겨울은 어딜 가나 눈이지만 지난밤에도 눈은 한 자 이상 내린 것 같아. 맑은 공기 때문일까. 이곳 눈은 유난히 희게 느껴져. 오늘은 파우다 스키를 맘껏 즐겼다네. 아주 좋았어. 왜 진작 이런 곳을 찾지 못했을까 싶을 정도였다니까. 상상해 봐. 내가 그토록 바라던 한길 자연설에서 눈가루를 날리며 춤추듯 스킹 하는 거 말이야. 슬로프에 내리면 나는 타이가 숲의 전설처럼 사람이 없는 자작나무 사이로 몸을 숨기지. 그렇게 한나절 혼자 숲 속에서 숨바꼭질하듯 스킹을 했지만 단 한 사람도 만나지 못하다니, 이건 정말 멋지고 짜릿한 나만의 경험이야. 내년 여름엔 자작 숲 좋아하는 당신과 오고 싶어. 그런 생각을 하게 한 건 일본의 북쪽과 맞닿아 있는 사할린은 짖고 싶어도 짖을 수 없는 개와 울고 싶어도 울 수 없는 닭처럼 우리에겐 슬픈 역사를 가진 곳이기도 하지만, 이곳의 대자연은 물론 사람들은 또 얼마나 친절하고 선한 눈빛을 가졌는지. 오늘 저녁은 킹크랩을 안주로 맥주 한잔 하고 호텔로 돌아왔는데 이런, 당신은 혼자 라면으로 저녁을 때웠단 말이지. 표현이 서툰 나는 이럴 때 어떤 말을 해야 하는지 알수가 없네. 대관령에도 많은 눈이 내렸다지, 사할린의 푸른 하늘과 흰 눈 사진 몇 장 첨부하네. 잘 주무시게.

# 자연을 살며 글을 씁니다

SNS 대문에 나를 소개하는 한 줄을 올리는 데 8년이 걸렸다. 올려놓고 보니 간이 덜 된 음식처럼 영 싱겁다. 나는 내 입술로 글을 팔아본 적이 없으니 내 책이 독자들에게 읽히고 말고는 내 소관이 아니다. 인기를 좇는 스타도 아닌 내가 굳이 어떤 사람인지를 묻는다면 심심산골에 홀로 핀 쑥부쟁이처럼 살고자 하는 범부다. 나이, 외모, 학력, 재산, 그 어느 것 하나 내세울 것이 없다는 건 시류에 휩쓸리지 않고 오롯이 내가 나로 사는 데 도움이 되었다고 믿는다.

여전히 사람들은 묻는다. 혼자 여행 하고 혼자 산골로 드는 그런 삶이 외롭지 않냐고. 외로움이란 군중 속에 있을 때나 기대치가 높은 구체적 대상이 생겼을 때 나타나는 현상이지 혼자 익숙해지면 늘어난 고무줄 바지처럼 편하지 않던가. 어떤 면에서 나는 타인과 비교되지 않는 외로움이라는 권력을 맘껏 누리고 있는지도 모른다. 바꿔 말하면 외로움이 두렵기는커녕 마음에 쏙 드는 내가 나에게 주는 선물처럼 좋기만 하다.

모두가 주목받기 위해 사는 건 아니듯 모두가 부처가 되기 위해 수행하는 건 아닐 것이다. 평상심을 갖고 수행을 일상으로 끌어들이는 것은 지난한 반복 학습을 요하는 일이다. 일상에서 출렁임 없이 순간을 놓치지 않고 깨달음을 얻을 수만 있다면 그런 사람이야말로 진정 부처겠지. 그러나 우리는 환경에 지배를 받는 동물이다 보니 때에 따라 심리적 출렁임은 피할 수 없는 난제다. 그렇다고 포기하면 안 되는 것이 자신을 연마하는 일이니 외로움과 사귀는 일은 반드시 해야만 하는 통과의례다.

지난밤 아프고 허망했던 시간도 창으로 비치는 한 줌 아침 햇살은 모든 걸 무화시킨다. 이왕 통과해야만 한다면 고통도 극진했으면 싶다. 육신이든 영혼이든 고통은 삶을 확인하는 명징한 증거니까. 그러므로 고통이 오면 평온이 온다는 다음 단계를 믿고 기다리는 인내심은 필수다. 마음이 평온할 때 길을 나서면 스스로 낮아져서 작은 꽃에게도 미소를 보내고 거친 바람이 말을 걸어도 친절하게 답하곤 하지 않았던가.

지식을 이기는 것이 지혜라면 소란을 이기는 것은 묵언이다. 나쁜 것은 즉각 반응하나 좋은 것은 설명하기 어려운 것이 세상 이치다. 자연 앞에선 알량한 선행을 자랑할 일도 아니지만 못난 무지를 자책할 필요도 없으니 자의든 타의든 평상심 유지가 수월하다. 인간은 시기심과 가벼운 언행으로 신뢰를 무너뜨리기도 하지만, 자연은 우리를 강하고 또 순하게 길들이는 대상이 아니던가. 오늘 역시 한나절 숲에서 보내는 동안 두통은 사라지고 신성만 남았다. 그것은 내 청춘의 한 소절처럼 하루 중 가장 좋은 시간이었다.

많은 여행을 통해 나는 바쁜 도시생활에 환멸을 느꼈고 몸이 제동을 걸어 여행을 멈추어야 할 때 순정한 자연으로 돌아가리라는 나와의 약속을 지키기 위해 부단히 노력해왔다.

시골살이를 눈앞에 두었을 때 단순하게 살겠단 서약으로 몇 가지 계획들을 세웠다. 사람의 모든 관계가 그러하듯 나무, 새, 벌레, 바람, 풀꽃 등등 자연과의 만남에서도 생명을 귀히 여긴다. 거처가 마련되었으니 살림은 간소하게 의식주는 조금 모자란 듯 취하고, 맛난 음식이 유혹할지라도 위를 채우지말 것이며, 실내온도는 추운 듯 유지하고, 말을 줄이고, 험한 것은 피하고, 몸의 말을 들으며 수면은 적당히, 일정한 독서와 가벼운 육체노동을 한다.

이것이 예전 꿈꾸던 생활이었다면 17년 살아본 지금이라고 크게 달라진 것은 없다. 예를 들면, 하루 한 번 이상 햇살을 받으며 등산이나 숲을 산책한다. 먹고 자는 시간에 구애받지 않으며, 노 메이컵에 옷은 편하게 입는다. 시계와 TV는 적게 보거나 보지 않는다. 한 계절에 한 번쯤 친구를 초대해 내가 누리는 자연을 공유한다. 어떤 약속도 만들지 않는다. 내가 보고 느끼는 것을 글로 기록하고, 내 생각과 다른 글이나 마감이 임박한 원고 청탁은 사절한다. 이제 이 작은 규칙들은 그럭저럭 잘 지켜가고 있다. 그러니까 이곳 시골살이, 느리게 걷기 같은 나의 제2의 여행은 순항 중이다.

# 우리가 영혼을 반환할 곳은 어디

1.

로맹 가리에게 페루 리마의 한 작은 바닷가가 세상의 끝을 상징하듯 내게
도 그곳은 생의 '끝'을 의미했다. 여행자로 살면서 강산이 몇 번 바뀌도록 참
으로 먼 곳을 돌아 나는『새들은 페루에 가서 죽다』의 로맹 가리가 안내해
준 바로 그곳에 나로부터의 도피가 아니길 바라는 마음을 안고 방금 도착
했다.

세상 끝이어서 그랬을까. 지상의 모든 새들은 무슬림이 알라에게 드릴 경
건한 서원을 위해 메카로 모여들 듯, 인간의 흔적보다 압도적으로 많은 새
들의 숫자가 이승과 저승의 경계처럼 아득해 보였다. 나는 지구 반대편을
가로질러 끝의 끝점에서 피로감으로 나달나달해진 육신을 간신히 끌고 와
꿈을 꾸듯 서 있었다. 내 몸이 바람이고 바다고 물결이고 새인 것처럼, 로맹
가리가 생각난 건 내가 페루에 왔기 때문도, 이 먼 곳까지 날아와 죽은 새들
때문만도 아니라면 무엇이었을까. 한 생은 로맹 가리의 단편처럼 짧지만,
누구에게는 그 짧은 시간 대부분이 고통으로 점철되기도 한다는 것을 자각
하는 순간 지금의 나처럼 이미 세상의 끝에 당도해 있는 것은 아닌지. 새삼
스럽게 그 짧은 생 속에 지루한 일상을 견뎌야 하는 모순 같은 건 생각나지
않았다. 내가 아는 불행은 헛된 인간의 욕망에서 오는 지나친 똑똑함이나

집착이 시원은 아닐까. 그러나 한 가지, 죽음을 피할 수 있다면 이리 열심히 살지도 않았을 거라는 것.

2.

닥치는 대로 책을 읽던 청년 시절, 이 신선하고 멋진, 마치 아편처럼 매혹적인 제목에 한 번쯤 발을 빠트리지 않은 사람이 있을까. 세상에 하고많은 곳 중 하필이면 왜 새들은 페루에 가서 생을 마치려는 것일까 하는 의문과 함께, 세상에 늘려있는 수많은 의혹과 의문에 대한 답은 모두 제 영혼의 단단한 금고에 감추어 두고는 세월이 흘러 비밀번호를 잊어버려 헤매는 건 아닌지. 그래, 역시 그랬다. 『새들은 페루에 가서 죽다』에서 그는 새들이 왜 페루에 가서 죽는지 소설이 끝난 후에도 알려주지 않았다. 독단적이고 냉소적인 문체, 존재 자체를 사정없이 혼란스럽고 고통스럽게 만드는 건조한 문장들, 나의 모습이기도 하고 우리의 모습이기도 한 주인공들, 로맹 가리는 모든 이의 영혼을 소용돌이처럼 아프게 흔들어 놓는다.

자타가 인정하듯 그의 글은 불친절하다 못해 불손하기 짝이 없다. 도무지 어느 한 자락 선하고 착한 안내 따윈 없고 그저 제 방식대로 말을 쏟아놓기 일쑤다. 하지만 시간이 흐르면 이상하리만치 그를 불평하던 독자들은 어느새 그의 말에 고분고분 귀를 기울인다. 그의 글은 맵고 짜고 쓰므로 자극적이고 몇 술에 배부를 수 없으며 지극한 인내를 필요로 한다. 시종 밝은 쪽에 시선을 두지 않는 로맹 가리는 이면에 숨겨진 존재론적 탐구와 날카로운 풍자를 통해 끊임없이 원론에 대한 질문을 던질 뿐.

군살을 허용하지 않는 문장 그리고 마지막 장면, 아무도 없는 그곳에 화자는 지친 영혼을 내려놓을 수 있을까. 작가는 세상의 끝을 상징한 페루 리마의 한적한 바닷가에서 영혼을 반납하러 바라나시 성지로 몰려드는 군상들을 견주어 이야기한다. 나는 바라나시에서도 찾을 수 없었던 죽음에 대한 답을 이곳 리마에서 '우리가 진정으로 영혼을 반환할 곳은 어디인가'라고? 새들에게 묻고 있다. 그리고 로맹 가리 말을 빌려 독백한다. 아, 역시 인간의 종種이란……. 하고.

3.
리마의 바다는 너무 넓고 아득해 멀리 날아온 새들이 삶을 내려놓을 수 있는 장소로는 최적인 듯했으나 그곳을 서성이는 동안 어인 일인지 내 존재를 보듬어주고 감출 수 있는 고향의 숲이 계속 마음 언저리를 맴돌았다. 그리고 바람 속에서 낮은 목소리를 들었던 것도 같다. 늦기 전에 돌아가라고, 생각해 보면 언젠간 노마드의 삶을 접고 돌아가 안기기엔 그만한 곳도 없지 않은가. 사계절 다른 풍경과 꽃과 눈과 바람과 안개와 날짐승들이 상주하는 그 숲이라면 내 영혼을 반납할 장소로 더 바랄 것이 없겠단 생각이 들었다. 근데 나는 이 멀리까지 와서 비로소 그걸 깨닫는 것일까. 하면 로맹가리가 바라는 것도 그것이었을까.

로맹 가리를 몰랐다면 이곳에도 오지 않았겠지 하는 생각은 본류로부터 도망칠 수 있는 얼마나 그럴듯한 핑계인가. 그리고 이것이 소설이라고 자각하는 순간의 어이없는 결말이 위로가 되는 건 또 뭐람. 나는 지금 나스카라인이 있는 페루 리마에서 불과 얼마 떨어져 있지 않은 새들의 섬 바예스타스가 눈앞에 펼쳐져 있는 한적한 바닷가를 홀로 거닐고 있다. 지금 내 의식을 지배하는 이 모든 것은 살에 새기고 뼈에 새기고 그다음엔 글로 옮겨두고자 한다. 구차한 변명 같지만 기록이 아니면 무엇으로 이 순간을 붙잡을 것인가. 걸음을 바람에 맡기고 '우리가 영혼을 반환할 곳이 어디'냐 묻던, 세상 끝의 끝에서 이제 막 답을 찾아낸 내게 산다는 건 그곳이 어디든 떠나거나 돌아오거나 둘 중 하나가 아니었나 싶다.

아무 것도 아닐 때
우리는 무엇이 되기도 한다

초판 1쇄 발행    2019년 03월 15일

글쓴이    김인자

펴낸이    김왕기
편집부    원선화, 이민형, 김한솔
디자인    푸른영토 디자인실

펴낸곳    **푸른영토**
주소      경기도 고양시 일산동구 장항동 865 코오롱레이크폴리스1차 A동 908호
전화      (대표)031-925-2327, 070-7477-0386~9 · 팩스 | 031-925-2328
등록번호   제2005-24호.(2005년 4월 15일)
홈페이지   www.blueterritory.com
전자우편   designkwk@me.com

ISBN 979-11-88292-77-6    03810
ⓒ김인자, 2019